KB059432

그 곳에 가면 그 여자가 있다

김현아

글을 쓴다. 청소년들과 글쓰기 프로젝트를 함께 한다. 재미난 기획을 만들어서 마음 맞는 작가들과 공동 작업 하는 것도 좋아한다. 「전쟁의 기억 기억의 전쟁」, 「전쟁과 여성」, 「부자엄마 부자딸」 같은 책을 펴냈다. 시민 단체 '열린 네트워크 나와 우리'를 설립해 사회 소수자의 인권 문제 및 베트남전쟁 당시 한국군에 의한 민간인 학살 문제를 풀기 위한 활동을 했다. 1993년 전태일 문학상을 수상했다. 중앙대학교 국어국문학과를 나왔다.

유순미

사진, 영화 작가이며, 시라큐스 대학 조교수로 재직중이다. 책 "Comfort Women Speak: Testimony by Sex Slaves of the Japanese Military," "Only Skin Deep: Changing Visions of the American Self"에 사진을 싣고, 뉴욕, 로테르담, 오버하우젠, 런던 영화제에 참여해 왔다. 록펠러재단Rockefeller Foundation의 '미디어 펠로우십Media Fellowship'을 수상했다. 연세대학교 독문학과와 매사추세츠예술대학Massachusetts College of Art 대학원을 졸업했다.

그 곳에 가면 그 여자가 있다

처음 펴낸 날 | 2008년 3월 20일
두번째 펴낸 날 | 2008년 11월 25일

글 | 김현아
사진 | 유순미

편집 | 조인숙, 박지웅, 홍현숙
펴낸이 | 홍현숙
펴낸곳 | 도서출판 호미

등록 | 1997년 6월 13일(제1-1454호)

주소 | 서울시 마포구 서교동 339-4 가나빌딩 3층
편집 | 02-332-5084
영업 | 02-322-1845
팩스 | 02-322-1846
전자우편 | homipub@hanmail.net

디자인 | (주)끄레 어소시에이츠

필름출력 | 문형사
인쇄 | 대정인쇄
제본 | 성문제책

ISBN 978-89-88526-77-4 03810
값 | 11,000원

ⓒ김현아, 2008
사진ⓒ류순미, 2008

호미) 생명을 섬깁니다. 마음밭을 일굽니다.

그 곳에 가면 그 여자가 있다

김현아 지음

호미

여자들의 이야기를 찾아 떠돈 날들,
그런데 그 날들이 있기나 했을까

'류,

여자들의 이야기가 남아 있는 곳들을 답사하고 글을 써 보려고 합니다. 경주에서는 여왕의 유적지를 답사하고 왜 유독 신라시대에만 여왕이 존재했는지 그 정치적 맥락을 살펴보고, 해남에서는 시인 고정희의 생가를 둘러보고 그녀의 삶과 시를 통해 여성이 글을 쓴다는 것의 의미를 사유해 보고 싶습니다. 강릉에서는 허난설헌과 사임당을 통해 현모양처 이데올로기에 가두어진 두 여성 예술가의 삶을 바라볼 예정이에요. 수덕사에서는 나쁜 여자 나혜석의 삶을 들여다보고 신여성과 오늘날의 여자들이 어떤 식으로 소통할 수 있는지 살펴볼까 합니다. 부안에선 기생 매창의 시를 읽어 내면서 여성과 몸에 대한 이야기를 할 거구요. 이 작업을 같이 해 보지 않겠어요? 팔도 유람에 맛있는 것들도 먹구요.'

뉴욕에 있는 사진작가 류에게 편지를 보낼 때까지만 해도 나는 이 작업이 그야말로 팔도 유람에 맛 기행이 될 거라 생각했었다. 십여 년 전부터 기획했던 작업이라 이미 두세 번씩 다녀 본 곳이니 유람하듯 다시 한번 돌아보면 될 거라 느긋하게 뒷짐을 지고 있었다. 하지만 인생이 늘 그렇듯 본격적으로 작업이 시작되자 복잡해지기 시작했다. 여왕을 알기 위해선 신라 천 년을 이해해야 했고 신여성을 알기 위해선 근대를 통찰하는 시선이 필요했다. 예술가와 성매매 종사자 사이의 삶을 살았던 기생의 이야기는 기이한 판타지로 포장되어 있어 그 속을 알기 위해선 몇 겹의 포장지를 풀고 또 풀어야 했다. 게다가 공식적인 역사 속에서 여자들의 이야기는 교묘하게 은폐되거나 누락되거나 왜곡되어 있는 경우가 많아 그 본질을 파악해 내기는 만만치 않았다. 늘 그렇듯 또, 발등을 찍은 꼴이었다.

하지만
그녀들의 이야기가 묻혀 있는 곳은 때로 너무 아름다워서 숨이 막힐 거 같았다. 투명한 풍경 속에 그녀들은 빛—쏟아지는—으로, 안개로, 빗줄기로 떠돌았다. 내가 만난 건 어쩌면 산산이 흩어진 그녀들의 몸이었는지 모른다. 보이지 않으면서 보이는, 빛이면서 형태인, 하나이면서 동시에 만 가지인.

돌이면서 소망인, 무덤이면서 생명인 것을 사진에 담느라 류는 늘 긴장한 상태였다. 무거운 카메라와 삼각대, 비디오카메라를 메고 지고 다니느라 고생이 이만저만이 아니었지만 명민하고 까다로운 예술가가 마침내 내놓은 작품은 기대를 넘는 것들이었다. 나른한 감상주의와 치밀하지 않은 이야기들에 민감하게 대응하던 류가 아니었다면 좀더 느슨한 글이 나왔을 것이다. 처음부터 끝까지 류와 함께 한 작업이다.

답사를 다니면서 많은 이들의 도움을 받았다. 먹여 주고 재워 주신 해남의 이명숙 선생님, 바쁘신 중에도 하루 종일 답사를 함께 다녀 주신 강릉의 이혜란 선생님께 고마움을 전한다. 서강대의 조범환 교수님, 여성사 연구자 박정애 선생님의 이야기도 길을 찾는 데 많은 도움이 되었다. 처음 기획안을 보고 지지해 준 다빈치 출판사의 박성식 대표님, 초고를 봐 주신 메인기획사의 박미향 실장님의 응원도 큰 힘이 됐다. 책의 틀을 잡아 준 조인숙 부장님, 그리고 만나면 늘 웃음이 나게 하는 이상한(?) 힘을 가진 도서출판 호미의 홍현숙 대표께도 진심으로 감사드린다.

답사를 다니는 동안 아버지는 빈 집에 홀로 계셨다.
쓸쓸한 식탁에서 홀로 수저를 들었을 아버지께
이 책을 바친다.

2008년 3월 3일 정릉에서
김현아

차례

경주

신라의 여자들

경주 프롤로그

  천년왕국의 수도였던 도시답게 볼거리도 풍성해 몇 번을 가도 늘 새로운 곳을 한두 군데 발견하게 되는 것이 경주 여행의 묘미다. 감은사와 선덕여왕릉은 세 번째 여행에서야 비로소 갈 수 있었고, 망덕사 터나 진덕여왕릉은 네 번째 방문에서야 둘러볼 수 있었다. 그래도 남산의 감실 부처님이나 삼화령 애기부처는 아직 못 만났으니 다음을 기약하는 수밖에. 한 번 갔던 곳을 다시 간다 하더라도 계절에 따라 감흥이 새로운 것 또한 경주 여행의 즐거움이다. 봄날의 계림과 겨울의 계림은 많이 다르다. 명랑한 기운과 파릇한 생명력으로 충만하던 봄 숲은 겨울이면 신비로운 영감으로 울울하다. 개인적으로는 벚꽃이 눈처럼 흩날리는 봄날엔 안압지와 포석정이 좋고, 토함산과 감포 바다는 여름이, 그리고 쓸쓸한 폐사지들은 가을이 제격이고, 눈발이라도 흩뿌리는 날이면 계림 숲과 반월성이 그만이라고 생각한다. 요즘은 야간 조명을 설치해 낮에 보는 첨성대와 밤에 보는 첨성대가 다르니 그 또한 경주의 새로운 모습이다. 신기하게도 나이에 따라, 동행에 따라, 관심사에 따라 경주는 늘 새롭다. 혹은 낯설다.

  최근에 사진 작가 류와 함께 경주에 남아 있는 신라 여자들의 흔적을 찾아 여행했다. 천 년의 세월은 남자에게도 여자에게도 공평하게 흐르는 법이라, 경주 곳곳에는 신라 여자들의 여혼이 유적으로, 유물로 혹은 이야기로 흩어져 있었다. 알영과 박혁거세를 낳았다는 서술 성모가 사는 선도산, 박제상 부인의 몸이 망부석이 되어 남아 있다는 치술령, 선덕여왕과 진덕여왕의 능, 여자의 성기 모양을 닮아 여근곡이라 불리는 계곡. 어디 그뿐이랴. 한때 그녀들의 목에서 귀에서 찰랑거렸을 목걸이와 귀걸이, 그녀들의 손때가 묻은 토기와 물병들, 삼단 같은 긴 머리를 빗어 내렸을 빗이며 낭창한 허리에 둘렀을 허리띠까지, 류와 나는 경주 곳곳에서 풍성하고 다양한 신라 여자들의 이야기를 발견할 수 있었다. 그녀들의 이야기가 남아 있는 곳들은 호젓하고 신령스러웠으며 무엇보다, 아름다웠다. 특히 다양한 층위의 이야기들이 쌓여 있는 치술령 망부석은 신라 여자들을 만나는 데 하나의 힌트를 주었다. 치술령 정상에 제상의 부인이 망부석이 되어 서 있다는 자료를 읽고 허위허위 산꼭대기까지 갔을 때 우리는 그녀의 모습을 볼 수 없었다. 그녀는 그 곳에 있었지만 그 모습을 제대로 보려면 치술령의 반대 능선으로 올라야 했다. 그래야 그녀의 모습, 그 거대한, 을 온전히 볼 수 있다. 그렇지만 곧바로 치술령에 오른다면 그녀의 어깨에 앉아 저 멀리 경주를 감싸고 물결치듯 펼쳐지는 연봉을 바라볼 수 있고 동해, 그 푸른 바다를 볼 수 있다. 눈이 맑아지도록.

혹 치술령에 오른다면, 기억하시길. 당신이 딛고 있는 그 곳이 그녀의 견고한 어깨일 수도, 서늘한 콧마루일 수도, 어쩌면 뜨거웠던 심장이었을 수도 있음을.

그녀,
치술령
신모가
되다

치술령, 묘한 발음이다. 경쾌한 듯하지만 비장한 정조가 바닥에 흐르고, 명징한 듯하지만 깊은 울림이 몸 안을 공명한다. 숭고한 배반, 서늘한 치정이라고나 할까, 산마루의 이름이 우물의 바닥을 떠오르게 하는, 묘한 지명이다. 고갯마루 어딘가 처연한 사연 하나 묻혀 있을 듯한 산은 아니나다를까 박제상과 그 부인의 사연을 품고 있다. 박제상이라면 만고의 충신, 그 부인이라면 남편을 기다리다 망부석이 된 만고의 열녀가 아니던가.

문득 어렸을 때 본 인형극이 떠오른다. 1970년대 초반 흑백 텔레비전이 집집마다 생기기 시작할 무렵, 오후 여섯시 즈음이면 어린이들을 위한 연속 인형극이 매일 방송됐고 우리 삼남매와 친구들은 무슨 일이 있어도 그 시간대에는 텔레비전 앞에 옹기종기 모여 앉았다. 신화 속의 주인공이나 위인의 일대기를 극화한 명작 인형극은, 돌이켜보면, 어린 우리에게 고대사의 성문을 열어 주는 구실을 하던, 나름대로 유익한 프로그램이었다. 꽤 많은 인물을 다루었을 텐데 신기하게도 그 가운데 박제상과 주몽 이야기는 주제가의 일부까지 선명하게 기억난다.

"하늘나라 해모수 오룡거五龍車 타고 단군 선조 이룩한 옛터를 찾아 오색의 무지개로 궁궐 지으니 버들아씨 예쁜 아씨 왕비 되었네. 찬란한 햇빛으로 왕자 낳으니……."

연하고 약한 젖니들이 뽑혀 나갈 때 함께 빠져나갔을 법도 하건만, 둥글고 커다란 인형들의 얼굴, 과장된 성우의 목소리, 짜잔 하던 음향까지 인형극에 대한 기억은 서른 해가 훨씬 지난 지금까지도 생생하다. 몸은 원형의 추억을 생장점으로 하여 가지를 벋어 나가는 기억의 나무 같은 것일까. 그림이 많이 들어간 동화책, 요정이 나오는 만화 영화, 교회에서 본 아동극의 기억들은 세포로, 혈액으로 스며 들어 몸의 일부가 되었다가, 어느 날 쓰윽 얼굴을 문지를 때면 각질처럼 손바닥에 묻어난다. 신데렐라, 라푼첼, 콩쥐와 팥쥐, 장화와 홍련이 같은 이들과 함께 제상과 그 부인 역시 푸르게 어둡고 농밀하게 습한 내 기억의 대지에 뿌리내린 몇몇 잔뿌리인 모양이다. 사뭇 비장하던 그 노래가 이렇게 선명하게 생각나니 말이다.

"아아, 박제상, 신라를 구한 충신, 충신 박제상……."

일본에 볼모로 잡혀간 꽃미남 미사흔, 그러고 보니 나는 이 인형극을 통해 '볼모'라는 단어를 배웠다. 미사흔을 좋아하던, 일본 왕의 뚱뚱하고 모자란 딸, 그녀는 아마도 극의 재미를 위해 작가가 고안한 인물이었을 게다. 발바닥이 벗겨진 채로 갈대밭을 걸어가던 제상의 비명, 절벽 위에서 손을 모으고 울던 제상의 부인, 건널 수 없는 푸른 바다, 그 위를 날던 하얀 갈매기……, 끼룩 끼이룩…….

제상이 활동하던 때는 이른바 격동의 시대였다. 한강 유역을 중심으로는 백제가, 낙동강 이남 지역에서는 가야가 출현하여 서로의 세력을 확장하려고 치열한 접전을 벌였다. 경주에 위치한 사로국이란 읍락 국가에서 시작한 신라는 한반도의 동남쪽 귀퉁이에 위치한 탓에 지리적으로 불리한 여건에서 출발한 후발 국가였다. 이러한 후진 상태를 극복하기 위해 신라는 선진 문물의 수입과 외교전에 남다른 노력을 기울일 수밖에 없었다. 그럴 때 창구로 이용한 주된 대상이 바로 고구려였다. 4세기 후반에서 5세기 초반 무렵에만 해도 강대국은 만주 일대를 주요 근거지로 한 고구려와 한강 유역의 백제였다. 이 두 나라는 주변의 다른 세력과 합종연횡하며 세력을 벋어 나갔다. 고구려는 신라를 연합 세력으로 끌어들인 반면, 백제는 그에 대항하기 위해 가야 및 왜와 유대 관계를 긴밀히 하였다. 이러한 상황에서 돈독한 유대의 징표로 고구려는 신라에 볼모 파견을 요청하였다. 신라는 내물왕의 둘째 아들이자 훗날의 눌지왕의 동생인 복호를 볼모로 보낸다. 왜국 또한 불가침 조약의 일환으로 볼모를 요구하자 내물왕은 그의 셋째 아들 미사흔을 보낸다. 아버지를 이어 신라 19대 왕이 된 눌지는 즉위하자마자 두 동생의 귀환을 서둘렀다. 당시 신라와 고구려, 왜로 이어지는 대외 관계는 정상 외교가 불가능한 상황이었다. 신라와 오랫동안 적대 관계에 있던 왜의 경우 특히 그러하였다. 고구려와 왜에서 두 왕제王弟를 탈 없이 구출하기 위해서는 고구려와 왜의 동향에 정통한 정보를 갖춘 인물이 필요했다. 대책 마련을 위해 소집된 회의에서 지방의 유력자들은 박제상을 천거하였다. 아마도 제상은 당시 고구려와 왜로 통하는 뱃길이나 외교 정세에 밝은 인물이었던 듯하다.

　제상은 고구려 내부의 동향을 적절히 활용하여 복호를 구출하는 데에
는 성공했지만, 왜에 있는 미사흔을 구출하는 일은 쉽지 않았다. 고구려
에 보낸 볼모가 우호 관계를 지속하기 위한 것이었다면, 왜에 대한 볼모
는 적대 관계를 완화하기 위한 것이었기 때문이다. 볼모를 보낸 뒤에도
신라와 왜 사이의 관계는 좀처럼 개선되지 않았다. 미사흔을 구출하기
위해서는 좀더 치밀한 계략이 필요했다.

　제상은 신라에서 반란을 꾀하다 도망쳐 온 것처럼 꾸몄다. 왜는 처음
에는 의심했지만 여러 가지 전후 사정을 살핀 끝에 사실이라 여기고 그
를 받아들였다. 제상은 미사흔과 비밀리에 접촉하여 탈출 방법과 시기를
논의하였다. 혼자서는 돌아가지 않겠다는 미사흔을 설득해서 신라로 떠
나보낸 뒤에 제상은 몸이 아파 늦잠을 자는 것처럼 꾸며 지연 작전을 펼
쳤다. 미사흔이 탈출한 사실을 안 왜는 그를 추적하였지만 이미 멀리 떠
난 뒤였다. 그 일로 붙잡힌 제상은 갖은 협박과 회유를 꿋꿋하게 견디었
다. 끝내 회유할 수 없다는 사실을 알게 된 왜의 왕은 제상을 불에 태워
죽이는 참형에 처했다. 제상이 시대의 변화 속에서도 충군 애국의 표상
으로 추앙받는 이유다.

　제상이 "차라리 신라의 개, 돼지가 될지언정 왜국의 신하는 될 수 없
으며 차라리 신라의 매를 맞을지언정 왜국의 벼슬과 녹은 받을 수 없다"
하자, 왜의 왕이 분노하여 제상의 발바닥 가죽을 벗겨 갈대밭을 달리도
록 하는 형벌을 주는 장면에서 우리 삼남매는 주먹을 불끈 쥐고 흑흑 흐

느껴 울기까지 했다. 저녁밥을 짓던 엄마가 부엌문을 열고 몹시 흐느껴 우는 자신의 삼남매를 보고 큭큭 웃기까지 했으니, 우리의 애통은 정말 이지 하늘을 찌를 듯했다. 그 인형극은 어린 우리의 가슴에 박제상을 애국심의 키워드로 선명하게 각인시켰다. 박제상이 이토록 뚜렷하게 애국심의 키워드가 된 반면에, 제상의 부인은 별로 주목을 끌지 못했다. 그녀는 주로 높은 벼랑에 올라가 두 손 모아 기도를 하거나 흑흑 흐느껴 우는 모습으로 등장했다. 어쩌면 그 때 이미 오빠나 남동생은 그 역할이 '남성'의 몫이 아니라는 것을 감지했는지도 모른다. 방랑하고 이동하며 신화를 창조하는 건 남성이요, 한 곳에 머물며 그들을 기다리는 역은 여성의 몫이라는 건 우리의 보물 주황색 하드 커버 계몽사 50권 전집, 그 중 1권 그리스 신화 중 '오딧세이의 모험'에도 나오는 이야기였다. 할머니한테서 들은 백일홍 전설, 가실 이야기와 함께 박제상전은 시련과 모험을 겪은 남자가 영웅으로 귀환해 마침내 역사에 안착하는 신화를 더욱 견고하게 만들었다. 남성의 몸으로 세상을 살아갈 오빠나 남동생이 그녀에게 관심을 두지 않는 건 당연한 일이었을는지 모른다. 그렇지만 여성의 몸으로 세상을 살아갈 나 또한 바위 위에 서 있는 그 여자에게 감정 이입되지 않았다. 이다음에 커서 돌이 될 수는 없지 않은가. 결국 벼랑 위의 그녀는 남자들에게서는 무시를, 여자에게서는 외면을 당한 셈이다.

　사실 이 이야기가 전부라면 굳이 치술령을 오르지는 않았을 것이다. 치술령은 725미터 높이로 경주에서는 가장 높은 산이다. 경주에 왔으니 한번 들러 볼까 하고 산책하듯 가볍게 오르기에는 다소 부담스런 높이다. 더구나 카메라 가방과 삼각대, 비디오카메라를 메고 지고 오르기에는 더더욱 만만치 않다. 그런데 삼국유사에 나오는 마지막 한 구절이 나를 강렬하게 끌어당겼다.

"그 후로 그녀는 치술령의 신모神母가 되었다."

신모가 되었다? 신모가 되었다 함은 그 산의 신이 되었다는 이야긴데, 인간의 몸으로, 그것도 야속한 남편을 기다리느라 한도 많았을 여자가 어떻게 산신이 되었을까. 망부석이 되었다는 구전 이야기에서 한 걸음 더 나아간 삼국유사의 기록을 읽으며 나는 문득 이 여자가 궁금해졌다. 눈물과 한숨, 기다림으로 응결된 생을 살다 홀연히 신화 속으로 걸어 들어간 한 여자의 몸이 돌로 변해 지금도 산꼭대기에서 일본을 바라보고 있다니 일단 그 망부석을 찾아가 보기로 했다.

그녀
몸의 흔적,
벌지지와
장사

"도대체 망부석은 어디 있는 거야?"

등에는 비디오카메라를, 어깨에는 카메라 가방을 멘 류가 숨을 헉헉 대며 말했다.

"여길 매일 올라갔다는 거야? 기운도 좋아. 그럴 기운 있으면 일본으로 찾아갈 일이지."

"근데, 류, 그 여자 이름이 안 나와요."

"이름?"

"박제상의 부인, 모든 기록에 그렇게만 되어 있거든요. 어쨌든 신이 된 여잔데 말예요. 이름이 없는 여자가 신이 된 예는 동서고금에서 이 여자밖에 없을 거 같아."

"그러네. 망부석에, 은을암(부인이 죽어 몸은 망부석이 되고 영혼은 새가 되어 이 바위에 숨었다고 하여 은을암이라 불린다는 바위)에, '치술령곡'에 이렇게 많은 전설을 남긴 여자가 이름이 없다니, 그것도 미스터리다. 계속 박제상의 부인이라고만 기록돼 있어요?"

"나중에 국대부인으로 추서되었다고는 해요."

"국대부인은 뭐예요?"

"박제상이 죽은 뒤에 눌지왕이 박제상의 충절을 가상히 여겨 대아찬에 추증하고 단양(영해)군에 봉하고 그 부인을 국대부인에 봉했대요. 그리고 딸 하나를 왜에서 구출한 미사흔과 결혼시켰다고 해요."

"박제상의 부인은 박제상이 떠날 때 어떤 태도였을까? 가족한테는 당신이 필요하니 가지 말라고 했을까, 아니면 기꺼이 다녀오라고 했을까."

"그건 아까 우리가 갔던 장사와 벌지지 터에서 확인했잖아요."

"아, 배반의 들판!"

치술령에 오르기에 앞서 류와 나는 벌지지와 장사 터를 찾아 경주시 배반동 배반 들판을 헤맸다. 경주역에서 7번 국도를 따라 울산 쪽으로 4킬로미터쯤 가다 보면 사천왕사 터가 있고 오른쪽 통일로를 따라 300미터 더 가면 화랑교가 나오는데, 다리를 건너기 전에 동쪽으로 난 방천둑을 따라 200미터쯤 더 가면 장사, 벌지지 터가 나온다. 장사, 벌지지는 제상 부인의 몸의 흔적과 관련된 지명이다. 무정하게 떠나는 남편을 보고 절망에 빠진 제상의 부인이 모래 위에 기다랗게 드러누워 통곡을 했다 해서 장사長沙라 불리었다는 모래벌, 부인의 친척 두 명이 달려와서 부인을 부축해 일으키려 했지만 부인의 뻗친 다리가 움직이지 않아 일으킬 수가 없었다고 하여 벌지지伐知旨('뻗치다'의 음을 한자로 적은 것이 '벌지지'가 되었다 한다)라 불린다는 벌판. 그러나 오래 전 그녀의 흔적은 어디에도 없고 벼를 베고 난 늦가을 벌판이 허허롭게 펼쳐져 있다. 행정 구역에 따른 이 곳의 지명은 배반동이다. 배신을 뜻하는 그 배반이야 아니겠지만, 부인의 통곡을 뒤로 하고 떠난 남자의 뒷모습과 연결되면서 배반동이란 지명이 묘한 뉘앙스로 다가온다. 긴 모랫벌과 강, 그녀 몸의 흔적은 천오백여 년의 세월이 흐르는 동안 사라지거나 변했지만 물길은 여전하다. 이 곳에서 어떻게 배를 타고 떠났을까 싶게 좁은 수로지만 들판 사이로 남천의 지류가 흐른다.

경주 시내를 감싸고 흐르는 강에는 남천, 북천, 서천이 있는데, 배반동 일대를 흐르는 강은 남천이다. 남천은 토함산에서 발원하여 월성의 남쪽으로 흐르는 강으로 모래가 유난히 많아 몰개내(모래내)라고도 불렸다니 이 곳에 분명 긴 모래 갯벌이 있긴 있었나 보다.

후적후적 들판을 걸어다니는데 망덕사 당간 지주가 먼저 보인다. 들판 한 모서리 소나무 숲 속에 소박하고 장중한 당간 지주가 나란히 서 있고, 금당 터와 동탑 터도 있다. 솔숲에서 내다보니 저 너머로 '신라충신박제상공부인유적,' '장사, 벌지지' 라는 입석도 보인다. 그러고 보니 우리가 돌아다니는 이 벌판 전체가 유적인 셈이다. 천여 년의 세월이 흘렀으니, 같은 장소에서 시대에 따라 다른 사람들에 의해 여러 가지 일이 일어났음직하다. 그러니까, 제상의 부인이 발을 뻗고 통곡한 지 이백여 년 뒤에 문무왕이 이 곳에 망덕사를 지었다.

삼국을 통일한 문무왕은 당나라의 입김을 내몰려고 전쟁을 결심하였다. 그는 당나라와의 일전을 앞두고서 군사들의 사기를 높이려고 선덕여왕의 능 아래에 사천왕사를 짓고는, 여왕이 도리천에서도 신라를 돌볼 것이라는 믿음을 널리 퍼뜨렸다. 결국 사천왕사는 대당 항쟁의 구심

천 년의 세월이 흐르는 동안 대지 위에서 인간들은 꽃처럼 피었다 진다.
제상 부인이 발을 뻗고 통곡했다던 장사·벌지지의 터에는 망덕사 주춧돌이 서 있다.

처 역할을 한 셈인데, 이를 눈치챈 당나라가 사천왕사를 '사찰'하려 하
자 부랴부랴 거짓으로 다른 절을 하나 더 지어 그 절을 사천왕사라고 속
이려고 했다. 이렇게 당나라 사신들을 속이려고 지었다는 절이 바로 망
덕사다. 절의 기원치고는 독특하다. 어쨌든 그 뒤에 망덕사에는 '제망매
가'의 시인 월명月明이 살기도 했다고 한다. 월명이 밤길에 피리를 불고
가노라면 달이 따라오다가 서기도 하여 그런 이름이 붙여졌다고 하는데,
망덕사에서 사천왕사로 가는 길이 바로 그 길이라 한다. 길 하나를 사이
에 두고 저쪽이 사천왕사 터고 그 위가 선덕여왕릉이다. 그러니까 장사,
벌지지와 망덕사 터, 사천왕사 터, 선덕여왕릉이 거의 일직선으로 이어
진다. 신라 당시에는 이 일대가 도심이어서 집들이 즐비했다지만 지금은
들판 가득 성근 늦가을의 햇볕만이 나른하게 일렁인다.

천 년 세월이 쌓이는 동안 대지 위에서 인간들은 꽃처럼 피었다가 졌
다. 인간의 몸이 비와 바람과 햇볕을 견디는 시간은 채 백 년도 되지 않
지만 인간이 만든 무덤과 반지, 탑과 술잔은 천 년을 견디어 오늘 우리와
만난다. 그러고 보면 천 년의 세월이 흘러도 남아 있는 저 돌과 금속, 나
무들은 인간보다 훨씬 견고한 존재들이다. 그렇지만 그것들보다 더 오래
견디는 건 기록이고, 기록보다 더 오래 전해지는 건 전설인지도 모르겠
다. 입에서 입으로 전해지는 이야기들은 어쩌면 세상이 끝나고도 남아
세상 이후를 떠돌지도 모를 일이다. 한번 탄생한 이야기는 그 자체의 생
명력으로 천 년을 살고 다시 천 년을 넘어 우리에게 전해진다. 때로 하는
사람에 따라, 듣는 사람에 따라 다르게 변주되고 와전되고 은밀히 조작
되기도 하겠지만.

사천왕사 금당 터에서 일직선상으로 보이는 솔숲이 장사·벌지지 터다.

남과 여,
기억의
방식

　박제상과 그 부인의 이야기는 「삼국사기」 '열전' 편과 「삼국유사」 '기이' 편에 전한다. 그 둘의 차이점은 「삼국사기」에는 부인의 이야기가 나오지 않는다는 것이다. 남편이 그리워 치술령에 올라 왜국을 바라보다가 죽었다든지, 치술 신모가 되었다든지 하는 이야기는 「삼국유사」에만 전한다. 「삼국사기」는 다만 중간에 "그 아내가 듣고 포구까지 달려와 배를 바라보고 통곡하며 '잘 다녀오시오' 하니 제상은 돌아보며 이르되 '나는 왕명을 받들고 적국에 들어가니 그대는 다시 만나 볼 생각일랑 마시오' 하고 바로 왜국으로 들어갔다"는 내용만 있다. 「삼국사기」의 기록만 놓고 보자면 치술령도 망부석도 아무런 의의가 없는 셈이다. 장사니 벌지지니 하는 지명도 공간의 의미를 잃고 만다. 사실 「삼국사기」 '박제상전'에는 현실 정치적 존재로서의 제상의 모습도 감춰져 있다. 철저한 계급 사회였던 신라에서 중앙 귀족 가운데 최하위 등급이었던 삽량주간이 어떻게 왕제 송환이라는 막중한 임무를 맡게 되었는지에 대한 과정은 생략되어 있고, 다만 무조건 충성을 다하는 신하로서의 모습만 부각되어 있다. 이는 「삼국사기」 '열전'의 시각과 깊은 관련이 있다.

김부식이 「삼국사기」를 편찬한 12세기는 이자겸의 난과 묘청의 난 등으로 고려가 국가적으로 최대의 위기를 맞이한 시기였다. 지배층 내부의 갈등이 분출되고 귀족 정치의 모순이 드러난 이 시기에 중앙 귀족이었던 김부식은 「삼국사기」를 펴냄으로써 귀족 사회의 골격을 유지하는 데 필요한 이념을 고취하려고 했다. 고려가 당면한 문제는 귀족 사회의 모순이 그 원인이었지만, 기득권 세력이었던 김부식은 모순은 덮어둔 채 귀족층의 내부 분열을 막고 기존 질서를 유지하려고만 했다. 그러다 보니 군신의 의리와 국가 질서의 유지를 강력하게 호소하는 유교적인 이념을 강조하게 되었고, 김유신이나 박제상을 기존 질서의 유지에 공헌하는 이상적인 인물로 제시한 것이다.

김부식은 '열전'에서 박제상의 행위를 이상적인 충忠의 전범으로 삼아 강조하였다. 그러기에 그의 기록에서 박제상의 갈등은 드러나지 않는다. 곧, 박제상의 숭고한 행적만 드러날 뿐, 그 이면에 있을 수 있는 인간적인 갈등은 드러나지 않는다. 그는 오직 왕명을 따라야 하는 불가피한 처지에서 숭고하게 희생한 충신일 뿐이다. 그러므로 김부식의 기록에서 부인 이야기가 배제되는 건 당연한 일이었는지도 모른다. 부인의 이야기를 포함시킨다면 박제상의 숭고한 행적의 이면에 가족의 슬픔과 불행이 있었다는 사실이 드러나게 되니 말이다. 부인의 행적에 대한 서술은 결과적으로 이상적인 충을 추구하다 보면 가족의 불행이 불가피함을 드러내는 셈이다. 그러므로 김부식은 의도적으로 부인의 이야기를 배제했을 가능성이 높다. 곧, 부인에 대한 기록을 배제한 것은 단순한 실수나 생략이 아니라 가부장적인 기억 방식에 의한 고의적인 누락의 결과일 가능성이 높다.

박제상에 대한 기록은 기존의 질서를 유지하며 사회를 이끌어 가는 계층의 입장에서는 충의 표본으로 삼아 널리 알리고 싶은 것이겠지만, 그 반대의 입장에서는 그렇지 않았을 수도 있다. 그러니까, 박제상에 대한 기억은 계급과 성, 계층에 따라 다양하게 변주되며 전승되었다는 말이다. 그 다양한 기억의 한 자락 속에 그 부인의 이야기가 등장한다.

「삼국유사」는 「삼국사기」가 나온 지 130년 뒤에 편찬된 책이다. 「삼국유사」는 치술령과 망부석, 장사, 벌지지 등 박제상의 부인과 관련된 지명을 기록하고 있다. 이는 130년이 지나는 동안 부인의 이야기가 기록의 바깥에서 더욱 확장되었음을 말해 준다. 그 부인의 이야기가 이처럼 활발하게 전승된 것은, 부인의 행적 자체가 당시 세인들 사이에서 회자될 만큼 뚜렷했기 때문일 수도 있고, 사지로 떠나보낸 남편을 기다리는 애절함이 심정적으로 폭넓은 공감을 불러일으켰기 때문일 수도 있다. 일연이 「삼국유사」를 쓴 13세기 후반은 외세의 침입을 받아 민족의 자주권을 상실한 국난의 시기였다. 전쟁과 항쟁의 과정 속에서 많은 여자가 남편을 몽고와의 싸움에 내보내고 자식을 기르고 늙은 부모를 봉양하는 책임을 맡았다. 남편의 부재 상황 속에서 힘겨운 삶을 꾸려 나가던 여자들은 박제상 부인의 이야기에 공감하면서 자신의 입장을 개입시켰을 것이다. 나라에 대한 충성을 실천하는 과정에서 일어난 이별과 불행과 고난이 박제상 부인의 비애와 연결되면서 강한 전승력을 갖게 되고, 이 과정에서 기록에서 사라졌던 박제상 부인의 이야기가 되살아나서 재구성되고 전승되었을 가능성이 높다.

고난의 세월을 견디는 동안 여성들은 공적인 기억에서 사라진 한 여성을 찾아 냈다. 그리고 그 이름을 부르고, 그녀와 관련된 지명들을 기억하고, 당집을 만들고, '치술령곡'이라는 노래를 만드는 등으로 기억을 재구성하였다. 가부장적인 영웅 신화의 회로망은 박제상이라는 전구에만 전류를 흘려보내 불이 들어오게 하고 나머지 전구에는 전류를 차단하였다. 그러나 여성들은 가족이 겪는 불행과 비극, 공적인 기억에서 삭제된 개인의 갈등과 비탄에까지 전류를 흘려보냄으로써 어두운 역사의 한 부분을 네온사인처럼 반짝이게 만들었다. 박제상 부인의 이야기를 전승하고 확장한 주체들은 범주화되고 위계화된 기억의 질서를 뒤흔들면서 또다른 기억 체계를 만들어 낸 것이다. 박제상이 충신의 이름으로 역사 속으로 걸어 들어갈 때 박제상 부인의 이야기는 역사의 바깥에서 입에서 입으로 전승되었다. 그 대표적인 이야기가 그녀가 망부석이 되었다는 설화다.

그녀,
망부석의
관념을
깨다

치술령은 경주시 외동읍과 울주시 두동면의 경계에 있는 고개다. 경주시 외동읍 모화리에서 석계리 저수지 쪽으로 계곡길을 타고 오르는 길이 있고, 울주군 봉계리 배내마을에서 올라가는 길이 있다. 류와 나는 모화리에서 올라가는 길을 택했다. 길은 녹록하지 않았다. 고갯마루까지 가파른 능선이 이어졌다. 숲이 무성해서 햇빛도 잘 들지 않았다. 카메라 가방을 메고 지고 우거진 나무숲 사이를 걸어 올라가느라 땀이 송글송글 맺힌 류는 인생이 늘 이 모양이라고 조금 투덜거렸다. 재미있겠다고 시작하지만 과정은 늘 힘이 들고 결과는 어떻게 될지 모르는 것. 그러나 시작했으니 끝까지 가 보는 수밖에 없다. 이고 지고 멘 채 우리는 입을 꾹 다물고 비탈을 오르다 조금 눈에 띄는 바위만 나오면 이게 망부석이 아닐까 고개를 갸웃거리며 바라보기도 했다. 그러고 보니 돌도 제각각 다른 모습을 하고 있다. 묘용이라더니 이런 걸 두고 하는 말인가 보다. 우리는 자주 멈춰 돌과 바위의 표정을 살피곤 했다. 관심을 갖고 보니 표정도 가지가지다. 수심 깊은 돌이 있고 유쾌한 바위가 있다. 치술령 고갯길에

치술령 아득한 고갯마루에 서 보면 내 남루한 지식의 층위가 부끄러워진다.

는 바위도 많더라고 쓰라며, 류가 흐르는 땀을 씻었다.

망부석 설화는 절개 굳은 아내가 타관이나 외국에 나간 남편을 고개나 산마루에서 기다리다가 죽어서 돌이 된다는 이야기가 골간을 이룬다. 망부석 설화가 치술령에만 있는 것은 아니다. 「고려사」 '악지樂志'에 따르면, 정읍현 사람이 행상을 떠나 오래도록 돌아오지 않자 그의 아내가 산에 올라가 남편의 안전을 빌다가 돌이 되었다 하는데, 그 망부석이 등점산에 있다고 전해진다. 또 경상북도 영일군의 '망부산 솔개재 전설'은 신라 말 경애왕 때 소 정승이 일본 사신으로 가서 돌아오지 아니하자 부인이 산에 올라가 기다리다 지쳐서 죽었다고 전한다. 그 산 이름을 망부산이라 한다니, 망부석보다 규모가 커졌다 하겠다. 그런가 하면, 서해안에는 고기를 잡으러 나가거나 중국 사신으로 간 남편을 기다리던 여자들이 떨어져 죽었다는 바위가 있는데, 이 낙화암 전설도 망부석 설화의 변형으로 볼 수 있다. 그런데, 돌이 되었든 산이 되었든, 기다림에 지쳐 몸이 바뀌는 건 전적으로 여자들이다.

어찌 보면 망부석은 극단적인 자기 부정의 형태를 보이는 상징물이라고 할 수 있다. 그녀에게는 돌보아야 할 아이도, 봉양해야 할 부모도 있었을 테고, 꾸리고 가꾸어야 할 일상이 있었을 것이다. 그런데도 여자는 돌아오지 않는 남자를 기다리느라 남은 삶을 소모한다. 그 행위를 '사랑'이나 '그리움'만으로 받아들이기엔 자기 파괴적인 요소가 너무 짙다. 그녀는 왜 자신의 삶을 포기하는 극단적인 일탈을 감행했을까. 어찌면 망부석은 나랏일이라는 거대한 사명에 목숨을 바치는 남편 앞에서 사사로운 것으로 치부되었던 개인의 억압된 감정을 표현한 엽기적인 상징체가 아닐까.

"류, 왜 여자들만 망부석이 되는 걸까?"

"착한 아내에 대한 사회문화적 기표 아냐? 남자들은 바다를 건너 나라를 구하러 가지만 그의 아내는 늘 그 자리에 붙박이가 되어 변하지 않는 자세로 그를 기다린다. 혹은 그러면 좋겠다는 남자들의 강렬한 바람이 만들어 낸 여성 행동윤리 강령."

해가 들지 않는 숲길은 어두웠다. 마음이 쑥대밭이었을 여자는 이 어둑시근한 산길을 오르며 무슨 생각을 했을까. 한편으론 원망이, 한편으론 미움이, 한편으론 걱정이, 한편으론 그리움이, 무엇이 먼저랄 것도 없이 불쑥불쑥 솟아올랐겠지. 가도 가도 망부석 같은 바위는 나타나지 않았다. 기어이 꼭대기까지 가야 나타날 참인가. 마침내 산정, 오, 드디어 망부석이 나타났다.

맙소사.

머리를 한 대 맞은 기분이었다. 지금까지 상상하던 그 망부석이 아니었다. 애잔하고 슬픈, 기다림에 목이 멘 여자 형상을 한 돌덩이. 그게 내 머릿속에 있던 망부석이었다. 그러나 치술령의 망부석은, 그게 아니었다.

거대한, 아주 거대한 바위, 그대로 산이 되어 버린.

…….

바람 소리만 아니면 온통 침묵이다. 햇빛의 줄기와 바람의 결이, 보인다.

…….

비로소 나는 그녀가 신모가 되었겠다는 생각을 한다.

처음 그녀는 남편이 그리워 산에 올랐을는지도 모르겠다. 오늘은 오려나, 오늘은 오려나, 경주에서 가장 높은 곳에 올라 일본에서 오는 배가 있는지 멀리멀리 시선을 펼쳤을 것이다. 어찌 사무치게 그립기만 했을까. 하루에 열두 번도 더 원망과 미움, 그리움과 야속함이 교차하는 마음을 들여다보았겠지. 이, 고독한 산정에서. 그렇게 하루, 이틀, 사흘……, 백 날, 이백 날…….

그녀, 눅눅하고 습한 마음을 걷어 낸다. 한 켜 한 켜, 걷어 낸 마음을 바위 위에 널어놓지만 걷어 내도 걷어 내도 마음의 바닥은 보이지 않는다. 이생의 기억을 다 걷어 낸 자리엔 다시 전생의 기억이, 그 기억까지 다 걷어 낸 자리엔 또 그 앞의 전생의 기억이 삼단처럼 엮여 나온다. 세상을 한 바퀴 휘감고도 남을, 삼천대천세계 우주 공간을 다 채우고도 남을. 도대체 이것들이 어디에 있었단 말인가.

온 천지에, 그녀, 마음을 널어놓다 문득 뒤돌아보니, 꺼내 놓았던 마음들 흔적 없다. 비에 씻겨 갔는가, 바람에 깎여 나갔는가, 한 줌 티끌로 우주 속으로 사라져 간 마음. 다시 마음자리를 보니 마침내 마음이 모두 나와 버린 빈 자리는 어둡고 깊은 심연. 그녀, 머리칼 베어 사다리를 만든다. 끝도 없는 심연으로, 아득한 바닥으로, 그녀, 내려간다. 그리움이 생겨나는 곳, 미움이 생겨나는 곳, 통곡이 생겨나는 곳, 그 곳을 향해 한걸음 한걸음 내려간다. 어둡고 차가운 심연. 그녀, 때로 오도 가도 못하고 허공에 대롱대롱 매달려 있다. 바닥 없는 바다, 길 없는 길에서 그녀, 손을 놓는다. 허공 속으로, 그녀, 간다. 그녀와 허공, 사이의 경계, 무너진다. 바다도 산도, 나무도 새도, 오호, 경계 허물어진다. 기다림이 나고 내가 기다림임을, 제상이 나고 내가 제상임을, 산이 신이고 신이 산임을, 그리고 이 모든 것이 그대로 찬란한 한 떨기 허공꽃임을. 피었다 지고 피었다 지는 허공꽃임을. 마침내, 그녀는 신모가 되었을 것이다. 햇빛, 눈사태, 폭풍, 파도, 바위 속의 이끼……가 되었을 것이다.

치술령 아득한 고갯마루에 서 보면, 그녀의 어깨 위에 앉아 보면 내 빈곤한 상상력이, 남루한 지식의 층위가 부끄럽고 무안해진다. 신라 사람들은 어쩌면 우리보다 훨씬 더 풍부한 정신 세계를 갖고 있었을는지도 모르겠다. 그들은 영과 육, 물질과 영혼, 성과 속을 구분하는 이원론의 세계에 살지 않았을는지도 모르겠다. 사람이 신이 되고, 호랑이 처녀와 사랑을 나누고, 관세음보살이 현현하는, 역사와 신화가 따로 있지 않은 세계에 살았을는지도 모를 일이다.

신모,
우주의 아르케—
선도산

　사실 박제상의 부인이 치술 신모가 되었다 함은 앞뒤의 맥락 없이 보자면 뜬금없는 이야기일 수도 있다. 그러나 그보다 훨씬 오래 전부터 신라에는 신모 사상이 이어져 왔으니, 제상 부인의 행적이 그 신모 사상과 결부되어 변주된 것이라면 여신 역사의 계보에 자연스럽게 자리한 셈이다. 곧, 치술 신모는 고대의 모계 중심 사회가 남긴 유속의 일부와 당대 사람들의 의도적인 반영이 결합되어 탄생시킨 또 하나의 여신 이야기라 할 수 있다. 신라에는 여신들이 많았다. 김유신을 위기에서 구해 준 삼산의 신모들이나 운제산 성모, 선도산 성모 등이 모두 신라의 여신들이다. 신라 사람들은 기쁠 때나 괴로울 때나 즐겨 산신에 제사를 드렸다는 기록이 나온다. 그러니 아마 치술령 신모 또한 신라 사람들의 의식 세계를 이루었던 하나의 층위였을 것이다. 신라를 이해하는 다양한 결 가운데 여신들의 세계가 있으니 선도산 성모 이야기 역시 신라를 이해하는 폭과 깊이를 확장해 주리라.

　"선도산 없는 신라는 상상할 수도 없다."

선도산 없는 신라는 상상할 수 없다. 다양한 이야기가 숨어 있는 선도산.

경주에 관한 한 최고의 전문가라 할 수 있는 강우방의 이 문장은 뜬금없다. 불국사 없는 경주는 허전하다든지, 왕릉 없는 경주는 심심하다는 말에는 고개를 끄덕일 수도 있겠지만, 선도산 없는 경주를 상상할 수 없다니. 선도산이 경주에 있다는 것에도 희미했던 나로서는, 전 국립경주박물관장이자 미술사학자이며 경주에서 산 세월만 해도 열다섯 해가 넘는 강우방 교수의 그 말에 고개가 갸웃했다. 한술 더 떠서 그는 선도산 없는 경주는 머릿속에 그려 볼 수 없다고 한다. 사실 경주 남산에 대한 열광은 제법 들어 안다. 그리고 막상 남산에 가서 온 산에 가득한 이름 없는 불상이나 조각들을 만나노라면 전문가들의 찬탄에 고개가 끄덕여지기도 한다. 그렇지만 선도산에 있는 문화 유산이라곤 아미타삼존대불뿐이니 그런 점에서라도 강우방의 경외는 조금 낯설다. 어쨌든 이 문장 하나 덕분에 나는 오직 선도산에 가려고 경주행 기차를 탄다.

선도산 오르는 방법은 여러 가지가 있겠으나, 태종 무열왕릉이 있는 서악동 고분군에서 올라가는 길로 방향을 잡는다. 윤곽이 고운 거대한 여섯 개의 능이 햇빛 아래 나른하게 누워 있다. 태종 무열왕을 중심으로 한 왕족의 계보일 것이라는 추측뿐 누구의 것인지 밝혀지지 않은 능들이 부드러운 곡선을 이루며 작은 동산처럼 솟아 있다. 저 유려한 곡선이라니. 한숨이 나올 만큼 완벽한 곡선을 바라보다 문득 눈을 드니 선도산이 보인다. 어쩌면! 능의 곡선과 선도산의 곡선은 닮아 있다. 옛 사람들은 산의 선을 따라 능의 곡선을 만든 것일까. 신라인들이 가진 선에 대한 감각이 사람의 마음을 설레게 하고 심중 깊숙이 있는 어떤 관능을 일깨운다.

초등학교 5학년, 첫 경주 여행 내내 나는 이유 없이 어질머리가 일어

부드러운 곡선의 능들이 줄지어 서 있는 길을 따라 선도산을 오르다.

구역질을 했다. 엄마는 멀미 탓이라며 노란 물약을 먹였는데, 지금 생각해 보면 둥근 능들, 부신 유월의 햇빛이 내려앉은 거대한 고분의 관능 때문이었던 것 같다. 부드럽고 둥근 실루엣의 능들은 비릿할 만큼 에로틱했지만 그 느낌의 실체를 알기에는 너무 어렸던 나는 이상한 맛의 멀미약으로 간신히 구토를 가라앉혀야 했다. 무덤과 관능. 조합될 수 없는, 전혀 어울릴 것 같지 않은 단어 같지만, 경주의 능들은 분명 우아하지만 위태로운 관능의 향기를 내뿜고 있다. 어쩌자고 신라인들은 무덤마저 이토록 관능적으로 만들었단 말인가, 탄식이 나올 만큼.

고분을 따라 오른쪽으로 작은 마을이 있고, 산죽나무가 서늘한 바람을 일으키는 마을길을 올라가다 보면 다시 몇 개의 무덤과 마주친다. 진흥왕릉, 문성왕릉이라고도 하지만 확실한 근거가 있는 것은 아니다. 신라 적 탑이라는 설명이 붙어 있는 조그만 삼층 석탑을 지나면 본격적인 산길이 시작된다. 겨울 햇빛이 드는 다사로운 산길은 조용하다. 그래서일까, 새 소리가 유난히 명징하다. 여러 종류의 새가 내는 가지가지 소리들 중 까옥 까옥 까마귀 소리만 구분이 된다. 은빛 겨울나무 가지 사이로 날아올라 비상하는 까만 새. 선입견을 벗어 내고 보면 까마귀는 아주 우아한 새다. 부드러운 능선을 따라 헌헌한 소나무 숲길이 이어지고 돌아서는 모퉁이도 여유롭다. 가파르지도 지루하지도 않은 산길은 기분 좋을 만큼 숨을 가쁘게 하는데, 갑자기 투두둑 나뭇가지 부러지는 소리가 난다. 노루다. 녀석이 우리를 먼저 발견하고 도망가느라 낸 소리다. 눈 내린 겨울, 먹을 게 없어 한참을 내려왔나 보다. 부디 이 겨울을 잘 넘기길, 새순이 돋는 봄날은 다시 오리니.

선도산은 경주의 서쪽에 있는 산이다. 붉은 낙조가 여래의 몸에 닿았을 때 석상들은 더욱 장엄하고 신성해 보였으리라.

부드러운 산자락을 따라 천천히 걸어 올라가다 보면 정상 근처에 작은 산턱이 보이고 그 곳에 아미타여래삼존대불이 있다. 높이가 7미터가 넘는 거대한 아미타여래가 중앙 암벽에 조각되어 있고 양쪽에는 화강암으로 만든 관음보살과 대세지보살이 세워져 있다. 아미타여래는 이마가 깨어졌지만 장한 기상이 그대로 남아 있고, 관음보살은 허리가 잘려나갔는데 그 덕에 외려 더욱 고혹적이다.

390미터밖에 되지 않는 낮은 산이지만 이 곳에선 경주 시내가 한눈에 내려다보인다. 조밀하지 않은 도심, 너른 들판과 길, 시내를 흐르는 강과 지류들. 푸른 하늘 아래 안락하고 포근하게 경주가 펼쳐져 있다. 백제도 고구려도 몇 번씩 천도를 했지만 신라만은 천 년 동안 경주를 수도로 삼고 옮기지 않았다. 그만큼 살기에 좋았기 때문일까. 천 년의 유적이 고스란히 남아 있는 곳은 이탈리아의 로마, 중국의 장안 같은 몇 도시를 제외하고는 인류 역사에서 드물다. 경주 땅 어디를 파도 신라 시대의 기왓장이 출토된다는 말은 우스갯소리가 아닐 것이다. 고층 건물이 들어서고 철도가 연결되고 도로는 넓어졌지만 선도산에서 내려다보는 경주는, 먹먹하다. 이천 년 전, 이 곳에서 내려다보면 찬란했던 왕궁과 탑과 절이 즐비했을까. 그리고 그 거리에 살았던 사람들은 해질 무렵 선도산의 황혼을 홀린 듯 바라보았을까.

선도산은 경주의 서쪽에 있는 산이다. 신라인들은 선도산 너머로 해가 지는 것을 날마다 보았을 것이다. 높은 건물이 없던 당시에 낙조는 더없이 황홀했겠지. 그래서 그들은 이 산정에 아미타삼존대불을 모시고 서방 극락세계를 상상했는지 모른다. 붉은 낙조가 여래의 몸에 닿았을 때

보희의 꿈에 등장하는 선도산은 신라의 기원과 맞닿아 있다.

석상들은 더욱 장엄하고 신성해 보였으리라. 작고 낮은 산이지만 이 곳에선 아주 잘, 경주가 보인다.

아미타여래상 옆으로는 성모사라는 조그만 사당이 있다. 성모聖母라는 말은 존엄하고 신령스러운 여신을 부르는 한자어다. 성스러운 어머니, 큰 어머니라는 뜻을 가진 성모의 우리식 표현은 할머니다. 크다는 뜻을 가진 '한'과 '어머니'의 합성어가 어원인 할머니란 말은 존엄하고 신령스러운 모신母神을 이르는 말이기도 한 것이다. 우리 나라에서 바람신을 영등할미, 생명을 주관하는 탄생신을 삼신할미, 토지나 마을의 수호신 역할을 하는 신을 당산할미 등으로 부르는데, 이들 할머니는 큰 어머니 곧 모신을 의미한다.

국토의 3분의 2가 산으로 이루어진 우리 나라는 예부터 산을 하늘에서 천신이 하강하는 곳이나 신이 머무는 주처로 여겨 외경하였거니와, 이름난 산이나 높은 산마다 그 산의 산신을 지극한 신앙의 대상으로 숭배해 왔다. 고대에는 산신이 모두 여신이었다. 풍요와 다산을 지고의 선으로 추구했던 고대 사회에서 여성에게 내재된 생산성이 여성성의 신성화로 이어진 것은 자연스러운 일이었을 게다. 그래서 산을 어머니 또는 할머니로 인식하여 모악산母岳山이니 대모산大母山이니 할미산으로 불렀다. 지리산 성모聖母니 노고단老姑壇이니 정견 모주母主니 하는 이름들은 여신을 산신으로 인식했던 흔적들이다.

성모사 내부를 들여다볼 수 없을까 주변을 서성이는데 컨테이너로 지어 놓은 가건물 안에서 머리는 하얗게 세었지만 어깨와 등이 정정한 할머니 한 분이 나온다. 어찌 왔냐 물어 보더니 물도 주고 인절미도 구워 주고 과일도 깎아 준다. 하는 품이 배고프고 목마른 이 앞에 나타난 여신 같아서 슬몃 웃음이 나오는데, 알고 보니 그녀는 이 곳에 머무르며 기도와 수행을 하는 분이란다. 스무 해나 이 곳에서 지냈다는 그녀에게 성모사를 볼 수 있냐 했더니, 박씨 문중에서 관리를 하며 해마다 정월 초하루에 며느리들이 모여 제사를 지낼 때만 문을 연다고 한다.

"박씨 문중에서 왜요?"

"그러니까 이 선도산 여신이 알영과 박혁거세를 낳았으니 선도산 신모가 그들의 조상이 되는 셈이라는 거지."

「삼국유사」 '감통' 편에 의하면 신라 시조 박혁거세와 왕비 알영 부인을 낳은 신이 바로 선도 신모라고 한다. 고대 국가를 세우고자 했던 주체들은 개국의 주인공과 사람들의 마음 속에 자리잡고 있는 여신과의 결합을 통해 개국 주체의 신성성을 인정받으려고 했던 모양이다. 아마도 그들은 생산과 풍요를 상징하는 여신의 이미지를 업어 옴으로써 국가의 번영과 정당성을 동시에 얻으려고 했을 것이다. 곧, '신라'라는 나라가 생기기 이전부터 사람들이 산신으로 추앙하던 선도산 성모가 신라의 건국 주체들과 결합하면서 혁거세와 알영이 권위를 인정받는 모습을 갖춘 셈인 것이다. 그렇지만 여신을 업고서 민심을 얻으려고 했던 필드에서와는 달리, 그 뒤 공식적인 신라의 건국 신화 기록에서 선도산 성모는 배제된다. 신라의 시조 박혁거세는 알에서 태어났고, 알은 하늘에서 내려온다. 개국 신화에서 흔히 보이는 천강 신화는 생명의 탄생에서 여성의 몸을 배제했다. 영웅들은 여성의 몸을 빌리지 않고 하늘에서 직접 내려온다. 건국의 주체가 여성과 상관 없이 태어나는 장면을 보여줌으로써 남성들은 '그들만의 역사'를 서술하고자 하는 의도를 드러낸 셈이다.

한편 선도산 성모와 관련하여 「삼국사기」는 전혀 다른 이야기를 기록하고 있다. 김부식이 송나라를 방문했을 때 "옛적에 중국 황실의 딸이 바다를 건너 진한에 이르러 아들을 낳아 해동의 시조가 되었으며, 그녀는 땅 신선이 되어 늘 선도산에 있으니 이것이 그녀의 형상입니다"라는 말을 했고, 김부식은 이 대화를 그대로 기록하였다. 김부식은 하늘보다 강력한 힘의 배후로 중국을 새롭게 끌어들여 신라 건국 신화를 재구성한 셈이다. 왕의 권력을 정당화시키는 강력한 배후로 김부식은 천신의 자리에 중국 황실을 앉혀 놓았다. 김부식으로서는 중국의 황실과 신라의 왕실이 혈연으로 이어져 있다는 사실이 몹시 뿌듯했을는지도 모르겠다.

이러한 과정은 고대인의 대표적인 신앙 형태인 여신이 가부장제와 외래 종교와 사대주의와 만나는 모습을 보여주는 드라마다. 모계 사회에서 부계 사회로 이전하는 인류사의 변천 과정에서 여신들은 모습을 바꾸어 살아남거나 자취를 감추거나 남신에게 자리를 양보한다. 대부분의 산신령이 백발이 성성한 할아버지, 호랑이를 탄 남성의 모습으로 정착하는 시간은, 그러므로, 남성과 여성이 우주의 대권을 놓고 벌인 격동의 역사인 셈이다.

신라 이후 천여 년의 시간이 흐르면서 선도산 성모에 대한 다양하고도 구구한 이야기가 전해지지만, 적어도 신라인이 살던 시절에는 선도산 성모가 그들의 의식 속에서 우주의 아르케로 작용했던 듯하다. 신라의 탄생과 맞닿아 있고 죽음 이후의 세계와 맞닿아 있는 산이니 선도산을 보지 않고 어찌 경주를 보았다 할 수 있겠는가. 선도산에 올라 보면 비로소 강우방 교수의 말이 무엇인지 어렴풋이 감이 잡힌다. 오롯한 산길에 햇빛이 내리면 그림자도 함께 짙어 존재의 그늘을 선연히도 보여 준다.

산정으로 올라가려고 길을 드는데 고양이 한 마리가 슉 지나간다. 깜짝 놀라자 할머니가 한 마디 한다.

"내가 이십 년 전에 처음 여기 왔을 때 말이야, 고양이가 있더라고. 그런데 그 때 내 생각에 산에 고양이가 있을 리 없는 거야. 그래서 저놈이 분명 호랑이 새끼일 것이라 생각하고 경주 시청에 전화를 했었다니까. 호랑이 새끼가 있는 걸 보면 분명히 이 산에 호랑이가 있을 거라고."

그 말에 깔깔 웃기는 했지만, 호랑이가 있을 것이라고 생각하면서도 스무 해나 굳건히 이 산에 살고 있는 걸 보면, 어쩌면 그녀는 꿈 속에선 호랑이를 타고 이 산을 누비는 산신일지도 모르겠다.

아, 그러고 보니, 보희의 꿈에 등장했던 산도 선도산이다. 김유신의 누이동생 보희가 어느 날 선도산에 올라 오줌을 누니 온 서라벌이 잠겼단다. 민망도 해라. 잠을 깬 보희가 꿈 이야기를 하자 그녀의 동생 문희가 그 꿈을 팔라고 한다. 보희가 그러마 하고 "옛다, 꿈" 하며 건네자 문희는 치마폭으로 그 꿈을 감싸 받는다. 이 거래가 아주 장난은 아닌 것이 당시로서는 쌀 두 가마니 값에 해당하는 귀하디귀한 비단 두 필이 오고 갔다 하니 아마도 문희는 이 꿈의 가치를 아는 소녀였음에 분명하다. 결국 꿈을 산 문희는 이후 태종무열왕의 비가 된다. 총명한 그녀, 카를 융보다 천 년이나 앞서 인류의 집단 무의식을 이해하는 꿈 해석 전문가였나 보다.

치술령
에필로그

류.

박제상의 부인과 관련된 「삼국사기」, 「삼국유사」, 민간 설화를 뒤엎는 재미있는 글을 「화랑세기」라는 책에서 발견했습니다.

황아皇我는 눌지왕의 딸이고, 그 어머니는 치술공주鵄述公主인데, 실성왕의 딸이다. 제상공에게 시집을 가서 삼아三我를 낳았으나, 제상공이 장차 멀리 떠나려 하자, 장사長沙에 드러누워 오랫동안 크게 울며 일어나지 않았다. 왕이 불러 궁중으로 들여 색도色道로써 위로하니 마침내 황아를 낳았다.

그러니까 이 책에 의하면 우리가 답사했던 모든 곳의 이야기기 말짱 거짓말이 되는 셈이지요. 제상의 부인은 제상이 죽은 후 망부석이 되기는커녕 눌지왕과 더불어 황아라는 딸을 낳은 것입니다. 「화랑세기」는 아직도 그 진위 여부가 논쟁 중인 책이라서 이 이야기가 사실인지 아닌지는 알 수가 없어요. 만일에 「화랑세기」가 진본임이 밝혀진다면 제가 위에 썼던 이야기들은 다 엎어지겠지요. 그렇지만 그녀가 망부석이 되지 않고 남은 삶을 잘 살았다면 내가 쓴 글쯤이야 기꺼이 쓰레기통으로 들어간다 해도 뭐 그리 아쉬울 게 있겠습니까.

그리고 또 하나, 제상 가족과 관련한 기록이 있습니다. 「화랑세기」 중 '십오세 유신공'에 나오는 기록인데 박제상의 딸이 김유신의 직계 조상라는 기록이지요. 복잡한 내용을 간단하게 요약하면,

김유신의 5대조 할아버지는 질지대왕이다. 질지는 통리를 왕후로 삼았다. 통리는 미해공(미사흔)의 딸이다. 미해공의 딸이라면 박제상과 그 부인 사이의 딸이 낳은 딸이다

이렇게 정리됩니다. 다시 말해, 박제상과 부인 사이에 난 딸(청아)이 미사흔과 결혼한다, 청아가 낳은 딸(통리)이 가야국의 질지대왕과 결혼한다, 그 뒤 5대가 지난 후에 김유신이 이 가문에서 태어난다, 뭐 그런 이야기지요.

당신은 "그래서 어쨌다는 거야" 하겠지요. 그냥 박제상과 연루된 여자들이 죽지 않고 이런 식으로 발견되는 것이 기뻐서 적어 봤습니다.

그리고 「삼국유사」 '왕력王曆' 편을 보면 박제상의 부인인 치술 부인과 19대 눌지왕의 비인 아로阿老 부인은 모두 18대 실성왕의 딸로 기술되어 있습니다. 그렇다면 박제상과 눌지왕은 동서간이 됩니다. 이러한 기록은 미사흔과 박제상의 딸의 혼인이 가능하다는 단서가 됩니다. 왜냐면 성골이니 진골이니 하면서 철저하게 피의 성분에 따라 사회의 모든 질서를 규정하던 신라 사회에서 한낱 지방 관리의 딸이 왕의 동생과

결혼한다는 것은 무리가 따르는 일이었거든요. 곧, 박제상의 딸을 미사 흔과 혼인시킨 것은 박제상이 제 목숨을 희생하면서 과업을 성취했으니 당연한 보상이라는 것은 지금의 우리 생각일 뿐이라는 거죠.

신라 시대를 상상한다는 것은 내 머릿속의 구조망을 다 해체하고 나서야 가능한 일이라는 생각이 들기도 합니다. 천오백 년 전 사람들의 이야기는 내 기억이 끝나는 곳에서, 내 단단한 이성이 허물어지는 곳에서 새롭게 발견됩니다.

여왕님
여왕님
우리들의
여왕님

청춘이 지던 어느 날 친구와 반월성을 거닐었다. 여러 번 떨어진 끝에 드디어 단막극이 당선되어 방송 작가가 된 친구는 여왕 이야기를 구상하고 있었다. 자료를 찾고 사람들을 만나고 경주를 몇 번이나 답사한 끝에 완성한 시놉시스는 그러나 퇴짜를 맞고 말았다. 고증이 어렵다는 게 문제였다. 공을 들인 만큼 낙심했으리라 생각했는데 친구는 그닥 실망한 낯빛이 아니었다.

"언젠가는 쓸 수 있을 거야. 신라 사람들의 이야기가 얼마나 재밌는데. 지금 우리가 얽매여 있는 윤리나 도덕 같은 게 사실은 만들어진 지 겨우 천 년도 안 된 것들이라는 걸 알려 주는 이들도 신라인들이야. 우리가 상상하는 것을 넘어서는 또다른 윤리관이나 도덕관으로 천 년을 살았던 사람들이 있다는 건 정말 유쾌한 일이야."

반월성은 구릉을 반달 모양으로 깎아 성을 쌓은 데서 그 이름이 유래했다고 한다. 기록에 따르면 이 월성 주변으로 신라의 궁궐이 즐비했을 것이라 한다. 그러나 화려하고 눈부셨을 왕궁은 남아 있지 않다. 무덤이나 돌, 코가 깨진 불상들, 청동의 종……. 그리고 보니 단단한, 혹은 무심한 질료들로 우리는 신라를 만나고 있다. 부드럽고 연하고 달콤한 것들은 역사 속에서 늘 상상으로 남을 뿐인가. 지금은 아무것도 남아 있지 않은 텅 빈 대지. 지난 가을에 떨어진 잎들이 융단처럼 쌓인 땅의 질감이 한없이 부드럽다. 솔숲 사이로 눈발이 흩날리기 시작한다.

"신라 사람들이 살았을 때도 눈이 내렸겠지. 누군가 이 공간에서 눈을 맞았을 거고."

"시간이 흐르고 사람은 바뀌겠지만 눈의 원소는 천오백 년 전이나 지금이나 똑같겠지. 신라인들과 지금의 나를 구성하는 원소들도 똑같을까? 아니면 천오백 년의 시간이 흐르는 동안 인간을 채우는 원소들, 욕망이나 상상, 매혹 같은 것들 말이야, 달라졌을까?"

"글쎄……, 천 년의 시간 동안 이 도시에는 몇 번이나 눈이 내렸을까."

"경주에 눈이 오는 건 드문 일이니까 옛날에도 그랬겠지. 눈이 내렸다는 기록이 별로 없는 걸로 봐서 당시에도 눈이 많이 내렸을 것 같지는 않아."

"신라 사람들은 눈이 오면 뭘 했을까."

"데이트를 하지 않았을까. 뭐, 인간의 삶이란 게 시절이 바뀌었다고 그리 크게 다르겠어."

"큭, 우리 첫눈이 오는 날 황룡사 탑 앞에서 만나기로 해요, 혹은 첨성대 앞에서 기다릴게, 뭐 그런 식으로?"

"신라 사람들이 사랑에는 열정적이었으니까."

"신라 사람들만 그런가."

"좀 독특하지. 지귀 이야기만 해도 그렇고. 그야말로 현실과 신화를 넘나드는 사랑을 하지."

"지귀 이야기?"

"선덕여왕을 사랑하다 불귀신이 되었다는. 몰라?"

"들어는 본 거 같은데 그가 불귀신이 되었다는 건 첨 듣는데."

손지갑만큼이나 늘 챙겨들고 다니는 노트북을 열어 친구는 정리한 내용을 보여주었다.

지귀의 사랑

선덕여왕 때 지귀라는 젊은이가 있었다. 지귀는 활리역 사람인데, 하루는 서라벌에 나왔다가 지나가는 선덕여왕을 보았다. 그런데 여왕이 어찌나 아름답던지 그는 한눈에 여왕을 사모하게 되었다. 지귀는 선덕여왕을 짝사랑하다 그만 상사병에 걸렸다. 이 소문을 들은 여왕은 영묘사에 불공을 드리러 가는 길에 지귀에게 알현을 허락하였다. 여왕이 불공을 마치고 나와 보니 기다림에 지친 지귀는 그만 잠이 들어 있었다. 선덕여왕은 지귀를 깨우지 않고 그의 가슴에 팔찌를 풀어 놓고 돌아갔다. 여왕이 지나간 뒤에 비로소 잠이 깬 지귀는 가슴 위에 놓인 여왕의 금팔찌를 보고는 놀라고 감격했지만 여왕을 보지 못했다는 낙담에 그만 가슴 속에 불이 나서 활활 타올랐다. 온몸이 불덩어리가 되는가 싶더니 가슴 속에 있던 불길은 몸 밖으로 터져 나와 지귀를 어느 새 새빨간 불덩어리로 만들고 말았다. 처음에는 가슴이 타더니 다음에는 머리와 팔다리로 옮겨가 마치 기름 묻힌 솜뭉치처럼 활활 타올랐다. 지귀가 있는 힘을 다하여 탑을 잡고 일어서자, 불길이 탑으로 옮겨가서 이내 탑도 불기둥에 휩싸였다. 멀리 사라지는 여왕을 따라가려고 지귀는 꺼져 가는 숨을 내쉬며 허위적허위적 걸어갔다. 그 바람에 지귀 몸에 있던 불기운이 거리에까지 퍼져서 온 거리가 불바다를 이루었다. 결국 지귀는 불귀신이 되어 온 세상을 떠돌아다니게 되었는데, 사람들이 이 불귀신을 두려워하자 선덕여왕은 불귀신을 쫓는 주문을 지어 백성들에게 내놓았다.

지귀는 마음에서 불이 나
몸이 불로 변하였다.
바다에 멀리 쫓아서
보지도 말고 친하지도 말지어다.

백성들은 선덕여왕이 지어 준 주문을 써서 대문에 붙였다. 그러자 비로소 화재를 면할 수 있었다. 이런 일이 있은 후부터 사람들은 불귀신을 물리치는 주문을 쓰게 되었는데 이는 불귀신이 된 지귀가 선덕여왕의 뜻만 쫓기 때문이라고 한다.

여왕의
사생활

"사랑 이야기가 어느 순간 신화 속으로 미끄러져 들어가 버렸네. 어디까지가 사실이고 어디까지가 전설일까?"

"글쎄. 영묘사에 불이 난 건 사실이 아닐까."

"선덕여왕이 당시 사람들한테 대단한 인기였나 봐. 이뻤나?"

"아무리 이뻐도 여왕이 됐을 당시는 이미 할머니였는 걸."

"선덕여왕이 할머니였다구?"

"할머니까지는 아니라 하더라도 중년의 여성이었다는 거지. 일단 선덕여왕의 아버지, 진평왕은 신라 역대 쉰여섯 명의 왕 가운데 재위 기간이 53년으로 가장 길었거든. 그러니 선덕여왕이 늦은 나이에 즉위한 건 사실이지. 선덕여왕이 태어난 해는 기록으로 남아 있지 않아, 죽은 해만 나와 있고. 그러면 어떻게 계산을 하느냐, 김춘추의 나이를 가지고 계산하는 거야. 김춘추는 선덕여왕의 언니(혹은 동생이라고도 하는데) 천명공주가 낳은 아들이거든. 그러니까 조카지. 선덕여왕이 즉위할 때 김춘추는 서른이었다고 해. 그러니까 천명공주가 스물 즈음에 김춘추를 낳았다면 천명공주는 오십 즈음이겠지. 그러니까 언니(또는 동생)가 오십 즈음이면 선덕여왕 역시 서너 살 차이일 테니 그 근처였을 거 같아. 이게 선덕여왕의 나이 계산법이야. 영묘사는 선덕여왕 즉위 4년에 지어진 거니까 지귀는 오십이 넘은 여왕을 사모했던 셈이지."

"그러니까 선덕여왕, 곧, 덕만공주가 왕위에 오를 당시는 할머니까지는 아니어도 중년의 여성이었겠구나. 그럼 남편과 자식들도 있었겠네. 그러고 보니 선덕여왕의 남편은 누구인지 한 번도 들어본 적이 없네. 여왕의 남편은 누구야?"

"『삼국유사』에 보면 진평왕의 동생, 그러니까 삼촌과 결혼했다고 나오고, 『화랑세기』에는 김용수, 김용춘 형제가 모셨다고 나와."

"뭐, 그럼 세 명의 남자와 결혼을 했단 말이야?"

"뭘 그리 놀라나? 남자 왕들의 경우 왕비가 대여섯 명인 경우가 일반적인데."

"그럼 여왕도 여러 명의 남자를 남편으로 삼을 수 있었단 이야기야? 그런데 잠깐, 여왕의 남편을 뭐라고 불러야 하지? 왕의 비는 왕비인데 왕의 남편인 경우는 왕부, 이렇게 부르나?"

"갈문왕 정도의 호칭이 있었지, 아마. 갈문왕은 왕과 가장 가까운 남자 친족에게 붙이는 명예 호칭인 셈인데, 왕과 왕비의 아버지나 동생, 그리고 여왕의 남편에게도 붙였던 거 같아."

"만일 다음 대통령 선거에서 여성이 당선되면 대통령의 남편을 뭐라고 부를까? 영부? 좀 어색하네."

"여자가 대통령이 될 경우에 새롭게 생겨나는 단어가 한둘이 아닐 걸. '말'을 잘 살펴보면 여자들이 정치에서 아주 오랫동안 배제되어 왔다는 걸 알 수 있어. 우리는 아주 자연스럽게 여왕이라고 부르지만 남왕이라는 말은 어색하잖아. 왕은 당연히 남자기 때문에 굳이 앞에 '남'이란 접두어를 붙이지 않는 거지."

"그렇군. 여왕의 남편들은 뭘 했지? 예를 들어 지난번에 엘리자베스 여왕이 방문했을 때 그 남편 필립 공은 주로 골프를 치거나 자선 단체 같은 데를 방문했잖아."

"그건 영국의 여왕이 실질적인 정치의 주체가 아니어서 그럴 거야. 신라 시대 여왕의 남편들은 권력의 핵심에서 국정을 총괄하는 사람들이었어. 여왕과 사적인 관계이면서 동시에 공적인 임무를 수행하는 핵심 참모들이었던 셈이지."

"어쨌든 '여자'인 '왕'이 남편을 셋 정도 두는 게 자연스러운 건 신라 시대에만 가능한 이야기 같아."

"그렇겠지. 유교적 도덕률이 확립되기 이전이니 가능했던 일이지. 그나마 여왕들의 사생활에 대해 언급한 책은 「화랑세기」야. 「삼국사기」 같은 데선 전혀 다루지 않지. 김부식의 입장에서 본다면 여자가 남편을 셋 이상 두는 것은 용납할 수 없었을 거야. 큭큭."

용춘공은 선덕공주의 사신私臣이 되었다. 선덕이 왕위를 계승함으로써 용춘공은 왕의 남편이 되었다. 그런데 용춘공은 자식이 없어 물러나기를 청하였다. 이어서 용춘공의 형인 용수공이 왕의 남편이 되었다. 용수공에게서도 아들을 얻지 못하자 용수공이 물러날 것을 청하였다. 군신들은 삼서의 제도라 하여 흠반공과 을제공을 더하여 모시게 하였다. 선덕의 아버지인 진평왕은 선덕에게 세 명의 사위를 얻어 주었다.
「화랑세기」

"그러니까 선덕여왕은 결국 남편을 셋을 두었는데도 자식이 없었던 거네. 그래서 결국 사촌인 진덕여왕에게 왕위를 물려주는구나. 진덕여왕의 남편은 누구지?"

"아쉽게도 진덕여왕의 사생활에 대한 기록은 거의 없어. 남편이 누구인지 자식이 몇이었는지는 알 길이 없다네."

"신라 시대 세 명의 여왕 중에서 진성여왕의 남편에 대해서는 그래도 잘 알려져 있지. 각간 위홍. 삼촌과 관계를 맺었다 해서 다들 불륜의 여왕이라 말하잖아. 얼마 전에 끝난 어떤 사극 드라마에서도 그랬고."

친구는 혀를 끌끌 찼다. 신라 시대의 결혼 풍속도를 조금만 살펴봐도 삼촌과 결혼하는 것이 얼마나 자연스런 일인지는 쉽게 알 수 있다는 것이 그녀의 견해였다.

김부식이 「삼국사기」 '열전' 열 권 중에서 무려 세 권을 할애한 신라의 영웅 김유신, 그는 환갑 정도의 나이에 십대 후반의 지소부인과 결혼한다. 우리가 잘 아는 원술랑은 김유신과 지소부인 사이에서 낳은 아들이다. 그러면 지소부인은 누구인가. 그녀는 김유신의 동생 문희와 김춘추 사이에서 난 딸이다. 그러므로 김유신은 조카와 결혼한 것이다. 그것도 예순이 다 돼서 십대 후반의 조카딸과. 지금의 윤리관으로 보자면 말도 안 되는 패륜이지만 당시로서는 신라 왕실과 최고 권력 가문의 공개적인 결합이었다. 김유신 집안과 관련하여 한 가지 더. 김유신의 두 누이, 문희와 보희. 문희는 보희가 꾼 오줌 꿈을 비단을 주고 산 뒤에 김춘추, 태종무열왕의 비가 된다. 그렇다면 보희는 어떻게 되었을까? 정작 꿈을 꾼 주인공이면서 그 꿈을 동생에게 팔아 버린 비운의 보희 말이다.

그녀 역시 왕의 비가 되었다. 동생보다 늦게 다시 김춘추에게 시집가 아들 낳고 딸 낳고 잘 살았다. 그러니까 자매가 한 남자와 결혼한 것이다. 선덕여왕의 사신으로 임명되어 여왕을 가까이서 모셨던 용춘은 나중에 선덕여왕의 언니 천명공주와 결합하여 살았다. 천명공주는 원래 용춘의 형 용수와 결혼하여 김춘추 곧 태종무열왕을 낳았으나, 용수가 죽자 용춘과 살았다. 곧, 시동생과 재혼한 것이다. 그뿐만이 아니라, 용춘, 용수와 천명, 선덕과의 관계는 본디 숙질간이었다. 지금의 잣대로 보자면 그야말로 황음한 관계들이다. 그러나 아무도 이들의 관계에 대해 불륜이라거나 패륜이라는 말을 갖다 붙이지 않는다.

신라는 근친혼이 성행하던 사회였다. 성스러운 뼈니 진짜 뼈니 하는 성골, 진골 이야기만 보더라도 짐작할 수 있는 사실이다. 신라 사회에서는 뼈에 대한 집단 홀림이 있었다. 신라 사회의 지배층은 스스로를 성스러운 뼈다귀란 뜻의 성골聖骨과 진짜 뼈다귀란 뜻의 진골眞骨로 부를 만큼 신분을 절대시했다. 그리고 근친혼은 그 신분을 지키기 위한 관계 맺기의 중요한 수단이었다. 곧, 왕실과 귀족들은 근친혼을 통해 권력에 대한 특권 의식을 공고히 하려 한 것이다. 신라뿐만 아니라 고려 왕실에서도 족내혼은 널리 행해졌다.

집단 홀림은 신라 시대에만 국한되지 않는다. 사실 시대에 따라 저마다 다른 집단 홀림 현상을 보여 왔다. 이를테면, 조선 시대에는 남성이 여성보다 우위에 있다는 집단 홀림이 최절정에 이르지 않았던가. 조선 시대 사람들이 유교적 봉건 사상에 마취당하였다면, 지금은 무엇에 집단 홀림을 당하고 있을까. 무엇이 우리의 영혼과 몸을 묶어 놓는 기제로 작용하는지를 바라볼 수만 있다면 우리가 어떤 집단 홀림에 빠져 있는지 알 수 있을 것이다. 이 시대를 사는 우리가 자연스럽고 당연하다고 생각하는 것들이 사실은 신라의 근친혼과 비슷한 것임을 우리는 종종 잊고 산다.

신라 시대의 근친혼 이야기를 좀더 하자면, 진평왕은 어머니 지소태후의 명으로 선대 왕인 진지왕의 부인을 아내로 맞아들인다. 진성여왕을 음란하고 황음하다고 하려면 이들에 대해서도 똑같은 기준을 적용해야 한다. 김유신은 천하의 몹쓸 놈이고 진평왕은 패륜의 상징 정도는 되어야 한다. 그러나 신라인의 눈으로 신라 사회를 보면 지극히 '정상적인' 관계들이다. 그렇다면 진성여왕과 각간 위홍의 관계도 그 시대의 일상적인, 스캔들이 될 수 없는 관계인 것이다. 그런데 왜 조선의 사학자들은, 그리고 오늘날의 드라마 제작자들은 유독 진성여왕만을 음란하다, 황음하다 하는 걸까. 그들은 진성여왕이라는 기표를 사용하여 우리 사회에 어떤 기의를 확산시키고자 하는 것일까. 의식적이든 무의식적이든 그들은 '진성여왕의 황음'이라는 메타포를 이용해 여성이 정치를 하는 것에 대한 야유를 유포시키고 있는 셈이다. 여성이 정치 지도자가 되는 것에 대한 불만을 부적절하게도 여성의 정절론을 이용하여 비난하는 셈이다.

"흠, 지금의 윤리관을 허물지 않고는 도대체 신라 사회를 이해할 수가 없겠구나. 그런데 왜 유독 신라에만 여왕이 있었을까? 조선 시대야 그렇다 치고, 고구려나 백제에도 여왕은 없었잖아."

"그 문제는 알영정에 가서 이야기해 보기로 하자."

알영정,
천년의
배꼽

물의 몸을 가르고

계룡이 나오고

계룡의 몸을 가르고

한 여자 나온다

한 여자의 몸을 가르고

한 세상

천 년을 이어 갈 이야기 나오니

알영정

이야기의 배꼽

신라의 탯줄

    알영정은 오릉 안에 있다. 이 곳에 있는 다섯 무덤은 알영의 남편이자
신라 초대 왕인 박혁거세와 제2대 남해왕, 제3대 유리왕, 제5대 사파왕,
그리고 박혁거세가 세상을 떠난 지 이레 만에 서거하여 왕 옆에 묻힌 알
영왕후의 능이라고 전한다. 오릉 동편에는 지금도 시조왕의 위패를 모시

는 숭덕전이 있으며, 그 뒤에는 알영이 탄생한 곳이라 알려진 알영정 터가 보존되어 있다. 대숲이 서걱이는 맞은편에는 우물터가 하나 있는데 이 곳이 바로 알영왕후가 태어난 곳이라고 한다.

신라의 시조 혁거세가 알에서 나오던 날, 사량리 알영정에 계룡이 나타나 왼쪽 옆구리에서 여자 아이를 낳으니 자색이 뛰어났다. 그러나 입술이 닭의 부리 같은지라 월성 북쪽 냇물에 가서 목욕을 시켰더니 부리가 퉁겨져 떨어졌으므로 그 냇물 이름을 발천이라 하였다. 여자 아이의 이름은 우물 이름을 따서 알영이라고 하였다. 용모와 인품이 뛰어나 박혁거세의 비가 되었고, 백성들은 그녀를 박혁거세와 함께 '이성二聖'이라고 불렀다.

신라의 '두 성인'은 대등한 '성남'과 '성녀'의 관계라는 점이 특이하다. 「신라본기」에는 알영이 박혁거세와 함께 전국을 돌며 농사와 양잠(누에치기)을 장려하였다고 나온다. 이렇게 시조모를 비롯하여 신라 초기 역사에는 여제사장, 여산신, 여성 정치 조직 등 여성들이 많이 등장한다.

「삼국사기」의 기록에 따르면, 신라에서는 여성이 제사장의 역할을 수행했다. 신라 제2대 남해왕 3년(6)에 시조 왕을 제사하는 시조 묘를 세우고 제사를 지냈는데 왕의 여동생인 아로에게 제사를 맡게 하였다는 기록이 나온다. 고대 사회에서 제사장은 신과 인간을 잇는 매개체 역할을 하는 매우 중요한 인물이었다. 아로가 제사를 주관했다는 것은 왕의 동생이어서라기보다 여성의 지위를 나타내는 의미로 해석할 수 있다. 아마도 고대 사회는 출산을 담당한 여성이 풍요와 다산의 상징이었고, 그런 이유로 여성이 신모로 추앙되기도 하고 제사를 주관하는 제사장의

사량리 알영정에 계룡이 나타나 왼쪽 옆구리에서 여자 아이를 낳으니 알영이 곧 그녀
이다.

천 년을 이어 갈 이야기의 배꼽, 신라의 탯줄이 연결되어 있는 곳, 알영정.

역할을 했던 것으로 보인다.

신라는 지리적으로 한반도 동남쪽에 치우쳐 있었고 외래 문물을 받아들이는 데도 고구려나 백제에 견주어 훨씬 늦었다. 이러한 점은 여성이 존중받는 고유한 토착 문화가 오랫동안 유지되는 데 한몫을 했을 것이다. 곧, 여신을 섬기는 전통이 가장 오랫동안 지속된 나라였고, 이러한 전통이 여성을 국왕의 자리에 올리는 데 영향을 주었을 성싶다. 신라에 여성들의 정치 세력인 '원화'가 있었다는 사실도 여왕이 등극할 수 있었던 근거가 된다. 직물 생산이 나라의 주력 사업 가운데 하나였던 신라 사회에서 이를 관장하는 관서를 세분화하여 생산을 총괄하는 '모母'라는 관직에 여성 감독관을 두었던 것 또한 여성의 위치를 가늠해 볼 수 있는 자료다. 예나 지금이나 지위를 나타내는 손쉬운 척도는 경제력이다. 신라의 여자들은 개인 재산을 갖고 있었다는 증거도 여기저기서 포착된다. 신라 시대의 사찰인 취서사나 길항사의 경우 여성 시주자의 재력으로 건립되었다는 사실이 석탑의 사리함 속에 들어 있는 시주자의 이름으로 증명되었다. 이렇게 신라 여성들은 노동과 상속을 통해 경제적인 기반을 마련했고, 이를 바탕으로 사회 활동도 활발히 전개했던 듯하다.

결국 여신을 숭배하고, 집단의 우두머리로 여성을 내세우고, 여성도 재산을 상속받던 사회 체제는 여왕이 탄생할 수 있었던 중요한 배경이 된다. 그러나 무엇보다 중요한 것은 선덕 자신에게 왕이 되고 싶은 욕망이 있었다는 것이다. 선덕 이전에는 공주의 남편이 자연스럽게 왕위를 계승했다. 탈해라든가 미추, 실성, 내물, 눌지 등은 왕의 사위들이었다. 그러나 진평왕과 덕만공주(선덕)는 새로운 시도를 꾀했다. 진평왕은 왕위를 공주에게 물려주려고 몇 가지 사전 정지 작업을 할 만큼 선덕을 신뢰했다. 사실 남성 귀족들만으로 이루어진 화백회의에서 만장 일치로 덕만공주를 왕위 계승자로 지명한 것은 파격이었다. 화백회의는 김용춘과 덕만공주를 두고 군왕의 자질을 여러 차례 저울질했을 것이고, 그리하여 결국 나라의 위기 상황을 극복할 수 있는 왕의 자질, 통치자의 카리스마를 덕만공주에게서 발견하고 인정했기 때문에 덕만을 왕으로 세우고 '성조황고'라는 칭호를 올렸으리라. 선덕은 스스로 왕이 될 것을 결심하고 왕위에 오른 '준비된 왕'이었다.

물론 개인의 자질이 뛰어나다고 해서 왕위에 오를 수 있는 것은 아니다. 이미 남성들이 사회의 운영 주체로서 모든 권력을 행사하는 사회라면 여성이 아무리 자질이 뛰어나다 해도 왕을 꿈꾼다는 것은 어불성설이다. 조선 시대에 똑똑한 공주가 없어서 여왕이 나오지 않았다고는 말할 수 없다. 가부장적인 시스템이 굳어지고 그에 따라 남성과 여성에게 차별화된 교육이 실시되고 불평등한 비전이 제시되는 사회에서 여성은 애초에 정치 일선에 나설 꿈조차 꾸지 못한다. 조선의 공주들은 '군왕의 자질론'이나 '국가통치론' 같은 것은 공부할 염도 내지 않았을 것이다. 그러므로 신라 시대 여왕의 존재는 신라 여성들의 지위와 밀접한 연관이 있는 문제다.

분황사,
향기로운
황제의 사찰—
여왕의 꿈

　선도산에서 내려다보면 분황사는 황룡사지와 나란히 경주의 중심에 위치해 있다. 수도의 한가운데에 최고의 건축 기술로 세운 분황사는 창건 당시엔 경주 7대 사찰의 하나로 꼽힐 만큼 화려하고 큰 절이었다. 왕실의 안녕과 왕권 강화, 민심의 결집을 위해 지어졌을 이 절은, 사사성장 탑탑안행寺寺星長 塔塔鴈行, 절이 별처럼 늘어서 있고 기러기가 떼지어 날아가는 것처럼 탑이 줄지어 있었다는 당시의 경주에서도 으뜸 가는 절이었을 것이다. 천오백 년 전 경주는 번성하고 화려한 도시였다. 온갖 물산이 모이고 국제 교류가 활발히 일어나고 문화가 꽃을 피우던 왕국의 수도. 그러나 절 마당 우물에 뚜껑이 닫히듯 화려했던 고도는 사라졌다. 신라의 불빛, 신라의 연기, 신라의 새벽 안개, 봄꽃·여름 소나기·가을의 단풍 속에서 사랑을 맹세하던 신라의 사람들, 은 스러져 가고 황량한 빈 터에 돌탑만이 남아 그 시간을 증거한다. 절 마당에 남은 탑이 아니라면 분황사에서 천 년의 옛 영화를 추측하기란 쉽지 않다. 그러나 안산암을 벽돌 모양으로 만들어 하나하나 쌓아올린 돌탑을 조금만 자세히 들여다

보면 누추하고 쓸쓸한 이 절터에서도 여왕의 꿈을 찾아볼 수 있다.

1915년, 식민지의 유물과 유적을 탐욕적으로 조사하던 일본인 발굴 팀은 분황사 모전 석탑의 사리함에서 아주 독특한 유물을 발견한다. 실 패와 바늘통을 비롯한 각종 바느질 용구가 출토된 것이다. 이 출토품들 은 그 유례가 없는, 매우 드문 경우에 해당하는데, 무엇보다 눈길을 끈 것은 금바늘과 은바늘이었다. 이런 바늘은 이전에는 어디에서도 볼 수 없었던 공양물로, 분황사 모전 석탑이 선덕여왕의 발원에 의해서 세워 진 것으로 추정하는 근거가 되었다.

신라 16대 선덕여왕은 자신의 왕국 한가운데에다 이 탑을 세우고 금 바늘과 은바늘을 봉헌하면서 무엇을 발원했을까. 기단 위에 조각된 수 호신 동물들이 여왕이 염원하던 바에 대한 실마리를 제공한다. 동해를 바라보며 두 마리 물개가 서 있고, 내륙을 향해 두 마리 사자가 버티고 있다. 이 동물들은 왜와 오랑캐의 침략을 막기 위해 안치한 상징이리라.

선덕여왕과 진덕여왕이 재위한 기간은 632년부터 654년까지였다. 이 시기는 농사짓고 고기 잡으며 일상을 살아 나가기만 하면 되는 태평 성 대가 아니었다. 백제와 고구려와의 전쟁이 멈출 날이 없을 만큼 긴박한 영토 분쟁의 시기였다. 하지만 이 시기는 또한 약소국이던 신라가 비약 적으로 발전하여 삼국 통일의 토대를 이룬 기간이기도 하다. 여왕들의 등극과 통치는 삼국 가운데 가장 뒤처진 나라였던 신라가 비로소 왕권 을 강화하고 체제를 정비함으로써 통일로 가는 교두보를 마련하는 중요 한 전기를 이루었다. 그러나 여왕들의 즉위와 통치는 많은 시련과 고난 에 직면해야 했다.

신라의 불빛, 신라의 연기, 신라의 새벽 안개가 내려앉던 분황사 마당.

여왕들의 즉위는 당시에도 왕위는 남성의 몫이라는 사회 통념에 위배되는 일이었기에 숱한 도전을 받았다. 남성 중심의 사회 운영 시스템에서 최고 통치자의 역할을 해내기 위해 여왕들은 기득권 세력과 적절히 결별해야 했으며, 자신들을 옹호하는 세력과 새로운 연대를 구축해야 했다. 선덕여왕과 진덕여왕은 정치적 지향을 함께해 나갈 새로운 집단으로 김춘추와 김유신을 선택한다. 김춘추는 폐위된 왕의 손자였고, 김유신은 몰락한 가야 왕족의 후예였다. 두 사람 모두 정치적 기반이 취약했고 권력의 핵심부에서 비켜나 있었다. 선덕여왕은 김춘추와 김유신을 정치 파트너로 삼음으로써 기득권 귀족 세력을 견제하고 왕권을 강화하여 자신의 정치적 지향을 실현하고자 한다. 인재 발탁의 기준을 가문이나 혈통이 아니라 개인의 역량과 자질에 둔 것이다. 혈연, 학연, 지연에서 상대적으로 자유로운 여성은 때로 참신한 인재 등용에서 남성들보다 훨씬 과감할 수 있다. 선덕여왕은 기존의 관계망에 구애받지 않고 참신한 인재를 등용하여 새로운 정치 세력을 형성하는 것으로써 남성 중심 사회의 여성 통치자라는 취약점을 치고 나갔다.

특히 진덕여왕은 즉위 과정에서 기존의 세력과 완전히 결별하고 자신들의 세력을 확장했다. 진덕여왕의 즉위는 평탄하지 않았다. 선덕여왕이 진덕여왕에게 왕위를 계승하려 하자 그에 반대해 상대등, 비담이 반란을 일으키고 이 와중에 선덕여왕이 죽는다. 진덕여왕은 왕위에 오르자마자 반란군 진압에 나서야 했다. 당시 반란군에 맞섰던 왕군의 총사령관은 김유신. 팽팽한 접전 끝에 비담의 난은 십여 일 만에 진압된다. 여왕 지지파가 승리한 것이다. 이것은 여왕을 뒷받침하면서 세력을 키워 나가던 신흥 귀족이 전통 귀족과의 결전에서 마침내 권력을 장악하였음을 의미한다. 이 때 비담을 위시한 전통 귀족들은 구족이 멸족당했다 하니, 이로써 신흥 귀족들은 자신의 세력을 거침없이 펼쳐갈 수 있는 새로운 전기를 마련한 셈이다. 이 난을 진압하는 데 앞장선 김유신을 비롯한 신흥 귀족들은 진덕여왕의 절대적인 지원을 받아 정치 일선에 나서게 되었고 이들은 신라의 미래를 결정짓는 중대한 징검다리가 되었다. 연이은 두 여왕의 왕위 계승 과정에서 여왕을 지지했던 신흥 세력은 그 뒤에 삼국을 통일하는 중추 세력이 되기 때문이다.

선덕여왕과 진덕여왕은 고구려와 백제와의 싸움에서 승리하는 것이 시대적인 과제임을 분명히 인식하였고 자신들의 힘으로 세 나라를 통합할 의지와 열망을 갖고 있었다. 두 여왕은 김춘추를 외교의 전면에 포진시켜 대당 외교에 주력하는 한편 김유신으로 하여금 대 백제, 대 고구려 방어 라인을 마련하게 했다. 전쟁의 긴장이 사라지지 않는 나라의 최고 통치자로서 여왕들은 한편으론 새로운 인재를 발탁하고 등용했으며 다른 한편으론 불교를 민심 안정과 결집에 최대한 활용하였다. 이차돈의 순교 이후 불교는 선덕여왕 대에 이르러 화려하게 꽃을 피운다. 분황사 옆에 있는 황룡사도 선덕여왕 시기에 지어진 절로 여왕의 마음을 읽을 수 있는 대표적인 공간이다.

황룡사 구층탑,
문화와 전쟁의
이중 나선

"돌……, 돌밖에 남은 게 없어."

황룡사지에서 사진을 찍던 류가 말했다. 류는 뉴욕에서 사진과 영화 작업을 하는 친구다. 최첨단의 도시, 뉴욕. 새로운 것이 생기는 속도가 빠른 만큼 사라지는 것의 속도도 빠를까. 절정의 유행도, 최고의 스타도 채 백 년을 버티지 못하고 스러져 가는 것은 인간이 감각하는 시간 때문일까. 인류가 거북이처럼 삼백 년을 사는 종이었다면, 기억을 저장하는 단단하고 견고한 등껍질을 가진 존재였다면, 시간을 버티는 방식도 아마 달랐겠지. 시간은 기억을 저장하는 거대한 늪이다. 불 같은 사랑도, 칼날 같은 증오도, 미칠 듯한 살의도 충동도 저 늪에 빠지는 운명을 타고 태어난다. 인간은 시간의 늪에서 기억을 건지다가 다시 그 늪 속으로 사라져 간다. 발목부터 천천히 잠기어 마침내 정수리가 보이지 않을 때까지. 삶은 그 사이의 간극이다. 번개 치는 찰나 혹은 영원.

시간 속으로 사라져 간 것들을 기억하고 짐작할 수 있도록 우리에게 남아 있는 것은 저 돌들이다. 심초석의 가슴을 열고 당간 지주의 손바닥을 펴 보면 거기 천 년의 시간이 고스란히 각인되어 있을 것이다. 표정

없는 저 견고한 바윗덩이. 마음 없는 저 단단한 돌덩이. 견디는 것은 그런 것들이다. 천년의 맹세, 천년의 사랑……. 불타고 마모되고 휘발되는 것들을 바라보며 돌은 더욱 단단해진 걸까.

"여기서 뭘 찾아야 하지?"

키가 큰 류가 렌즈에서 눈을 떼고 황룡사 터를 휘 둘러본다.

"여왕의 염원, 신라 여자들의 마음."

염원이나 마음은 눈에 보이지 않는 것들이다. 눈에 보이는 것조차 사라져 버린 이 터에서 눈에 보이지 않는 것을 보여 달라는 억지를 부리기에는 너무 나이 들었다. 대답 대신 나는 황룡사지에 길게 몸을 눕힌다.

대지여, 나를 받으라. 나는 네 속에서 해체되리라. 믿지 못할 것들은 나를 버리고 휘발되거나 썩거나 분분히 떠날 것이고 나를 사랑했던 것들은 오래 남으리니, 그 때가 되어서야 한 시절 나를 구성했던 것들의 마음도 알 수 있으리니.

류가 렌즈 앞으로 눈을 가져간다.

"앞으로 또 천 년을 버티겠지. 우리는 모두 사라지고 없더라도."

여왕이 세운 탑은 없다. 그녀의 마음만이 남아 있다. 마음을 어떻게 찍을 것인가.

선덕여왕 재위 시절 신라는 문화적 전성기를 맞이한다. 웅대한 건축물과 아름다운 조각들이 이 시기에 속출한다. 재위 기간 16년에 18개나 되는 절을 건립했으니, 평균 1년에 1개 이상씩 세운 셈이다. 고신라의 대표적인 문화 유물은 거의 다 진평왕과 선덕여왕 때 만들어진 것이다.

시간은 기억을 저장하는 거대한 늪이다. 불 같은 사랑도 칼날 같은 증오도
미칠 듯한 살의도 충동도 저 늪에 빠지는 운명을 타고 태어난다.

국보 83호 금동반가사유상과 남산 선방곡 삼존불은 진평왕 때 유물로 추정되며 황룡사 구층탑, 분황사, 첨성대, 삼화령 애기 부처, 남산 불곡의 감실 부처님 등은 모두가 선덕여왕 시절 유물들이다. 경주에 있는 왕릉을 제외하고는 모두 이 시기의 소산인 셈이다.

「나의 문화유산답사기」, 유홍준

　　이런 문화적 치적으로 보자면 선덕여왕 재임 기간이 태평 성대였을 것 같은 착각을 불러일으킨다. 하지만 당시는 신라 역사에서 일찍이 유례가 없을 정도로 숨가쁜 전쟁과 위기의 시대였다. 선덕여왕 재위 16년 동안 신라는 말할 수 없는 난세였다. 전쟁의 긴장이 끊임없이 삶을 위협하는 상황에서 선덕여왕은 문화 사업을 통해 민심을 결집하고 미래에 대한 비전을 제시하고자 황룡사 구층탑 건립을 추진한다.

　　선덕여왕 14년 9월에 당 태종이 안시성에서 고구려에 대패하고 별 성과 없이 회군하자 가장 낭패를 본 것은 신라였다. 당 태종이 몸소 전장을 지휘하며 고구려를 침공하자 신라는 고구려에 타격을 주려고 3만 군사를 동원하여 배후를 공격했다. 그러나 당 태종은 수십만 군사를 이끌고 두 달에 걸쳐 안시성을 공격하고도 끝내 함락하지 못하고 천하의 웃음거리가 된 채 물러났으니, 배후를 치던 신라는 처지가 말이 아니었다. 신라와 고구려의 관계는 악화일로를 걸을 수밖에 없었다. 게다가 백제가 신라의 숨통을 죄려고 고구려와 화친을 맺고 11월에 신라를 침공해 왔다. 이 절박한 시기에 선덕여왕은 황룡사 구층탑 공사를 시작한다. 전시 상황에서 많은 인력을 동원해 구층탑을 세우는 것은 정치적으로 모험이다.

그러나 불교가 신라 사람들의 정신적 토대로 정착하던 시기라는 점을 감안하면 이 대공사가 민심을 한 곳으로 결집하는 계기가 될 수도 있음을 짐작할 수 있다. 여왕은 황룡사 구층탑을 세우면서 그 탑이 완공되면 '이웃 나라들(고구려, 백제)은 항복할 것이며, 아홉 이민족이 와서 조공할 것'이라는 믿음을 백성들에게 유포한다. 곧, 황룡사 탑은 통일 염원 탑이라고도 할 수 있으니, 층층마다 당시 신라인의 간절한 마음이 표현되어 있다. 1층은 일본, 2층은 중화……, 6층은 말갈, 7층은 거란, 8층은 여진, 9층은 예맥을 진압한다는 뜻으로 건립되니, 삼국뿐만 아니라 천하를 제패하려는 선덕여왕의 웅대한 포부가 담긴 탑인 것이다.

「찰주기」에 의하면 황룡사 탑은 전체 높이가 80미터에 이른다고 한다. 80미터면 20층 건물의 높이 정도라니, 그 규모가 실로 엄청나다. 나라의 존망을 위협받으면서도 이렇듯 규모가 큰 탑을 세웠다는 것은 지금의 상식으로는 선뜻 받아들이기 힘들다. 하지만 고려의 팔만대장경을 생각해 보면 그리 황당한 일도 아니다. 팔만대장경 역시 전란의 와중에 빚어진 예술품이었으니 문화와 예술이 반드시 평화로운 시기에만 꽃을 피우는 것은 아님을 실감한다. 때로 존재 조건이 위태로울 때 가장 찬란한 예술이 탄생하는 수도 있다. 등 따습고 배부르면 예술을 못 한다는 이야기가 아주 거짓말은 아니라는 생각이 들 때가 더러 있는 것처럼. 그렇다고 지긋지긋한 가난이 끔찍하지 않은 것도 아니지만 말이다.

그러나 황룡사 건립과 관련하여 선덕여왕은 정치적인 위기를 맞는다. 선덕이 여자라는 이유만으로 나라 안팎의 여러 정치 세력이 여왕의 통치나 권위에 쉽사리 굴복하지 않았다는 사실들이 포착된다. 특히 당 태

시간 속으로 사라져 간 것들을
기억하고 짐작할 수 있도록 우리에게
남아 있는 건 저 돌이다.
표정 없는 저 견고한 바윗덩이,
마음 없는 저 단단한 돌덩이,
견디는 것은 그런 것들이다.

종은 선덕여왕을 노골적으로 조롱했다. 643년 선덕여왕이 당나라에 사신을 보내 고구려, 백제 연합군의 공격에 맞서기 위한 군사 지원을 요청하자 당 태종은 "그대 나라는 부인을 임금으로 삼아서 이웃 나라의 업신여김을 받으니 이는 임금을 잃고 적을 받아들이는 격"이라고 비판하면서 "나의 종친 한 사람을 보내 임금으로 삼게 하겠다"고 말하였다고 「삼국사기」는 적고 있다.

또 선덕여왕 16년 정월 초승에는 상대등 비담이 반란을 일으켜 왕성을 공격해 왔다. 반란 당시 내세운 명분은 여주불능선리(女主不能善理), 곧, '여왕의 통치를 따를 수 없다'는 것이었다. 비담과 기존 귀족 세력은 대불사로 인한 인민의 혹사와 재정 탕진을 이유 삼아 모반을 일으켰지만 여성에게 넘어간 왕좌를 남성이 찾아와야 한다는 명분을 내세운 것이다. 신라의 법제로는 왕에게 후사가 없으면 상대등이 왕위 계승의 제일순위였다. 선덕여왕은 여러 기록으로 보아 자식이 없었던 것이 분명하다. 그렇다면 비담은 왕위 계승 일순위가 된다. 그러나 선덕여왕과 신진 세력은 진덕여왕에게 왕위를 물려주는 작업을 진행하였고, 이를 알고 비담이 난을 일으켰다고 볼 수 있다. 반란 세력은 몹시 강성하여 왕성의 안위는 가늠할 수 없었다. 이 와중에 선덕여왕은 647년 1월 8일 예순여덟의 나이로 세상을 하직한다.

그녀에게
가는 길,
선덕여왕릉

　좀 전까지의 번다함이 어느 순간에 사라졌는지 기억이 나지 않는다. 표지판 하나 제대로 없는 길을 더듬어 송림 속으로 발을 들여놓는 순간, 적멸. 숲은 심연인 듯하다. 찻길에서 몇 발자국 떨어지지 않은 곳에 이런 고요함이라니. 울울한 조선 소나무들이 진용을 정비한, 길 아닌 길이 신령스럽다. 솔잎들이 퇴적된 길은 부드럽고 폭신하여 이승의 땅이 아닌 듯하고, 햇빛이 소나무를 줄기줄기 휘감아 돌아 숲 속을 비춘다. 꿈 속에서 본 듯한 몽환적인 길을 따라가다 보면 언제부턴가 소나무들이 한 곳으로 머리를 돌리고 있음이 감지된다. 그 끝에 여왕의 능이 있다. 어둑한 숲 속과는 달리 능의 머리 위로 햇빛이 찬연하다. 푸른 하늘 아래 장엄한 여왕의 능은 장식도 석상도 없이 간결하다. 살아생전 제왕이던 이의 무덤치고 그녀 영원의 집은 소박하기 그지없지만, 깊은 안식을 취하기에 더할 나위 없이 좋은 곳이라는 생각이 든다. 그녀의 몸 위로 더는 세월이 흐르지 않겠지만 둥근 무덤 위로 천삼백 년의 햇빛이 울울하게 쌓여 있다.

　선덕여왕릉은 낭산에 있다. 낭산은 토함산, 선도산, 남산, 금강산을 포함한 경주의 다섯 산 중에서 가장 낮은 산이다. 구릉이라 하기엔 좀

높고 산이라 부르기엔 소박하다. 「삼국사기」 실성왕 편에는 이런 이야기가 전해 오고 있다.

구름이 낭산에서 일어났는데 멀리서 보면 누각같이 생겼고 향기가 자욱하여 오랫동안 없어지지 않았다. 왕이 "필시 신선들이 내려와 노니는 것이니 복 받은 땅이로다" 했다. 그 후 이 곳의 나무를 베지 못하게 했다.

이처럼 신라인들은 낭산을 신선들이 노니는 숲이라 하여 신유림神遊林이라 부르며 신성시하였다. 가끔 사람들이 이 아담한 숲 속에서 길을 잃는다고도 한다. 왕릉을 향해 소용돌이치듯 몸을 누인 소나무들에 취해 방향을 잃고 만다는 것이다. 사람들은 예지력이 뛰어난 여왕이 아직 살아서 숲을 지배하고 있다고 낮게 소곤거리기도 한다는데…….

「삼국유사」 권1 '선덕여왕이 세 가지 일을 미리 알다(善德王知幾三事)' 편에 보면 여왕은 자신의 죽음을 예견하고 무덤자리도 미리 일러둔다.

왕이 병이 없을 때 여러 신하에게 이렇게 말했다. "짐이 아무 해 아무 달 아무 날에 죽을 터인데 나를 도리천 가운데 장사 지내도록 하라." 여러 신하가 그 곳을 알지 못하여 어디냐고 물으니 왕이 낭산 남쪽이라고 하였다. 그 달 그 날에 이르러 왕이 과연 돌아가니 여러 신하가 낭산의 양지에 장사 지냈는데, 10년 뒤에 문무대왕이 왕의 능 아래에 사천왕사를 창건하였다. 불경에 이르기를 사천왕천 위에 도리천이 있다 하였으니 이에 대왕이 신령스러웠던 것을 알았다.

신유림―필시 신선들이 내려와 노니는 것이니 복 받은 땅이로다.

이른 아침 꽃다발 두 개가 나란히 놓여 있는 선덕여왕의 능.

여왕이 예지력이 있다 해도 되고, 여왕의 예지력을 완성해 주기 위해 후손들이 작업을 했다 할 수도 있는 이 에피소드를 통해 추측할 수 있는 것은 신라 사람들이 그녀에 대해 갖는 애정이다.

여왕의 손자대인 문무왕 시절, 신라는 고구려와 백제를 통합하고 그 뒤에 다시 당나라와 일대 격전을 벌였다. 신라가 당나라 군사의 공격을 받을 때 신라 왕실은 선덕여왕의 무덤 앞에 사천왕사를 건립하였다. 그리고 군대가 출정하는 날이면 왕이 직접 사천왕사에서 출정식을 하였다. 선덕여왕이 죽어서도 도리천에서 제왕으로 군림하며 신라를 호위할 것이라는 믿음을 군사들에게 심어 주려는 이벤트였을 것이다. 실제로 왕위 즉위 당시 백제, 고구려의 협공 속에서 나라를 수호하는 위업을 쌓았던 여왕이었기에 이 같은 의식이 의미를 가졌을 것이다. 어쨌든 당나라와의 전쟁 중에 신라는 여왕에 대한 추모 분위기를 확산함으로써 선덕여왕이 대당 외교에서 당당하게 대처하였음을 되살리고, 나라의 안위가 염려될 때 정신적인 지주로서 여왕을 거론하였다는 것은 선덕여왕에 대한 신라 사람들의 인식이 긍정적이었음을 보여 준다.

처음엔 능을 찾아가느라 무심코 지나쳤던 사천왕사 터로 발길을 돌이켰다. 사천왕사는 없고 빈 터만 있는데, 한갓진 절터를 거닐다 보니 당간 지주와 귀부 두 구만이 있다. 일제 강점기 때 사천왕사의 금당지와 강당지 사이를 가르는 철로와 도로를 만들었는데, 이는 호국의 의미를 가진 이 곳의 지맥을 끊으려고 일제가 일부러 그렇게 했다고 전한다. 근대는 전근대에 발목이 잡혀 있다. 시간은 싹둑 잘리는 것이 아니다.

시간의
크레바스,
진덕여왕릉

무덤에도 표정이 있다. 봉분 사이사이로 보랏빛 구절초와 강아지풀이 돋아 수채화 같은 풍경을 그리고 있는 진덕여왕릉을 보면 그녀가 참 멋쟁이었겠구나 하는 생각이 든다. 선덕여왕릉이 위엄과 신비로운 기운이 있다면, 진덕여왕릉은 아름답다. 명랑하고 부드러운 기운이 느껴진다. 왕릉이지만 장식도 없고 비도 없다. 다만 시종인 양 무사인 양 소나무 군단이 능을 호위하고 있을 뿐, 대릉원에 있는 능들에 비하면 소박하기 그지없다. 봉분 아랫단 십이지 신상을 돋을새김으로 조각한 것이 장식의 전부다. 그런데도 햇빛 아래 환하게 앉은 능은 화관을 두른 처녀마냥 이쁘다.

능 뒤로는 소나무 숲 사이로 오솔길이 이어진다. 검은 소나무 숲 사이로 비쳐 드는 햇살 가닥들, 투명해서 보이지 않지만 어느 순간 얼굴에 걸리는 거미줄, 부러진 가지들, 솔방울들, 새 소리, 뱀 허물……, 송림 속 오솔길은 끝없이 이어진다. 이 길의 끝간 데 어딘가에 신라로 향하는 시간의 크레바스가 있을 것 같은 예감에 살짝 소름이 돋는다. 한 발자국만 더 디디면 신라 속으로 빠져들 것 같은 느낌에 사로잡히는 순간 검은 소나무 아래에서 푸른 뱀이 혀를 내민다.

진덕여왕릉은 경주시 현곡면 오류 마을의 뒤편에 있다. 안태봉이 남쪽으로 뻗어 내리는 중턱에 있는데, 올라가는 길에 아주 조그만 표지판이 하나 있을 뿐 덤불밭이다. 능으로 가는 길 왼편으로 오래 된 집이 있는데 마당에서 신라 적부터 살았을 것 같은 할머니 한 분이 키질을 하고 있다. 머리가 하얗게 센 할머니는 앞으로도 천 년 동안 키질을 하고 있을 것만 같다.

진덕여왕의 이름은 승만이었다. 선덕여왕의 이름이 덕만이고, 27대 진성 여왕의 이름은 만이다. 덕만과 승만, 만은 모두 불교식 이름이다. 이런 이름들은 신라 왕실이 왕즉불 사상으로 왕권을 강화하고 민심을 얻으려 했음을 보여 준다. 「삼국사기」 권5에 나오는 진덕여왕의 즉위 기사에 보면, "이름은 승만이고 진평왕의 친동생으로, 국반갈문왕의 딸이다. 어머니는 박씨 월명부인이다. 승만은 생김새가 풍만하고 아름다웠으며 키가 일곱 자였고 손을 내려뜨리면 무릎 아래까지 닿았다고 한다." 키가 7척이면 170센티미터가 넘는 장신이다. 요즘 같으면 슈퍼모델감이다. 이것은 부처의 32특관상에도 포함되는 신체 조건이다. 그러니까, 이 기록은, 진덕여왕을 부처와 비슷하게 묘사함으로써 여왕이 왕위 계승자로서의 자격을 구비했음을 널리 알리려는 의도를 담고 있는 것이다. 더구나 상대등 비담이 난을 일으키면서 내세운 명분 가운데 하나가 여자 왕에 대한 반대였기에, 진덕여왕은 성골로서의 신성한 혈통을 지녔을뿐더러 남자 못지않게 키가 크다는 신체 조건을 강조할 필요가 있었던 모양이다. 즉위 당시 진덕여왕의 나이도 예순이 가까웠을 것으로 본다.

　세 여왕의 즉위 이유에 대한 기록을 보면 저마다 조금씩 차이가 느껴진다. 선덕여왕의 경우는 총명함과 예지력을 이유로 들고 있다.「삼국사기」에 "덕만은 성품이 너그럽고 어질며 총명하고 똑똑하다"고 했고,「화랑세기」에도 "선덕은 총명하고 지혜로웠으며 감정이 풍부하였다"고 했다. 그녀는 어려서 모란꽃 그림에 나비가 그려져 있지 않은 것을 보고 모란꽃은 향기가 없음을 꿰뚫어 보는 예지를 보였고, 자라면서 용봉의 자태와 태양의 위용을 갖추니, 사람들은 그녀에게서 왕의 자질을 보았다. 진성여왕의 경우는 선덕이나 진덕과는 또 다르다.

　여름 5월 왕이 병이 들어 시중 준홍에게 말했다. "내 병이 위중하니 틀림없이 다시는 일어나지 못할 것이다. 그런데 불행하게도 왕위를 이을 자식이 없다. 누이 만(진성여왕)이 천성이 총명하고 민첩한 데에다 뼈대는 남자와 비슷하니 경들은 마땅히 선덕과 진덕의 옛일을 본받아 그를 왕위에 세우는 것이 좋겠다."

　「삼국사기」권11, 정강왕 2년 여름 5월

　선덕여왕의 경우 총명함과 지혜를 왕의 덕목으로 삼았고, 진덕여왕의 경우 부처의 음덕을 배후로 하고 있는 데 반해, 진성여왕의 경우는 남자의 골상학을 동원하고 있다. 이는 후대로 올수록 남성 중심 사회가 되어감을 반증하는 예로 보인다. 여러 근거로 보아 신라인들은 여왕에 대해

햇빛 아래 환하게 앉은 진덕여왕의 능은 화관을 두른 처녀마냥 이쁘다.

부정적으로 생각하지 않았다. 오히려 백제와 고구려의 협공 속에서도 나라를 잘 수호하는 위업을 이룬 왕으로 평가했다. 그러나 고려를 거쳐 조선으로 오면서 여왕에 대한 평가는 부정적으로 쓰이기 시작했다. 「삼국사기」의 저자, 김부식은 이런 기록을 남겼다.

하늘의 이치로 말하면 양은 강하고 음은 유하며, 사람으로 말하면 남자는 높고 여자는 비천한 것인데, 어찌 늙은 할미가 규방을 나와 국가의 정사를 결단하였는가. 신라가 여자를 세워 왕위에 오르게 하였으니 진실로 난세의 일이다. 나라가 망하지 않음이 다행이다. 서경에 이르기를 "암탉이 새벽을 알린다"고 했고 역경에 "파리한 돼지가 껑충껑충 뛰려 한다" 했으니, 그것은 경계할 일이 아니겠는가.

「삼국사기」 권5, 선덕왕 16년 사론

선덕여왕에 이어 진덕여왕이 왕위에 올랐지만 신라는 망하기는커녕 불과 10년 후 삼국을 통일하는, 오랜 염원을 달성한다. 김부식이라고 이 사실을 몰랐을까. 그러나 유교적 통치 이념에 충실한 그에게 여성이 정치를 하는 것 자체가 그다지 흔쾌한 일은 아니었던 모양이다. 사실 신라인이 살았던 천 년의 역사는 김부식이라는 인물을 통하여 우리에게 전해지고 있다. 우리가 삼국 시대를 추측할 때 가장 중요한 자료로 삼는 텍스트가 「삼국사기」다. 곧, 우리는 김부식이라는 '남자, 귀족'의 프리즘을 통하여 신라를 이해하고 추측한다. 혹은 일연이라는 '남자, 승려'의 기록에 따라 신라를 재구성한다. 기록을 하는 사람들이 아무리 실재를 거울처럼 정확히 반영하려고 애써도 그들 나름의 시각과 취향과 의지가 작용하기 마련이다. 그러므로 기록된 역사의 의미를 재해석하여 그것이 '사용'되는 맥락을 읽어 내는 것은 기록에서 누락된 집단이 역사에 정치적으로 개입하는 과정이 된다. 기록된 것과 기록되지 않은 것의 틈새에서 역사가 의미를 재생산하고 유통시키는 과정을 인식하는 것은 현실이 어떻게 조직되고 구성되는지를 바라볼 수 있는 지표가 된다.

조선으로 들어서면서 여왕들에 대한 평가는 더 나빠진다. 「동국통감」의 사론자는 여왕에 대해서 왕칭을 거부하고 여주女主로 폄하함으로써 과거의 역사적 사실조차 부정한다. 그는 여왕들의 치적에 관해 비판하기보다는 여자가 왕위를 계승하는 것 자체를 문제삼고 있다. 남성 사가들은 여왕의 등장을 역사 속에서 잠깐 일어났던 특별한 사건으로 폄하했지만, 사실 여왕의 등장은 그 시대를 충실히 살았던 신라의 여성들이 함께 있었기에 가능했던 정치의 흐름이었다.

스스로 깨달음을 얻어 부처가 된 욱면, 선도산 신모의 도움으로 절을 세운 비구니 지혜, 국제 결혼을 했을 가능성이 높은 처용의 아내, 괴짜 승 원효를 기꺼이 받아들여 설총을 낳은 요석공주, 굳은 정조를 지켰던 설씨녀, 아름답기로 소문났던 수로부인, 베 짜는 여자 세오녀, 효녀 지은, 진흥왕에서 진평왕에 이르기까지 왕실의 대소사를 주관했던 지소태후……, 왕족에서부터 평민까지 그들은 여자의 몸으로 신라를 살았다. 신을 섬기고 막후 교섭을 하고 베를 짜고 밭을 갈고 때로는 남성들을 왕위에서 쫓아내고, 연대하고 질투하고 사랑하며 살았던 신라의 여자들, 그녀들과 함께 선덕과 진덕, 진성여왕이 존재했다.

별은
내 가슴에,
첨성대

　나는 자전거 타기를 좋아한다. 씽씽 바람을 가르며 달리는 것도 좋아하고, 페달 위에 발만 얹어 놓고 느긋하게 미끄러지는 느낌을 즐기는 것도 좋아한다. 안장에 앉아 흠흠 코를 벌름거리면 바람의 질감과 공기의 밀도, 공기 속에 포함된 물기의 농도까지 느껴지곤 한다.

　그러기에 여행지에서도 곧잘 자전거를 빌려 타고 쏘다니곤 한다. 경주는 자전거를 타고 여행하기에 아주 좋은 도시다. 사실 경주는 도시 전체가 문화재라 할 수 있다. (땅을 조금만 파도 신라 시대 기왓장 정도는 찾을 수 있다.) 신라 천 년의 역사와 유물이 고스란히 남아 있으니 발길 닿는 곳마다 유적이요 문화재다. 게다가 대릉원-첨성대-계림-경주박물관-분황사-황룡사지-안압지-반월성 등 문화 유적이 반경 5킬로미터 안에 옹기종기 모여 있고, 유적을 따라 자전거 전용 도로가 거미줄처럼 연결돼 있어 자전거 여행을 하기에는 안성맞춤의 도시다. 전국에서 자전거 전용 도로가 가장 발달된 도시답게 경주역과 시외버스 터미널, 대릉원 등 경주 곳곳에는 자전거를 빌려 주는 곳이 있다. 하루 종일 빌려도 오천 원 정도다. 경주역이나 관광 안내소에서 자전거 지도도 구할 수 있다. 게다가 길은 대체로 평탄하고 공기까지 맑으니 경주는 그야말로 자전거 여행지로도 '국보급'이라 할 수 있다. 조금 더 욕심을 내어, 남산 주변이나 불국사와 석굴암 등 경주 외곽의 문화재를 둘러보는 코스에도 도전해 봄직하다. 불국사역 삼거리에서 불국사까지 이어지는 숲 터널은, 아주 좋다. 대릉원이나 첨성대 주변을 밤에 자전거 산보로 다녀 보는 것도 재밌다. 특히 요즘은 야간 조명을 설치해서 낮과는 다른 경주를 만날 수 있다. 첨성대 역시 낮에 보는 것과는 다른 느낌으로 다가온다. 조명을 받은 첨성대가 오롯하다. 신라 사람들은 이렇게 노란빛 조명을 받은 첨성대는 못 봤겠지.

사실 유명한 유적지를 가서는 막상 실망을 하게 되는 경우가 종종 있다. 당시로서 최고거나 최대였다 하더라도 세월의 더께가 쌓이고 시간이 흐름에 따라 유물이나 유적은 철 지난 크리스마스 트리 같은 모습으로 서 있기도 하다. 나에겐 첨성대가 그랬다.

국보 31호, 현존하는 동양 최고最古의 천문대. 명성에 걸맞지 않게 아담하고 소박한 모습에 처음에 꽤나 실망했던 기억이 난다. 이런 실망은 전문가들의 해석에 의해 조금 위안을 받기도 한다.

첨성대는 높이 9.108미터, 밑지름이 4.39미터, 윗지름이 2.85미터이며 밑에서 4.16미터 되는 곳에 정남쪽으로 한 변의 길이가 1미터인 정사각형의 창문을 낸 병 모양의 구조로 되어 있다. 그리고 27단으로 쌓았다. (첨성대를 만든 선덕여왕은 신라 제27대 왕이다.) 그리고 이 27단과 정상부의 정자석까지 합하면 모두 28단이 되는데 이는 기본 별자리 28수를 의미한다. 여기에다 맨 밑의 기단까지 합하면 29개가 되는데 이것은 음력 한 달의 날수에 해당한다. 또 중앙에서 창문까지가 12단이고 다시 창문에서 윗부분까지도 역시 12단인데 이것은 1년 열 두 달과 24절기를 의미하는 것이다. 첨성대를 쌓은 돌은 거의 365개에 가까운데 이것은 1년의 길이를 염두에 둔 것이다. 기단석은 동서남북 4방위에 맞추고 있으며 맨 위의 정자석은 그 중앙을 갈라 8방위에 맞추었다. 또 창문은 정남향인데 태양이 비칠 때 춘분, 하지, 동지를 측정하는 기능을 한다. 이러한 요소들로 미루어 보건대 첨성대를 천문대로 보는 것은 타당하다 하겠다.

이런 사실을 알고 나면 첨성대가 더는 만만하게 보이지 않는다. 첨성대에 관한 기록은 「삼국유사」, 「세종실록지리지」, 「증보문헌비고」에 나오는데, 한결같이 선덕여왕 대에 만들어진 것이라고 기록하고 있다.

첨성대瞻星臺는 말 그대로 별을 관측하려고 세운 건축물이다. 신라 사람들은 현대의 우리보다 훨씬 더 별에 민감했으리라. 텔레비전이나 라디오도 없던 시절, 깜깜한 밤 하늘의 별을 보며 내일의 날씨를 예감하고 계절을 가늠하고 또는 인생사 길흉화복을 점쳤으리라. 통치자들은 별의 이동과 변화를 읽어 내 인간의 의지를 넘어서는 자연 재해를 예방하고 싶었을 것이고, 예언자들은 별의 길을 해독함으로써 권위를 얻었겠지. 우주의 이치를 아는 자 민심을 얻으리니, 선덕여왕 역시 별과 달과 태양의 원리를 터득해 천기를 알고자 이 건물을 축조했으리라.

비담의 난 중에 큰 별 하나가 월성에 떨어지자 반란군의 기세가 올라갔다. 이에 김유신이 연에 불을 붙여 날려보내며 지난밤 떨어진 별이 다시 하늘로 올라갔다고 하자, 이번에는 왕군의 기세가 뻗쳤다는 이야기가 있다. 별은 그렇게 인간에게 해독되고 환유된다. 일식과 월식, 하늘에서 해가 사라지기도 하고 개가 달을 물어가기도 하는 이변은 그러나 정밀하고 지속적인 관찰에 의해 밝혀지는 우주의 비밀이다. 그녀는 우주를 이해하고 싶었으리라. 달과 행성의 운행을 관찰하여 천체를 조직적으로 해명하고 싶었으리라. 그래서 덜 죽고 덜 다치고 덜 아픈 방법을 찾고 싶었으리라. 끊임없이 계속되는 전쟁, 홍수와 해일, 가뭄과 같은 자연 재해, 그것들을 극복하고자 하는 의지는 우주와 절실하게 소통하고자 하는 바람으로 이어지고, 첨성대는 그런 마음 위에 세워진 탑일 것이다. 우주의 이치를 이해하는 것이 왕조차도 세계의 중심이 아니라 '은하의 변방'에 사는 미미하고도 먼지 같은 존재임이 밝혀진다 하더라도.

지상이 깜깜할수록 별은 빛난다. 백제와 고구려와의 전쟁, 신진 세력과 구세력 사이의 갈등, 고난의 역사 속에서 그녀는 더욱 빛난다. 첨성대, 작고 조촐하지만 천년을 견디고 다시 천년을 이어오고 있는 돌 구조물. 어느 봄날 벚꽃 향에 취해 이 곳을 거닐다 보면 문득, 우주의 대권을 손에 넣은 여왕이 보내오는 파장을 느낄 수도 있으리라.

여근곡,
버자이너
모놀로그

여근곡을 찾아간다고 하자 택시 기사는 자기가 여근곡이 있는 건천읍에서 7년 동안 마을 버스 운전을 했다며 여근곡을 가장 잘 볼 수 있는 지점으로 데려가겠다고 큰소리를 쳤다. 영천과 경주를 잇는 국도변으로 들어서서 건천 시내를 통과해 10분 정도 가다가 신평 2리라는 표지를 보고 좌회전하자 철도 건널목이 보였다. 이 곳이 여근곡이 있는 건천읍 신평2리로 들어가는 길목이다. 들판 사이로 난 길을 따라 가는데 할머니 한 분이 소쿠리를 옆에 끼고 걷다가 옆으로 비켜 선다. 기사 아저씨가 택시를 세우고 말을 건넸다.

"할매, 잘 지내셨어요."

할머니가 누군가 싶어 눈을 둥그렇게 뜬다.

"할매, 나라. 김 기사라."

"김 기사? 아, 김 기사. 그래, 김 기사, 와 이리 늙었노. 퍼뜩 몬 알아보겠다. 살도 마이 찌고."

"벌써 몇 년이나 흘렀는데 늙지, 와 안 늙겠어요. 그래, 건강하시지요?"

"나야 뭐. 그래, 참말 오랜만이네. 아아들은 잘 있나?"

"예, 공부 잘 해요. 근데 할매요, 여기 있는 분들이 여근곡 사진 찍는다고 멀리서 왔는데 여근곡이 저기 맞제?"

오랜만에 만난 김 기사를 보고 반가움을 표시하던 할머니가 여근곡이란 말이 나오자 표정이 주춤룸한다. 우리를 한 번 쳐다보고 김 기사를 한 번 쳐다보고는 입을 닫아 버린다. 별로 말하고 싶지 않은 표정이다. 기사 아저씨는 저 곳이 여근곡임을 우리에게 확인시키려고 다시 물었다.

"할매, 여근곡 찍는다고 이 분이 미국에서 왔어. 저게 여근곡 확실하제?"

"미국서 이까지나 왔단 말이가?"

미국이란 말에 할머니가 눈을 둥그렇게 뜨고 카메라를 든 류를 쳐다본다. 미국이란 단어는 때로 묘하게 작용한다. 그 말은 아주 멀리서 왔다는 말이기도 하고, 모종의 권위를 갖기도 하고, 때로는 선망과 동경을 드러내게 되는 말이기도 하다.

"미국에서 여근곡 보러 왔나?"

"네, 할머니."

류가 웃으며 대답하자 할머니는 협조를 하기로 마음을 먹은 모양이다. 그런데도 할머니의 태도가 영 이상하다. 답답했던지 김 기사가 다시 한 번 손가락을 들어 해가 뉘엿뉘엿 지는 산을 가리키며 묻는다.

"저게 여근곡 맞지요?"

애타게 묻는데도 할머니는 김 기사와 눈을 마주치려고 하지 않는다. 발로 땅바닥을 문지르며 애먼 태도를 취한다.

"아이고, 내 참……, 그래, 맞지."

마지못해 대답을 하고는 여근곡과는 다른 방향으로 눈길을 돌린다. 난감해하는 표정이 역력하다. 류를 한 번 쳐다보고 다시 김 기사를 쳐다보는 할머니 팔을 붙잡고 옆으로 슬쩍 돌아 물어 본다.

"할머니, 왜요? 뭐 얘기하면 안 되는 거 있으세요?"

"아이고 참, 넘세시럽다. 남자가 있어서……."

아하, 할머니는 김 기사가 남자이기 때문에 그 앞에서 여근곡에 대해 말하기가 어색하고 쑥스러웠던 것이다. 아이고, 우리가 웃자, 할머니도 멋쩍게 따라 웃었다. 사실 지금까지 우리와 김 기사 사이에는 여근곡이란 단어를 두고 별다른 긴장 관계가 형성되지 않았다. 나는 감은사나 첨성대 때나 다름없이 여근곡을 가겠다고 했고, 진덕여왕릉을 찾을 때 조금 헤매기도 했던 김 기사 아저씨는 실력을 만회할 역전의 기회가 왔다는 듯 여근곡이 가장 잘 보이는 곳에 우리를 내려 주겠다며 몇 번이나 여근곡을 발음했지만, 그 단어에서 여성의 성기를 직접적으로 연상하진 않았다. 그런데 할머니의 민망함과 마주치자 비로소 여근곡이란 실체가 보이는 것 같았다. 우리는 김 기사에게 먼저 마을로 가라고 부탁했다. 김 기사도 "내 참" 하고는, 머리를 긁적이며 택시를 몰고 저만치 마을 입구로 앞서 갔다. 김 기사가 사라지고 나서야 할머니가 은밀한 목소리로 우리에게 말을 했다.

"저 봐라, 저기. 도도록한 게 안 그렇나. 생긴 게 똑 그렇제?"

할머니가 손으로 가리키는 지점에, 그녀가 말한 대로 도도록한 언덕이 있었다. 정말 그런가 하고 유심히 본다. 뒤쪽의 오봉산 능선과 좌우 지맥이 사람 몸의 골반처럼 받치고 있는 가운데 둥근 모양의 두둑과 골

사월이 오면 복사꽃 피는 신평리의 여근곡에 가 보자.

이 이어져 있다. 그 위로 노을이 한겹 한겹 내리고 있다.

"비슷한 거 같아요?"

내가 류에게 물었다.

"글쎄, 난 잘 모르겠는데."

류가 손차양으로 눈을 가리며 말하자 할머니가 나섰다.

"와? 여서 봐라. 똑같다 아이가."

"할머니, 할머니 거도 저거랑 똑같이 생겼어요?"

"아이고, 야가 뭐라카노."

펄쩍 뛰는 듯하다가 할머니는 이내 슬몃 웃는다.

"모르제, 내 건 내가 안 봐서."

사실 여성들이 자신의 성기를 들여다보는 건 만만한 일이 아니다. 겉으로 드러나 있는 것도 아니고, 거울 앞에 선다고 바로 볼 수 있는 것도 아니다. 자신도 쉽게 볼 수 없는 아늑하고 내밀한 곳에 자리잡고 있는 몸의 샘. 게다가 여성의 성기는 늘 가리거나 은폐해야 한다는 교육을 일찍부터 받은 터라 자신의 성기를 들여다본다거나 만져 보는 것은 부끄럽고 수치스런 일이 되어 버리고 말았다. 그래서 많은 여성들이 몸의 가장 중요한 한 부분인 자신의 성기가 어떻게 생겼는지 모른 채로 평생을 보내기도 한다.

김 기사가 가고 나자 할머니의 말은 자유로워졌다.

"옛날에는 보지산이라 안캤나. 그리고 이 앞들판을 샙들이라캤다."

"샙들이오?"

할머니가 은밀하게 소리를 낮췄다.

"씹돌이라 이 말이지."

큭큭, 우리가 손뼉을 치며 재밌어하자 할머니는 조금 신이 나서 이야기를 이어 갔다.

"지금에사 마을 이름도 다 바꾸고 했으이. 옛날엔 딸들이 바람이 많이 난다캤다. 저 산에 샘이 하나 있는데 총각들 못 가게 했다 아이가."

현재 여근곡에는 유학사라는 조그마한 사찰이 있고, '옥문지玉門池'라는 샘이 있다. 오기 전에 읽은 자료에 의하면 아무리 가뭄이 들어도 마르지 않는다고 한다.

"노인 한 사람을 경비를 서게 했다. 남자들이 작대기 가지고 샘을 휘젓고 나면 동네 여자들이 바람난다고."

"진짜로 바람이 났어요?"

"내사 모르지. 났다카대."

바람이 슬몃 분다. 길 위에 서 있는 우리의 머리칼을 간질이며, 바람이 분다.

여근곡은 경주시에서 대구 방면으로 약 16킬로미터 떨어진 건천읍乾川邑과 산내면山內面 사이에 자리잡고 있는, 높이 640미터의 부산富山에 있는 골짜기 이름이다. 이 곳이 유명하게 된 건 선덕여왕의 '지기삼사知機三事,' 곧, 선덕여왕이 미리 안 세 가지 일 가운데, 백제 군사들이 매복한 곳을 미리 알고 섬멸했다는 이야기가 전해 내려오는 역사의 무대이기 때문이다.

영묘사靈廟寺(「삼국사기」에 따르면 대궐 서쪽에 있다)의 옥문지玉門池에서 겨울철에 뭇 개구리가 모여 사나흘을 울었다. 나라 사람들이 이것을 괴상히 여겨 왕에게 물었더니 왕이 서둘러 각간 알천과 필탄 등을 시켜 장병 2,000명을 뽑아 빨리 서쪽 교외로 나가 옥문곡(여근곡)을 찾아가면 반드시 적병이 있을 터이니 그들을 치라고 하였다. 두 명의 각간이 명령을 받고서 저마다 군사를 1,000명씩 데리고 서쪽 교외로 가서 물었더니 부산富山 밑에 과연 여근곡이 있었고 그 곳에 백제 군사 500명이 와서 숨어 있는 것을 한꺼번에 잡아 죽였다. 백제 장군 우소가 남산 고개 바윗돌 위에 숨어 있는 것을 발견하고 그를 에워싸 활로 쏘아죽였다. 또 뒤에 있다가 지원하러 온 군사 1,200명 또한 습격하여 한 명도 남기지 않고 다 죽였다. 당시의 여러 신하들이 왕에게 아뢰기를 "어떻게 하여 개구리 사건이 그렇게 될 줄 알았습니까?" 하니, 왕이 말하기를 "개구리는 성낸 꼴을 하고 있어 군사의 모습이요, 옥문은 여자의 생식기이다. 여자는 음이요 그 빛은 희니, 흰빛은 곧 서쪽 방위이다. 그러므로 군사가 서쪽에 있다는 것을 알 수 있었다. 남자의 생식기가 여자의 생식기에 들어가면 결국은 죽는 것이니 그래서 적병을 쉽게 잡을 줄 안 것이다"라고 하였다. 그제야 신하들은 모두 그 갸륵한 지혜에 탄복하였다.

「삼국유사」

웃음이 나는 일화를 역사서는 진지하게 기록해 놓았다. 여왕이 남자 신하들을 앞에 놓고 여근과 남근의 관계에 대해 설명하고 신하들은 그 갸륵한 지혜에 탄복하였다니 조선 시대 유학자들이 들었으면 까무러칠

일이다. 아무튼, 이 이야기는 입에서 입으로 전해 내려오는 구전 설화가
아니라, 「삼국사기」와 「삼국유사」라는 공식 역사서에 기록된 선덕여왕
조의 공적인 일화다.

　사실 선덕여왕의 시대는 늘 전쟁의 긴장 속에 살아야 했던 시절이었
다. 삼국이 모두 자신들의 영토를 확장하기 위해 치열한 접전을 벌이던
혹독한 시기였던 것이다. 삼국 중에서 가장 미약한 나라였던 신라는 정
복 군주 진흥왕의 팽창 정책으로 영토의 비약적 확대를 가져왔지만, 그
결과 그의 아들과 손녀대인 진평왕과 선덕여왕 대에 이르러서는 전쟁이
극에 달하는 시기가 되었다. 이 때부터 통일을 이루기까지가 신라 역사
에서 가장 많은 전투를 치른 시기였다. 선덕여왕은 공주 시절부터 전쟁
의 긴박함 속에서 살아야 했고, 아버지와 각료들이 전쟁을 지휘하고 병
법을 연구하고 무기를 개발하는 등 군사 문제를 다루는 것을 지켜보았을
것이다. 더구나 자신이 왕위에 오를 것을 대비한 공주라면 미리 병법과
군대, 무기 제작 등을 공부했을 것이다. 군사와 전쟁을 모르고서는 왕이
될 수 없는 시대 상황이었다. 선덕여왕이 즉위하고 나서도 백제와 고구
려는 끊임없이 신라를 위협하고 침공했다. 진평왕 때와 마찬가지로 주로
백제로부터 공격을 당했으나 공격의 양상이 진평왕 때보다 한층 더 심각
했다. 백제 무왕은 선덕여왕 2년 8월에 서쪽 변경을 침입했고, 638년 5
월에 다시 상군 우소를 앞세워 독산성을 습격해 왔다. 이 공격이 여근곡
과 관계된 사건이다. 무왕이 죽고 그의 아들 의자왕이 왕위에 올랐다. 젊
은 왕 의자는 병력을 강화하고 대대적으로 군대를 일으켜 선덕여왕 11
년(642) 7월에 신라에 총공세를 감행했다. 그 결과 단 한 달 만에 신라

서쪽의 성 마흔여 개가 함락되는 지경에 이르렀다. 의자왕은 같은 해에 두 번이나 더 신라를 공격했다. 이후 선덕여왕 14년에도 한 해에 세 차례나 신라를 공격했다. 한시도 마음을 놓을 수 없는, 전쟁으로 점철되는 시기였다. 이에 맞서 신라도 선덕여왕 13년에는 백제의 일곱 성을 공격하기도 했다.

여근곡과 관련된 일화는 이런 상황 속에서 나오는 이야기다. 삼국 시대 왕들은 직접 말을 타고 전장을 누볐다. 고구려의 광개토대왕이나 장수왕, 신라의 진흥왕, 백제의 무왕과 의자왕 등은 직접 최일선에서 군사들을 독려하고 전쟁을 지휘했다. 삼국뿐만이 아니었다. 당태종 역시 직접 군대를 이끌고 고구려 정벌 길에 나섰다. 이처럼 고대의 왕들은 두꺼운 갑옷을 입고 칼을 휘두르고 활을 쏘며 전장을 누볐고 군사들의 사기를 진작했다. 그리고 때로 자신들이 그 싸움에서 전사하기도 했다.

이런 면에서 보자면 여왕은 분명 남왕들에 비해 약점을 가질 수밖에 없다. 더군다나 삼국 시대는 항시적인 전쟁 상태였기 때문에 국왕이 전쟁터를 누비는 일은 왕이 지녀야 할 대표적인 자질 중의 하나였을 것이다. 백제의 의자왕이 직접 군사를 이끌고 신라를 공격할 때, 그는 병사들에게 신라가 여왕이 다스리는 나라라는 점을 상기시켰을 것이다. 전투 현장에서 직접 군사들을 이끌 수 없다는 점에서 여왕은 남왕에 비해 전투력이 떨어져 보이는 것은 사실이다. 그러나 선덕여왕은 전장을 직접 누비지는 않았지만 신라의 영토를 지키고 통일의 기초를 이루는 역할을 훌륭하게 해낸 왕으로 평가받는다. 즉위 후 무섭게 신라를 공격해오던 백제의 의자왕은 결국 신라에 항복하고 만다. 끊임없이 전쟁을 일으키는 백제의 무왕과 의자왕 부자에게 맞서 꺾이지 않고 영토를 수호하고 마침내 삼국을 통일할 기틀을 마련한 왕은 오히려 여성인 선덕여왕이었다. 여근곡은 말을 타고 전쟁터를 누비며 직접 싸움을 치르는 것이 왕이 지녀야 할 필요충분조건이 아니라는 것을 보여 주는 신라인들의 이야기다. 뛰어난 지혜와 슬기로 백제와의 싸움을 승리로 이끈 이야기는 여왕의 지혜로움이 병사 문제에서도 막힘이 없음을 보여 주는 여왕에 대한 찬탄인 한편, 갑옷을 입고 전장을 누비기 힘든 여성이 왕이 되는 것을 견제하려는 일부 몰지각한 전쟁주의자들에게 일침을 가하는 신라인들의 이야기인 것이다.

복사꽃 눈부신 신평리

여근곡이 경주에만 있는 것은 아니다. 전북 남원 호경리에도 여근곡이라는 골짜기가 있고, 전북 진안 마이산에도 여근곡이라 이름 붙여진 골이 있다. 전라남도 영암의 도갑사 입구 사하촌 오른편 언덕에도 여근곡이 있다. 다만 그 이름을 보지골이라 부르는 것이 좀 다를 뿐이다. 자생 풍수 지명에서는 성기를 빗댄 것이 많다. 남녀 사이의 성이란 무에서 유를 창조하는 방식이니, 성 에너지는 생산력의 원천이 되는 정기다. 그런 맥락에서 보자면 여근은 생명의 본질이며 모든 생명은 이 곳에서 나온다. 그래서 우리네 조상들은 여근곡 앞에서 후손을 기원하고 다산, 풍농, 풍어, 마을의 안녕을 빌었던 것이다. 물론 여근곡만 있는 것은 아니다. 우리 땅 골골에는 하늘을 향해 발기한 남근석 또한 많다. 산 좋고 물 좋은 고을마다 어김없이 '본능에 충실한' 명소가 남아 있는 것이다. 성과 관련된 의례나 신앙은 우리나라뿐만 아니라 세계 도처에서도 발견되는데, 고래로부터 동서양을 막론하고 성은 다산과 풍요, 쾌락의 의미를 함께 담고 있었기 때문이다.

그러나 언제부터인가 여성의 성기와 관련된 장소에는 금기가 함께 전해지기 시작했다. 경주의 여근곡도 조선 시대를 거치면서 그 본래의 의미와는 다른 왜곡되고 비틀린 이야기들이 전해 내려온다. 옛날 한양으로 과거 보러 가던 선비들이 '보게 되면 재수가 없다' 하여 애써 외면하면서 지나가고, 경주 부윤이 부임하기 위해 한양에서 내려오다 보면 이곳을 지나게 되는데 여근곡을 보면 재수가 없다고 해서 영천에서 안강으로 가는 노틋재를 넘어 먼 길을 돌아갔다고 한다. 이런 이야기를 들을라치면 문득 이모 할머니가 생각난다.

지금은 돌아가셨지만 머리가 하얗게 센 호호 이모 할머니는 늘 유쾌한 분이었다. 할머니의 언니로 키도 훤칠하고 재밌는 이야기도 잘하고 남에 대한 배려도 깊은 분이셨다. 그런 이모 할머니가 잘하는 게 또 하나 있었으니, 욕이었다. 고모들은 아이들 교육에 해롭다, 민망하다며 질색을 했지만 나는 가끔 듣는 그 걸쭉한 욕에 속이 시원해질 때가 있었다. 물론 이모 할머니 역시 조카들인 고모들의 면박에 콧방귀도 안 뀌었지만 말이다. 하루는 할머니랑 이야기를 나누던 끝에 이모 할머니가 이런 말을 했다.

"저거가 아무리 날고 뛰어봤자 내 보지에서 나왔지, 안 그렇나."

"아이고, 이모."

고모들은 대경실색을 했지만 나는 그 말이 통쾌해서 큰 소리로 웃었다. 그래, 황제도 천하의 영웅도 최고의 예술가도 보지에서 나왔다. 누가 그걸 부정하겠는가. 그것이 생명의 진리인 것을.

경주시 건천읍 신평리 여근곡은 가부장적 남근 권력이 만들어지기 이전의 사유가 살아 있는 곳이다. 여근곡은 에로티시즘에 대한 긍정으로 우리를 눈 돌리게 한다. 기존의 성 질서, 성 규범이라는 것이 특정한 성이 저희가 우월함을 증명하려고 만들어 낸 한 시대의 가설일 뿐이며, 그 가설을 진리로 만드는 일에 그 동안 많은 사람들이 복무해 왔을 뿐, 가설은 새로운 가설에 의해 또한 무너짐을 여근곡은 말해 준다. 모래 위에 버티고 선 저 부실하고 볼썽사나운 가부장적인 성 규범을 허물어 보라고, 기존의 질서를 흔들어 버리는 멋진 반전을 만들어 보라고, 여왕님 여왕님 우리들의 여왕님이 말하고 있다.

복사꽃이 화사하게 피어나는 봄날 신평리 마을로 가 보자. 사회적 억압이나 관습에서 벗어나 자신의 성을 사랑하고 자신의 욕망에 솔직하라고, 그래서 네 몸과 마음의 주인이 되라고, 여근곡이 해방된 관능의 한 주름을 우리 앞에 살짝 펴 보일 것이다.

강릉

조선의 여성 예술가들

난설헌,
지상에서
길을 잃다

강릉.

 발음해 놓고 보면 살짝 마음이 설레고 입 안이 환해지는 느낌이다. 사랑스런 '아' 모음으로 시작하고 음절마다 '이응' 받침이 들어간 단어의 조합 때문일까. 경포대, 낙산사, 한송정……, 인파가 몰리는 여행지이면서도 품위를 잃지 않는 명소들 때문일까. 아니면 고등학교 지리 시간에 배운, 습윤한 바람이 산맥을 넘어가면서 고온 건조하게 바뀌기 때문이라는, 오랫동안 잊히지 않는 문장 때문일까. 녹색의 칠판 위에 한반도 지도를 능숙하게 잘 그리던 지리 선생님은 겨울철 강릉의 기온이 같은 위도에 있는 서울과 인천보다 높은 이유가 동해안에 흐르는 난류와 태백산맥 덕분이라고 했다. 태백산맥이 차가운 북서풍을 막아 주기 때문에 강릉은 겨울에도 춥지 않다고, 태백산맥을 넘어온 건조한 바람 같은 목소리로 그녀는 말했다.

 "우리 나라는 계절풍이 분다. 여름에는 해양에서 대륙으로, 겨울엔 대륙에서 해양으로 풍향이 바뀐다. 따라서 겨울철에 동해안이 서해안보다 기온이 높게 나타나는 건 이 퓐 현상으로 인해서 공기가 고온 건조해지기 때문이다. 다시 말해 습윤한 바람이 산맥을 넘어가면서 고온 건조하게 바뀌기 때문이라는 거다. 알겠나?"

난방을 제대로 하지 않은 추운 교실에서 몸을 움츠리고 떨며 들어서였을까. 따뜻한 바닷물이 흐르고 겨울에도 춥지 않다는 강릉, 이 피안인 양 아득하게 들렸다. 그리고 며칠 후 음악 시간에 이 노래를 배웠다.

두둥실 두리둥실 배 떠나간다
물 맑은 봄바다에 배 떠나간다
이 배는 달 맞으러 강릉 가는 배
어기야 디여라 노를 저어라

아침 햇살이 투명하게 구르는 바다 위로 돛배가 천천히 미끄러지듯 나아가는 느낌이었다. 고혹적이고 부드러운 해풍이 가슴 가득히 불어 왔다. 노래 부르기를 그다지 좋아하지 않았지만 그 날 음악 시간만큼은 열심히 노래를 배웠다.

아다지오로, 맑고 투명하게.

리스트를 닮은 단발머리 총각 음악 선생님은 맑게 맑게를 반복했다. 수업이 끝나고 레코드점으로 가 이 노래가 들어간 가곡집을 샀다. 바이올린 반주는 피아노와는 아주 달랐다. 부드럽고 아련했지만 가슴이 쓰렸다. 아름다운 것은 순결하지 않았다. 나에게 강릉을 알려 주었던 섬세한 음악 선생님과 건조한 지리 선생님은 나중에 결혼했다.

그러나 막상 강릉 가는 길은 만만치 않았다. 대관령 아흔아홉 고개를 넘어가야 했다. 멀미가 심한 나는 늘 초주검이 되어 강릉에 도착하곤 했다. 게다가 맨 처음 강릉에 갔을 때는 머리 가죽을 뚫고 들어올 것 같은 강렬한 햇빛 줄기 때문에 정신을 차릴 수가 없었다. 그늘이라곤 없는 도시 같았다. 그늘 없는 도시, 그 곳은 피안이 아니던가. 녹초가 된 내 몸을 품어 바다 깊숙이 끌고 내려가던 강릉.

그러나 이제 강릉 가는 길은 변했다. 쭉쭉 뻗은 고속도로를 달려 일곱 갠가 여덟 갠가의 터널을 지나면 그냥, 강릉에 닿는다. 그 곳에 가기 위해 기꺼이 바쳤던 어질머리와 메스꺼움, 노오란 위액도 없이 나는 강릉에 도착한다. 고행 없이 도착하는 피안이 있다면 그 또한 즐거운 일이지만 때로 아찔한 벼랑에서 내려다보던 꿈 속 같은 풍경이 그리워 사람들은 구불구불 휘감아도는 대관령 옛길을 따라 강릉으로 향하기도 한다. 기꺼운 고행은 몸의 고단함조차도 놀이로 만드는 힘이 있다.

순례를 통해 피안을 찾아가는 사람도 있지만 원래 피안에서 태어나는 사람들도 있다. 그들은 "꽃 앞에서 한번 이별"하면 "삼천 년이 흐르"는 "신선 세계 긴긴 세월"이 조금은 지루하여 "흩날리는 흰 눈송이로 인간 세계로 내려와" 살다가 세상과의 인연이 다하면 "여섯 폭 비단치마를 안개에 끌면서 완랑을 불러 향기로운 땅으로 올라"간다.

오십여 년의 간격을 두고 자유롭고 상상력이 풍부한 두 명의 여자가 피안의 땅, 강릉에서 태어났다. 그녀들은 구름이 손에 잡힐 듯한 대관령 영마루에 서서 시를 쓰기도 하고, 밤이 이슥하도록 노래를 부르며 경포호 언저리를 거닐기도 했다. 이 감수성 풍부한 여자들은 여자에게 이름을 주지 않았던 조선 시대에 스스로 자신의 이름을 지었다. 난설헌과 사임당. 인간의 땅에서야 만난 적 없지만 "일만 궁녀가 푸른 난새를 타고" 하늘 거리를 걷는 그 곳에서 그녀들은 벗이었을는지도 모르겠다. "피리 소리 문득 꽃 사이에서 스러지는 그 사이"가 인간 세상에선 일만 년이라니 그녀들의 짧은 생은 환幻이었던가.

난설헌의 생가, 그녀를 기억하는방식

그 날 아침 류와 나는 초당리 난설헌 생가 옆 우물 터에 앉아 빵과 요플레로 아침을 먹으며 난설헌과 그의 아우, 균에 대한 이런저런 이야기를 나누었다. 너무 이른 시간이라 생가의 문은 열려 있지 않았다. 오래 된 우물의 뚜껑은 닫혀 있었지만 우물 옆의 커다란 나무가 만들어 내는 그늘 덕에 오랜만의 야외 식사는 명랑한 기분을 돋우었다. 7월 중순의 햇빛은 어느 새 하늘 가운데로 향하고 있었다. 시원한 민소매 상의에 미니스커트를 입은 젊은 여자 서넛이 왁자하니 난설헌 생가로 오더니 문이 열리지 않은 것을 확인하고는 금속 안내판을 읽어 가기 시작했다. 여자들의 싱싱하고 탄력 있는 몸 위로 햇빛이 미끄럼을 타듯 굴러 내렸다.

"난설헌이 쓴 시가 뭐가 있지?"

끝이 살짝 비틀리며 올라가는 강원도 사투리에 웃음이 나와 나는 빵을 우걱우걱 입 안으로 밀어넣었다.

"아, 생각이 날 둥 말 둥 하네. 청산리 벽계수는 아니고."

"그건 황진이잖아. 난설헌은 기생이 아니야."

"아, 규원가, 규원가가 교과서에 나오지 않았나?"

"규원가가 뭐래?"

"규방에만 살아서 원망스럽다, 그런 거 아니겠나? 여자가 밖에도 못 돌아다니고 규방에만 있으니 오죽 답답하겠나."

"나 같으면 담을 타고 나올 건데."

"오죽하리. 야야, 너 담 넘을 때 내가 밑에서 받쳐 줄게."

여자들의 웃음소리가 오래 된 문고리에 가서 부딪쳤다. 9시가 되고 생가의 대문이 열리자 여자들은 문 안으로 들어갔다.

방학이고 휴가철이 시작되는 참이어서인지 난설헌의 생가를 방문하는 사람들은 의외로 많았다. 자전거를 탄 한 무리의 가족이 나타났다. 안내판을 열심히 읽은 엄마가 아이들에게 수첩에 기록하라고 말했다. 방학 숙제 중의 하나를 해결하려는 모양이다.

"허균 알지? 홍길동전 쓴 사람. 그 사람 누나가 여기서 태어난 거야."

"그 사람은 왜 유명해? 그 사람은 뭐 썼어?"

"시를 많이 썼어. 그러니까……, 시인이야."

여자가 남편의 얼굴을 쳐다보자 남편은 건너편 솔숲으로 고개를 돌렸다.

손을 꼭 잡은 다정한 연인들도 안내판을 열심히 읽었다. 남자가 한 마디 했다.

"천재는 불우하지. 자기 시대의 시공간에 묶여 살아갈 수밖에 없는 존재인 인간이 자기 시대를 살면서 동시에 자기 시대를 뛰어넘어 산다는 것은 필연적으로 시대와의 불화를 일으킬 수밖에 없겠지. 거기에서 천

글을 쓰는 것이 여성에게는 금지되었던 조선 시대에 210여 편의 글을 남긴 난설헌이 살았던 강릉땅.

주홍빛 능소화가 담장 위로 피어 있는 이 집은 난설헌이 태어난 그 집은 아
니다.

재의 비애가 비롯돼."

"나중에 우리 애가 천재면 어떡하지."

둘은 마주 보며 웃었다.

　주홍빛 능소화가 담장 위로 피어나고 키 낮은 야생의 꽃들이 피어 있는 이 집은 난설헌의 생가 자리이긴 하지만 그녀가 뛰어놀던 그 집은 아니다. 허균이 역적으로 몰려 죽었을 때 난설헌이 나고 자랐던 그 집도 아마 허물어졌을 것이다. 터는 옛터이지만 집은 다시 지어진 것이다. 집 안에는 난설헌의 시들이 몇 편 전시되어 있었다. 하지만 사실 그녀의 유선游仙 시들은 중국의 신화와 역사를 모르고서는 제대로 감상하기 어렵다. 운과 율을 맞춰 짓는 한시라서 번역을 하고 나면 그 맛이 반으로 줄어드는 것도 사실이다. 전시된 몇 편의 시만으로 그녀를 이해하기에는 그녀와 우리 사이에 놓인 사백여 년의 시간이 너무 길다. 그래서일까, 한 바퀴 집을 둘러본 사람들은 조금 아쉬워하는 듯하면서 모호한 얼굴로 떠나갔다. 강릉에 온 길에 난설헌 생가를 찾은 이들에게 이 곳은 여성에게 글을 쓰는 것이 금지되었던 시대에 210여 편의 글을 남긴 비범했던 한 여성 시인의 삶을 들여다보거나 추측해 볼 수 있는 어떤 단서를 줄 수 있을까.

　생가를 나오면 울울하고도 정정한 솔숲이 이어진다. 헌헌한 송림을 따라 걸어가다 보면 꽤 넓은 수로가 나타난다. 근처의 논에 물을 대는 물길인 듯하다. 흐르는 물을 들여다보고 있으면 수면 위로 소금쟁이가 딛는 발자국의 흔적이 파장을 만들어 내는 것이 보인다. 소금쟁이가 디디는 곳마다 섬세한 동심원이 넓게 원을 그리다 흔적 없이 지워진다. 공중에서 아주 작은 풀잎 하나만 떨어져도 미세한 떨림이 생겨나는 수면에 엷은 그림자가 어린다. 무엇일까, 고개를 들면 잠자리 떼, 그들이 만들어 내는 물그림자다. 잠자리들은 허공에서 섹스를 한다. 그들은 날개를 포개고 몸을 합친 채 허공에서 잠시 미세하게 정지하거나 함께 비행 한다. 몸을 겹친 채 하는 짧은 비행은 매혹적이다. 두근, 심장이 울렁일 만큼.

두 물길이 만나는 곳에는 난설헌교가 있다. 시멘트로 거칠게 만들어져 볼품 없는 난설헌교의 네 교각에는 홍길동 상이 세워져 있다. 난설헌은 홍길동전을 읽어 보지 못하고 죽었다. 난설헌이 죽은 때는 1589년이고, 홍길동전이 씌어진 때는 1612년으로 추정된다. 그러니까 홍길동과 난설헌은 사실 별 관련이 없다. 난설헌교에서 몇 발자국만 내려오면 역시 문화적 배려라곤 전혀 없는 교산교가 있다. 교산은 허균의 호다. 홍길동 상은 차라리 이 교산교에 만드는 것이 나을 뻔했다.

난설헌교. 그러고 보니 난설헌은 부자유한 시대를 살았던 조선의 여자들과 현대를 살고 있는 여자들을 잇는 다리다. 사백 년 뒤의 여자들은 그녀의 등을 딛고 글을 쓰고 그림을 그리고 여행을 한다. 이왕 난설헌교를 만들 것이면 예술적 상상력을 조금 더 발휘할 것이지, 이처럼 거칠고 조악한 다리에다 자신의 이름을 붙인 것을 알면 상상력과 감각이 남달랐던 그녀는 어떤 표정을 지을까. 씁쓸한 마음으로 교산교를 건너면 푸른, 경포호가 눈앞에 펼쳐진다. 울적했던 마음이 한순간에 풀린다.

은빛 등을 가진 작은 물고기가 호수 위로 점프를 한다. 퍼득이는 비늘이 햇빛에 반사되어 눈부시다. 찰나 속 환幻처럼 짧은 비상, 난설헌의 삶처럼.

호수의 수면은 시시각각 다른 물빛으로 변한다. 바람이 수면 위를 구

르면 녹빛의 호수는 푸른빛으로 다시 청록빛으로, 태양의 농도와 바람
의 밀도에 따라 다르게 흐르거나 일렁인다. 두 마리의 백로가 유유히 비
상을 하다 사뿐히 내려앉는다. 나무와 호수, 호수 속의 섬, 새와 물고기.
이런 풍경은 아마도 난설헌이 유년을 보낸 시절에도 있었으리라. 그녀
는 이 풍경 속에 어떤 모습으로 피어났을까.

초당리의 방랑 소녀

이웃집 친구들과 그네뛰기 시합을 했어요
띠를 매고 수건 두르니 마치 선녀가 된 것 같았지요
바람 차며 오색 그넷줄 하늘로 날아오르자
노리개 소리 댕그랑 울리고 푸른 버드나무엔 아지랑이 피어났어요

에너지가 넘치는 사랑스런 소녀가 하늘을 향해 힘차게 발을 구른다.
몸은 허공을 날아 하늘로 향하고 소녀는 이가 시릴 듯 환하게 웃는다.
난설헌의 '그네 뛰기' 라는 시다. 그녀는 이 곳에서 그네도 뛰고 빨래도
하고 손톱에 봉숭아 꽃물도 들이며 유년을 보낸 모양이다.

달빛 어린 저녁이슬 규방에 맺혔는데
예쁜 아씨 열 손가락 길고 곱기도 하지
봉선화 꽃잎 찧어서 유채 잎으로 말아

등잔 밑에서 꼭꼭 싸매려니 귀고리도 울려
새벽에 일어나 발을 걷어올리고는
거울에 열 개 붉은 별 비추어 보며 즐거워하네
그 손가락 풀잎에 닿으면 호랑나비 나는 듯하고
가야금 뜯으면 복사꽃 놀라 떨어지는 듯하네
두 볼에 분 바르고 비단머리 손질하니
상강의 대나무 미인의 피눈물로 얼룩진 듯하네
이따금 그림붓 잡아 반달 눈썹 그리면
붉은 비 봄동산에 뿌렸다 가는 듯하네

'봉선화 잎을 물들이며'

　손톱에 봉숭아물을 들여놓고 손이 움직일 적마다 들여다보며 이쁘구
나 감탄했을 한 소녀의 모습이 눈에 잡힌다. 가야금을 연주하고 그림도
그리던 소녀, 난설헌은 치장에도 관심이 많았나 보다. 거울 앞에 앉아 그
림을 그리듯 공들여 눈썹을 그리는 한 소녀의 집중이 눈에 선하다. 난설
헌의 시들은 명랑하고 솔직하며 탐미적이고 때로 에로틱하다.

그네 뛰기 마치곤 수놓은 신 고쳐 신었죠
내려와선 말도 못하고 층계에 서 있었어요
매미 날개 같은 적삼 땀이 촉촉이 배어
떨어진 비녀 주워 달라 말하는 것도 잊었죠

'그네 노래'

그네를 뛰고 내려와 아직 숨이 가라앉지 않은 한 여자의 가쁜 호흡과 달큰한 땀 냄새가 그대로 느껴지는 시다. 이 장면을 포착할 줄 아는 난설헌이었기에 여성의 욕망을 솔직하게 표현하는 데 거리낌이 없다.

> 드넓은 가을 호수에 푸른빛 구슬처럼 빛나는데
> 연꽃 덮인 깊은 곳에 목란배 매어 두었네
> 임을 만나 물 건너로 연밥 따서 던지고는
> 행여 누가 보았을까 한나절 혼자 부끄러웠네
>
> '연밥 따는 노래'

훗날 남성 비평가들에게서 음란하다는 평을 들은 대표적인 시다.

음란하다! 그 이유말고 다른 이유를 댔더라면 더 좋았을 텐데. 글자 수가 맞지 않다든지 율과 격이 맞지 않다든지. 그런데, 어쩌누, 음란하다, 방탕하다, 그런 것말고는 트집잡을 게 없을 만큼 훌륭한 시를 써 버린 그녀의 천재가 그들을 그렇게 쪼잔하고 비겁하게 만들어 버렸나 보다.

"아침이면 한가롭게 목란배 매어 놓고 짝지어 나는 원앙"도 바라보고, "안개가 하늘을 닿아 학도 돌아오지 않는 날"엔 "시냇가에 종일 내리는 신령스런 비"를 바라보며 자란 난설헌의 시는 때로 나른하고 때로 망설임 없이 에로틱하다. 남녀칠세부동석, 부부유별의 시대에 그녀의 시는 음란(?)해서 사랑스럽다.

자유롭고 정의로운 시인

난설헌의 시는 그네 타고 연밥을 따는 것으로 그치지 않는다. 그녀의 관심은 넓고도 깊어 변방과 궁궐, 남성과 여성, 현실의 세계와 신선의 세계를 넘나든다. 난설헌의 시 세계는 조선조의 어떤 시인보다 다양하고 풍요롭다.

동쪽 집 세도가 불길처럼 드세어
고대광실 큰 집에서 풍악 소리 울릴 때
북쪽 이웃들은 가난하여 헐벗은 채
주린 배를 안고 오두막에 있었다오
하루아침에 높은 권세 기울면
오히려 북쪽 이웃을 부러워하리니
흥하고 망하는 것 때에 따라 바뀌는 법
하늘의 이치를 벗어날 수 없다오

가난한 이웃과 불의한 권력이 대비를 이루는 이 시는 난설헌과 그의 형제들의 기질을 알 수 있게 해 주는 작품이다.

난설헌은 1563년에 어머니 강릉 김씨(그녀는 역사서에 예조 참판을 지낸 김광철의 딸이라고만 나와 있을 뿐 이름이 없다)와 아버지 초당 허엽 사이에서 태어났다. 강릉 김씨는 첫부인과 사별한 허엽과 결혼하여 세 명의 아이를 낳았는데 그 세 남매가 아주 유명한 조선의 이단아들이다. 출중한 문장과 호방한 기개로 일찍부터 주목받았으나 젊은 나이에 죽은 허봉, 역시 요절한 허난설헌, 그리고 조선조가 멸망할 때까지 신원이 복원되지 않았던 혁명가 허균.

그들은 당대 최고의 가문에서 태어났다. 아버지 초당 허엽은 대사헌을 지냈고 형제들은 학문적으로 명성이 높았다. 난설헌보다 열두 살이 많았던 허봉은 자신의 친구이며 뛰어난 시인이었던 이달을 허균의 선생으로 모셔올 때 그녀가 함께 배우도록 해 주었다. 이달은 학문과 재능은 뛰어났으나 서자였기 때문에 벼슬을 할 수 없었다. 한 곳에 자리잡아 살지 않고 한평생 떠돌아다니며 시를 지었던 가난하고 불우한 시인을 기꺼이 동생들의 스승으로 삼았다는 것은 허봉의 기질을 잘 말해 준다. 그들은 개인의 능력보다 가문과 집안으로 사람을 평가하는 세상의 잣대에 도전했으며, 신분 제도의 모순과 유교 사회의 행동 규범을 비판하고 그 부조리를 끝까지 긍정하지 않았다.

허봉과 이달에게서 많은 영향을 받은 난설헌과 균 역시 세상의 불평등과 부조리에 대해 성찰하는 눈을 가질 수 있었다. 이 집안이 갖는 개방성과 진보성으로 말미암아 난설헌의 재능은 일찍부터 꽃필 수 있었다. 허봉은 일곱 살 때 시를 지어 사람들에게 신동이라는 말을 들은 누이동생의 재능을 사랑하고 격려했다. 그녀의 시적 재능과 천재성은 한껏 지지받고 장려되었다. 이런 분위기 속에서 난설헌은 다른 신분의 여자들에게도 눈을 돌리고 그들의 삶을 들여다보고 노래하는 시인이 될 수 있었다.

얼굴 맵시 어이 남에게 빠지리요
바느질 솜씨 길쌈 솜씨 모두 좋건만
가난한 집안에서 자라났다고
중매 할미 모두 나를 몰라 준다오

밤늦도록 쉬지 않고 베를 짜노라니
베틀 소리만 삐걱삐걱 차갑게 울리네
베틀에 짜여진 흰 명주 한 필
결국 누구의 옷을 짓게 되리오

손에 가위 쥐고 마름질하니
밤이 차가워 열 손가락 곱아 온다
남을 위해 시집가는 옷 짓고 있지만
해마다 나는 여전히 홀로 살고 있다오

  '가난한 여인의 노래'

    마치 1980년대 노동시를 연상시키는, 그러나 1980년대 노동시가 갖
지 못했던, 젠더에 대한 감수성까지 보이는 섬세한 시다. 그녀는 시에서
부의 재분배가 이루어지지 않는 현실에 대해 사회학적 통찰을 하고 있으
며 동시대를 사는 여성에 대한 연민과 애정을 보인다. 이 시는 1980년대
의 유명한 노래 '시다의 꿈' 과 맞닿아 있다. 시인으로서 그녀의 관심은
변방의 군사들에게도 향한다.

춥디추운 국경엔 봄 없어 매화 보이지 않건만
변방 사람의 낙매곡 피리 소리만 들리네
밤 깊어 고향 꿈에 놀라서 깨어나니
휘영청 밝은 달 북녘 산 망루에 가득하다

그녀의 눈은 세상의 모든 아침을 맞고 세상의 모든 저녁을 응시한다.

경계의 바깥에서 놀기, 유선사

그러나 결혼과 더불어 난설헌의 삶은 삐걱이기 시작한다. 결혼이란
'제도'가 으레 그렇듯 가문과 가문의 결합이었으므로 난설헌은 당시 세
도가였던 안동 김씨 가문의 김성립과 결혼한다. 결혼, 이라는 시스템 속
으로 들어가면서 난설헌은 지금까지와는 다른 환경과 문화 속으로 진입
하게 된다. 결혼 전 추임 받던 그녀의 시적 재능과 총명함은 그러나 시
집 쪽에서는 탐탁하게 여겨지지 않은 듯하다. 특히 부인이 남편보다 뛰
어날 때 남편이 갖는 콤플렉스와 굴욕감은 예나 지금이나 다름이 없는
듯, 김성립은 난설헌과 좋은 관계를 맺지 못한다. 사랑에 대한 환상과
기대를 갖고 있던 난설헌이 김성립과 좋은 관계를 맺으려던 시도들이
그녀의 시 여러 편에서 엿보인다. 그러나 끝내 김성립은 난설헌과 편안
한 관계를 맺지 못한다. (또는 않는다.) 그녀는 며느리로서도 후한 점수
를 받지 못한다. 난설헌의 시가 우울해지는 건 당연한 일이었다.

아침 해 궁전을 비추고 발 위로 솟는데
정향나무 천 줄기로 봄 시름을 짜네
고운 얼굴 단장하며 거울 비춰 보다가
꿈 속 일 마음에 걸려 마냥 앉았네
그 누가 앵무새를 새장에 가두었나
스스로 비단 휘장 치고서 공후를 뜯네
곱게 칠한 화장이 지워지면 슬퍼지리니
동이 같은 달 보고 눈물 씻지나 말아요

'손내한의 북리시에 운을 맞추어(次孫內翰北里韻)'

부드럽고 말랑말랑한 영혼을 지닐수록 세상의 단단한 질서와 도덕과 규범을 감당하지 못할 때가 있다. 남편의 외면, 시집과의 불화 속에서도 견디어 나가던 난설헌이었지만 설상가상으로 두 아이마저 잃고는 세상을 향해 내밀던 손을 거두어들인다. 게다가 늘 자신을 격려하던 든든한 후원자, 허봉마저 귀양지에서 세상을 떠난다. 아버지 허엽 역시 허봉보다 앞서 세상을 떠났다. 난설헌이 사랑하고 소통하고 기대던 사람들이 모두 이 세상을 떠나 버린 것이다.

난설헌은 지상에서 길을 잃는다. 세상은 그녀가 가진 재능을, 그녀가 경험한 시간을, 그녀가 꿈꾸는 것을 부정하고 혐오했다. 세상은 그녀가 스스로를 부정하고 세상의 법칙에 길들여지기를 원했다. 허용되지 않는 것들, 글을 쓰고 이름을 갖고 사색을 하는 것. 그것을 더는 넘보지 말라는 경고를, 그러나, 난설헌은 가볍게 위반한다. 삭막한 시간의 모래밭을 홀로 횡단하며 그녀는 세상 속으로 갈 수 없다면 세상 밖으로 갈 수 있음을 발견한다. 세상을 향한 길도 길이지만 세상 밖으로 향한 길도 길임을 찾아 낸 것이다. 기억의 지층을 더듬어 다른 기억의 패턴을 발굴하는 동안 시간은 선로를 이탈하고 공간은 위도와 경도를 벗어난다. 홀연 그녀는 세상과 세상 아닌 것의 경계를 넘는다.

신선께서 고운 봉황새 타고
밤이면 조원궁으로 내려오네요
붉은 비단 깃발로 바닷구름 떨치면
무지개 고운 옷이 봄바람에 웁니다
요지잠에서 나를 맞이하면서
유하주 술잔을 권하셨어요
나에게 푸른 옥지팡이 빌려 주면서
부용봉에 올라오라 하셨어요

그녀는 기꺼이 부용봉으로 오른다. 그 곳은 금기시되었던 일들을 마음껏 할 수 있는 공간이었다. 그 곳에서 그녀는 지상에서 꿈꾸던 삶을 산다. 이 같은 삶은 유선사遊仙詞 87편으로 남아 우리에게 전한다.

소소의 문 앞에 꽃이 활짝 피었으니
버들 향기 술과 어울려 금 술잔 비우네
밤 깊도록 자리잡고 벗과 취하고

가볍게 수레를 타고 달밤에 돌아오네

'서릉행西陵行'

스스로를 고립시킨 채 책을 읽고 글을 쓰고 사색하며 지내던 난설헌은 뒷날 중국의 문인들이 극찬해 마지않는 '몽유광상산시'를 남기고 홀연히 세상을 떠난다. 몽유광상산시는 어떻게 시를 짓게 되었는지 그 배경까지 기록되어 있어 더욱 흥미롭다.

을유년 봄, 내가 상을 입어 외삼촌 댁에 머물고 있을 무렵, 하룻밤 꿈에 바다 가운데 있는 산에 올랐다. 산은 온통 구슬과 옥으로 모든 봉우리가 첩첩으로 포개져 있었는데, 흰 구슬과 푸른 구슬이 반짝반짝 빛나 눈을 들어 똑바로 바라볼 수 없었다.

무지개 같은 구름이 그 위에 서려, 오색이 곱고 선명하며 구슬 같은 물이 흐르는 폭포 두 줄기가 벼랑 사이로 쏟아져 내리면서 부딪쳐 옥을 굴리는 소리를 내고 있었다.

두 여인이 나타났는데, 나이는 모두 스물 남짓하였다. 얼굴은 절세가인으로 한 명은 붉은 노을 옷을 입었고, 다른 한 명은 푸른 무지개 옷을 입었다. 손에는 금빛 호로병을 들고, 발은 나막신을 신고서 사뿐히 걸어와 나에게 머리를 조아려 절을 하였다.

졸졸 흐르는 물굽이를 따라 올라가니 기이한 풀과 이상한 꽃이 여기저기 피었는데, 모두 이름 부를 수 없었다. 난새, 학, 공작, 비취새들이 좌우에서 날면서 춤추는데, 온갖 향기가 나무에서 풍기고 있었다.

마침내 정상에 오르니 동남쪽의 큰 바다는 하늘과 맞닿아 전부 파란데, 붉은 해가 돋으니 파도에 목욕하는 듯하였다. 봉우리 위에는 큰 못이 있어 맑기가 그지없고 연꽃은 푸르고 잎은 커다랗지만 서리를 맞아 반쯤은 시들어 있었다.

두 여인이 일렀다.

"여기는 광상산입니다. 신선들이 사는 십주 중에서 가장 아름다운 곳입니다. 당신이 신선의 인연이 있어 감히 이 곳에 이르렀으니 어찌 시로써 이를 기록하지 않겠습니까?"

내가 사양하였지만 받아들여지지 않아 곧 절구 한 수를 읊었다. 두 여인이 손뼉을 치면서 크게 웃으며 말했다.

"글자마다 모두 신선의 말씀입니다."

조금 있으니 한 떨기 붉은 구름이 하늘에서 내려와 봉우리 위에 걸리고, 북 치는 소리를 냈다. 취한 듯 꿈을 깨 보니, 베개 밑에는 아직도 아지랑이 기운이 맴돌았다. 모르겠네. 이백의 천모산 놀이가 여기에 미칠 수 있는지. 다만 이것을 적어 보리라. 그 시는 이러하다.

푸른 바다는 구슬 바다에 젖고
푸른 난새는 오색 난새에 기대네
스물일곱 송이 아름다운 연꽃
달밤 찬 서리에 붉게 떨어졌네

허균은 이 시의 말미에 다음과 같은 글을 적어 두었다.

"우리 누님이 기축년(1589) 봄에 돌아가셨으니 그 때 나이가 스물일곱이었다. 그의 시의 '삼구홍타三九紅墮(스물일곱 꽃송이 떨어지다)'란 말은 곧 이것을 증험함이다."

애일당, 한류의 원조 난설헌의 시들, 국경을 넘어 사랑받다

경포대에서 해안도로를 따라 북으로 좀 올라가면 사천해수욕장이 있는 사천면 사천진리에 조그마한 야산이 하나 있는데, 이 산의 이름이 교산이다. 오대산 줄기 하나가 동해로 내려오다가 잦아지면서 뱀처럼 뻗어나와 아직 용이 되지 못한 교룡蛟龍의 형국이라 하여 교산蛟山이라 한다는데, 이 곳에 난설헌과 균의 외가인 애일당 터가 있다. 난설헌의 외할아버지 김광철金光轍이 벼슬길에서 물러나와 명당자리인 이 곳에 집을 짓고 머무르며 애일당이라 이름했다 한다. 허균의 호 교산도 여기에서 유래한 것이다. 지금 애일당 터는 흔적도 없고 대나무 숲과 노송만 듬성듬성 있는 가운데 '교산 시비'만 덩그러니 서 있다. 애일당은 허균이 좋아하던 처소였다. 젊은 시절 이 곳에서 두보의 시를 공부했고, 임진왜란 때는 피난길에서 돌아와 퇴락한 애일당을 고쳐 짓고 머무르기도 했다는 기록이 있다. 우리가 난설헌의 시를 읽고 그녀의 삶을 추측하고 그녀의 생애를 재구성할 수 있는 것은 전적으로 허균 덕분이다. 난설헌은 죽으면서 자신의 시를 모두 불태우라고 유언했고, 그녀가 지었다는 천여 편의 시는 한 줌 재로 사라졌다.

"여자가 덕행으로 이름을 전하지 못하고 약간의 시로 이름이 썩지 않은들 무슨 다행함이 있겠느냐."

당대의 진보적 지식인이었던 홍대용조차 난설헌의 시를 비판했으니 보수 진영의 논객들이야 어떠했을까. 조선 시대 내내 난설헌은 재승덕박才勝德薄의 표본으로 공인되었다. 난설헌이 시를 불태우라 한 것은 이러한 세상에 대한 비웃음 혹은 저항이 아니었을까.

그렇다면 오늘날 우리가 읽는 난설헌의 시들은?

그녀의 친정에 있던 것들과 허균이 외워 두었던 것들이다. 허균은 머리가 비상하여 한 번 들은 것은 절대로 잊어버리는 법이 없었으며 천여 편의 시를 외울 정도였다고 한다. 일반적으로 '홍길동전'의 작가로만 널리 알려져 있는 허균은 사실 당대 최고의 논객이었다. 두량 넓은 학문의 세계에서 모반의 동굴에 이르기까지, 중국 대륙에서 기방에 이르기까지 그가 넘나들지 않은 경계는 없었다. 신영복 선생의 표현을 빌자면, 당대 사회의 모순을 꿰뚫고 지나간 한 줄기 미련 없는 바람이었다. 그런 그는 누나의 시를 몹시 아껴 공주 목사 시절 난설헌집을 목판본으로 출판했다. 1608년 난설헌이 죽은 지 열아홉 해나 흐른 뒤였다.

난설헌의 시는 조선보다 중국에서 먼저 유명해졌다. 임진왜란 때 조선을 지원하려고 왔던 중국 문인, 오명제는 허균의 집에 머물면서 난설헌의 시 이백 수와 그밖의 조선 시들을 수집하여 중국으로 돌아가 「조선시선」을 출판하였다. 이 책이 출간되자 난설헌의 시와 이름은 중국에 널리 알려졌다. 그녀의 시는 중국 대륙에 두루 펴져 수많은 사람에게 애송

난설헌의 시가 전해지는 건 허균의 덕이다. 애일당 터에 남아 있는 교산 시비.

되었으며 지금까지도 널리 읽힌다. 최근에 발행된 여성 작가들의 시집들에서도 난설헌의 시는 의연히 한 페이지를 차지하고 있다.

한국과 중국 사이의 오랜 역사에서 중국에 조공으로 바치던 '공녀'라는 특수한 관계 외에 여성의 왕래는 거의 없었다. 정치가, 사신, 문인, 학자, 군인, 상인 등 수많은 사람이 오갔지만, 그 모든 교류와 소통과 여행은 남자들의 몫이었다. 그런 배경에서 난설헌의 시가 중국에 전해진 것은 기적에 가까운 일이다. 그리고 그 시가 중국의 수많은 사람에게 읽히고 책으로 만들어져 오늘날의 문헌 속에서도 살아 숨쉬고 있는 것은 본질적으로 그녀의 시가 지닌 생명력이 그만큼 크다는 증거일 것이다.

그녀의 시가 중국에서 명성을 얻어 가는 동안에도 난설헌에 대한 조선 문인들의 평가는 가혹했다. 진보적인 실학자이자 「열하일기」의 저자 박지원 또한 불편한 마음을 숨기지 않았다. 난설헌은 '난설헌'이라는 호號 외에 '경번'이라는 자字를 쓰기도 했는데 그는 난설헌이 호와 자를 따로 쓰는 것을 두고 시비를 걸었다.

일반적으로 말해서 규중 여인이 시를 짓는다는 것은 본디 좋은 일은 아니다. 외국의 한 여자 이름이 중국에까지 퍼졌으니 대단히 유명하다고 말할 수 있다. 그러나 우리 나라 부인들은 일찍이 이름이나 자를 나라 안에 드러낸 이를 찾아 볼 수 없으니, 곧 난설헌 호 하나만으로도 과분한 일이다. 하물며 이름이 경번으로 잘못 알려져 여기저기 기록되어 있으니 천 년이 걸려도 씻기 어려운 일이다. 뒤에 재능 있는 여자들이 이를 밝혀 경계의 거울로 삼지 않으면 안 된다.

중국에서의 지대한 관심과 극찬에도 불구하고 조선의 남성 문인들은 침묵을 지키거나 심지어 난설헌의 작품 대부분이 허균의 위작이라며 폄하하였다. 이런 시대적 배경에서 누이에게 두보가 되라고 격려했던 허봉의 태도는 적잖이 뜻밖의 일로 보인다.

16세기 조선 여성의 '살짝' 르네상스

신선 나라에서 예전에 하사받은 문방사우
경치를 즐기는 가을 규방에 보낸다
오동나무를 바라보며 달빛도 그리고
등불 켜 놓고 벌레나 물고기도 그리겠지

허봉이 난설헌에게 보낸 편지의 일부다. 이와 함께 시집에서 외딴 섬처럼 고립되어 가는 누이의 처지가 가슴아파 마음을 실어 보낸 선물이 두보의 시집과 붓이다. 중국에 사신으로 간 길에 얻어 책 상자에 보물처럼 간직했던 시집이라는 사연과 함께 "이제 네게 주니, 두보의 소리가 내 누이의 손에서 다시 나오길 바란다"고 적고 있다.

여성이 시를 쓰는 것은 기생이나 하는 짓이라고 교육되던 시절, 더구나 이해하거나 감싸 줄 사람이라곤 하나 없는 시집에서 불화와 갈등을 겪는 여동생의 상황을 알면서도 그는 여전히 누이의 재능을 북돋우고 있다. 명랑하고 생기 발랄하던 여동생의 시가 쓸쓸하고 불안해져 가는 것을 보면서도 그는 끝내 난설헌이 시 속에서, 문학 속에서 자신의 길을 찾아갈 것이라 생각했을까. 동생에 대한 연민이든 재능 있는 인간에 대한 격려든, 여성 문학가에 대한 허봉의 태도는 분명 시대를 앞서 가는 진보의 색채를 지닌 것만은 틀림없다. 이처럼 세상의 잣대와 기존의 윤리에 개의하지 않는 허봉의 태도는 그의 기질과 진보적인 시각에서도 기인하지만 온전히 개인의 성품에서 연유한 것만은 아니다.

난설헌이 살던 16세기는 송덕봉, 이옥봉, 매창 그리고 사임당이 살았던 시대다. 이들은 모두 뛰어난 시인이었으며 문장가였다.

서녀로 태어나 넘치는 재기 때문에 시집에서 버림받고 비명 횡사한 이옥봉은 여성의 재능을 인정하지 않던 조선조의 억압을 볼 수 있는 대표 사례다. 매창 역시 서녀요 기생이라는 이중의 굴레에도 불구하고 예순여덟 편의 시를 남긴 조선의 대표 시인이다. 특히 부부가 시를 주고받으며 서로 비평하고 문재를 갈고닦았던 송덕봉과 그녀의 남편 유희춘은 허봉의 스승과 사모였다. 처가의 일이라고 시집 일과 차별을 두는 거냐며 남편을 향해 목소리를 높였던 송덕봉의 기개를 보고 배운 허봉이 누이동생에게 두보가 되라고 격려하는 것은 그러므로 아주 예외적인 일은 아니었다.

그녀들이 살았던 16세기 전반은 임진왜란과 병자호란이 일어나기 전이었다. 다시 말해, 두 차례의 전란으로 조선 전기 사회가 통째로 무너지면서 급격히 보수 강경화되기 직전이었다. 이 시기만 하더라도 여성의 몸과 마음에 대한 억압이 조선 후기만큼 강압적이지 않았다. 상속이나 혼인 제도 등에서 여성은 동등한 권리를 가지고 있었고 출가외인이라고 배제당하지도 않았다. 물론 그렇다고 해서 여성들이 자유롭게 자신의 삶을 설계하고 꿈을 실현할 수 있었던 것은 아니다. '그들'이 만든 도덕률, 곧, 삼종지도와 칠거지악 등은 여자들을 억압하고 부자유하게 했지만, 그러한 환경 속에서도 난설헌과 사임당, 매창, 이옥봉 등은 사람다운 품위를 잃지 않고 당당히 '나'로서 살아가고자 한 개별 여성들이었다. 제도와 윤리와 관습이 그녀들의 머리와 가슴과 손발을 묶으려 했지만, 그런 속에서도 그녀들은 다양한 방식으로 삶을 견디고 살아가고 장악했다.

그러나 '그들'의 시대에 태어난 그녀들의 삶은 제각기 다른 결말을 맺는다. 그녀들의 행과 불행을 가른 것은 그녀들의 파격이 조선 사회가 용인하는 한계선을 넘어섰는지의 여부에 있었다. 난설헌과 사임당의 차이는 그러한 지점을 잘 보여 준다. '그들'이 정한 경계를 넘었는지 넘지 않았는지에 따라 그녀들의 삶과 기억되는 방식은 매우 다르다.

오죽헌,
풀과 벌레를
사랑한
화가의 정원

"우리 역사에서 가장 모범적이요, 우러러 널리 추앙받고 있는 대표적인 여성 하면 우리는 망설이지 아니하고 율곡의 어머니 신사임당을 꼽을 것이다."

오죽헌에 들어서자마자 만나게 되는 표지판이다. '우리'라면? '우리' 속에는 누가 포함되는 걸까. 저 문장에 동의하지 않으면 나는 '우리'에서 배제되는 건가. '우리'에 속하기 위해선 저 문장에 동의해야 하는가? 조금의 은유도 필요 없는 자신만만한 안내문은 여러 가지 상념이 떠오르게 한다.

오죽헌에 들어서면 제일 먼저 마주치게 되는 곳이 율곡의 영정을 모시고 있는 문성사다. (문성은 인조 임금이 내린 율곡의 시호다.) 조선 시대 양반가의 경우, 사당은 집 뒤쪽에 다소곳이 앉아 있는 것이 일반적이나, 오죽헌은 제사를 지내는 사당이 집을 압도하는 이상한 건물이다. 이것은 율곡의 제사에 참여한 것을 계기로 율곡을 몹시 존경하게 된 박정희 전 대통령의 지시로 본래는 없던 사당을 집의 중심에 자리잡게 만든 탓이다. 군사 쿠데타로 집권한 박정희는 강릉 율곡 제례에서 초헌관으로 제수되면서 이듬해 오죽헌을 국가 보물로 지정하라고 지시를 내렸다. 군사상의 하극상인 쿠데타로 집권한 터라 정통성이 없던 마당에 조선 시대 최고의 학자 제례에 제사를 지낼 수 있는 적자로 불러 주니 오죽 반가웠을까. 일명 오죽헌 정화 사업에 의해 율곡을 모시는 문성사가 새로 지어지고, 박정희는 그 현판 글씨도 직접 쓴다. 그리하여 사임당이 자매들과 함께 그림을 그리고 글을 읽던 고향 집은 사랑채만 남고 헐리고 말았다. 관동 지방의 독특한 민가 주택 형식을 보여 주던 집은 사라지고 별당채가 본채를 압도하는 이상한 문화 유산이 탄생한 것이다. 오죽헌은 한 해에 일백만 명의 관광객이 방문하는 문화 유적이지만 그 모양새는 국적 불명으로 변해 버린 셈이다.

오죽헌은 신사임당의 외할아버지인 이사온과 그 부인의 집이었던 것을 사임당의 어머니, 이씨 부인(그녀도 이름이 없다)이 상속받았다. 사임당의 어머니가 무남 독녀였기 때문이다. 사임당의 어머니, 이씨 부인은 결혼 후 서울에서 살다가 친정 부모님이 병이 나자 남편 신명화와 함께 강릉으로 돌아와 친정 부모를 모시고 살았고 나중에 그 집을 상속받았다. 이러한 사실을 통해 16세기 전반까지는 딸에게도 상속이 되었고 가계 상속을 위해 반드시 양자를 들이지는 않았다는 것을 알 수 있다. 이씨 부인과 그녀의 남편 신명화는 딸만 다섯 두었는데 그 가운데 둘째가 사임당이다. 사임당은 외할머니 외할아버지와 함께 살았고 그들에게서 교육받았다. 사임당 역시 시집을 가서도 이 곳에 머물 때가 많았고 율곡도 여기서 낳았다. 사임당의 어머니 이씨 부인이 아흔 살로 세상을 떠났을 때 이 집은 그녀의 외손자 권처균에게 돌아갔다. 사임당의 어머니 이씨는 다섯 딸에게 골고루 재산을 물려주면서 둘째 딸의 아들인 율곡에게는 조상의 제

몸이 까만 대나무들을 제외하고 오죽헌에 사임당의 향기가 남아 있는 곳은 없다.

사를 받들라는 조건으로 서울 수진방 기와집 한 채와 전답을 주었고, 넷째 딸의 아들 권처균에게는 묘소를 보살피라는 조건으로 오죽헌 기와집과 전답을 주었다. 이렇듯 조선 전기 재산 상속의 관행에 따라 오죽헌은 딸에게로, 다시 딸에게로, 그리고 딸의 아들에게로 상속되었다.

사임당의 동생(그녀의 이름도 기록에 없다)은 권화에게 시집을 갔으며, 그 사이에 낳은 아들이 권처균이다. 권처균은 외할머니에게서 물려받은 집 주위에 줄기가 까만 대나무가 무성한 것을 보고 자신의 호를 오죽헌이라고 했는데, 이것이 오죽헌이라는 집 이름의 유래가 되었다. 그 뒤로 줄곧 권처균의 후손들에 의해 관리되어 오다가 이후 강릉시가 관리하게 되었다. 그러고 보면 오죽헌이란 당호 자체는 사임당이나 율곡과 직접적인 연관은 없다. 율곡과 오죽헌이 화폐에 등장하고 사임당이 '율곡의 어머니'이자 '현모양처'의 표상으로 완전히 기표화되는 것은 1960년대 이후의 일이다.

사임당은 현모양처를 모른다

사임당이 살던 시절에 현모양처라는 말은 존재하지 않았다. 현모양처라는 말은 19세기에 처음 생겨난 말이다. 일본이 근대 국가를 세우면서 양처현모주의를 내세워 여성의 역할을 규정한 데서 비롯된 이 말을 당시 식민지 지식인들이 수입해서 쓰면서 대중화된, 수입 변조된 단어라 할 수 있다. 1868년 일본의 메이지유신 정부는 현대적인 국가 체제를 확립하고 국민 생활 전반의 개혁을 시도했다. 무사 관료층 가족을 기본으로 새로운 여성상을 제시하였는데, 그것이 바로 '양처현모'였다. 일본은 실질적인 가장의 권한이 막강하였으며, 아내로서의 역할 역시 어머니로서의 역할에 못지않게 비중이 컸다. 그래서 양처현모라는 말로 여성의 역할을 규정하였던 것인데, 혈통을 강조하고 어머니의 사회적인 역할이 큰 비중을 차지하는 우리 나라에 수입되면서 '현모양처'로 말의 순서가 바뀌었다. 1920년대 신여성이란 말과 함께 처음 사용되었던 현모양처란 말은 그러나 1930년대 초반쯤엔 거의 사라졌다. 식민지의 폭압과 제2차 세계 대전, 한국 전쟁 등 근현대사의 고난 속에서 여성들은 생업 전선에 나서야 했고, 가족을 부양해야 했으며, 때로는 총을 들고 전선에 나가야 했다. 여성을 현모양처로만 규정해 놓고는 세상이 지탱될 수 없는 시대적 조건 속에서 그 말은 자연스레 소멸되는 운명을 맞았다.

현모양처라는 말이 다시 등장하게 된 것은 1960년대 박정희 정부에 의해서다. 박정희 정부는 '잘살아 보자'는 슬로건을 앞세우고 산업화를 추진하면서 남성들을 산업 전사로 부각시키고 여성은 집안에서 남성을 내조하고 아이를 키우는 일에만 충실하도록 정책을 펴 나갔다. 현모양처는 산업 사회가 요구하는 여성 역할의 이상형이었다. 특히 남녀의 성 역할을 명확하게 구분하면서 여성에 대한 통제와 폭력을 '자연적인' 지배 원리로 간주하던 군사주의 문화와 결합되어 현모양처 이미지는 더욱 부각되었다. 사임당은, 그리하여, 군사 정권 이래로 현모양처의 대명사로 자리매김하게 된다. 그 과정에서 재주와 인품이 비범했던 한 여성이 나고 자라고 예술품을 창작했던 공간은 "구국 애족의 대선각자인 율곡이이 선생이 태어난 곳"으로 그 공간의 의미가 바뀌었다. 오죽헌은 여성의 삶을 남성 역사의 틀에 끼워 맞추고자 공간의 의미를 변형한 대표적인 문화 유산이라 할 수 있다.

사백 년 전 오죽헌의 풍경과 표정

지나치게 넓은 공간, 시대를 알 수 없는 건축 양식으로 말미암아 오죽헌은 향기와 바람을 잃고 죽어 버린 공간이 되어 버렸지만, 사백여 년 전의 이 곳은 한 소녀가 그림을 그리고 꿈을 꾸고 결혼을 하고 아이를 낳은 공간이다. 바람이 불면 검은 대숲에선 댓이파리들이 몸을 부딪치며 서걱이는 소리를 냈을 것이고, 백 년도 더 된 목백일홍은 붉은 꽃을 피웠을 것이다. 도라지꽃에 여치가 찾아들고, 원추리꽃에 벌이 날아들고, 봉선화엔 잠자리와 나비가 날아들었을 것이다. 통통하게 살진 가지를 올려다보는 사마귀, 수박밭을 기어다니는 여치, 물봉선화 주위를 맴도는 쇠똥구리……

이건 상상이 아니라 사임당의 그림에 나오는 풍경과 표정들이다. 예민한 관찰자였던 사임당은 조선의 마당에서 흔히 볼 수 있는 꽃과 풀과 벌레들을 많이 그렸다. 삭고 보질것없는 생명체에 눈길을 주고 오래오래 관찰하지 않고서는 그 특징과 개성을 살려 그릴 수는 없는 일, 사임당은 예리한 관찰자이면서 섬세한 손을 가진 화가였다. 사임당의 그림들은, 그녀가 율곡을 낳은 것과는 상관 없이, 예술 작품으로서 높이 평가받는 수작들이다.

그녀가 남긴 그림은, 집안일을 다 돌보고 나서 남은 시간을 이용해 그린 습작품이 아니라, 작가로서 각고의 노력을 통해 완성한 결과물이다. 자신이 원하는 것을 표현하고자 하는 적극적인 의지와 인내, 집중력이 없으면 가 닿을 수 없는 경지에 이르기까지 사임당은 그림을 그리는 데 많은 시간을 투자했을 것이고, 사실 그런 작업은 가족의 이해와 도움과 격려가 있어야만 가능한 일이다. 그림을 그린다는 것은 책을 읽거나 글을 쓰는 것과는 또다른 작업이기 때문이다. 그림을 그리려면 우선 공간이 확보되어야 한다. 종이를 펼쳐 놓을 공간이 필요하고 물감의 재료들과 팔레트, 물통 등이 차지할 공간도 겸비되어야 한다. 게다가 당시는 요즘처럼 간편한 물감이 많지 않았기 때문에 각종 재료를 모아 물감을 만들어야 했다. 중국에서 들여온 값비싼 물감은 마음대로 사거나 구하기 힘든 귀한 물건이었다. 채색도를 많이 그렸던 사임당은 색을 만들기 위한 다양한 시도를 했을 것이다. 초록색이나 파란색은 돌을 빻아서, 황토색은 흙을 이용하여, 흰색은 산화한 납이나 조가비를 가루 내어 사용하기도 했을 것이다. 이렇듯 재료를 만드는 일에서 그림을 그리는 일까지는 번거롭기도 하려니와 공간을 많이 차지하는 일이어서 집안 사람들의 승인과 지지 없이는 '대략 난감'한 일이다. 그런데도 사임당이 많은 작품을 남긴 것을 보면 적어도 이 집에서는 아들이 아닌 딸의, 그것도 천한 환쟁이나 하는 짓인 그림을 그리는 일이 지지받았던 모양이다. 사실 이 집안의 가계도를 조금만 꼼꼼히 들여다보면 딸의 재능이 피어나고 빛날 수 있었던 배경이 살짝 엿보인다.

사임당의 아버지 신명화는 혼인한 뒤로 열여섯 해 동안 본가인 서울과 처가인 강릉을 오가며 생활했는데, 지금 생각해도 파격적인 생활 방식이다. 어쩌면 사임당의 어머니 이씨 부인은 당대의 주류이던 삶의 방식을 벗어나 자신의 형편에 맞는 새로운 삶의 방식을 만들어간 여성일 수도 있다. 사임당 역시 결혼을 하고도 한동안 친정에서 생활했는데, 이렇게 친정과의 끈을 놓지 않고 그 자장 안에서 생활한 덕분에 자신이 원하는 일을 할 수 있었을 가능성이 높다.

풀과 벌레를 즐겨 그린 화가, 신사임당

오죽헌 안에는 율곡기념관이 있다. 엄밀히 말하면 오죽헌은 사임당의 기억과 시간이 서려 있는 공간이다. 그런데도 사임당기념관이라 하지 않고 율곡기념관이라 호명하는 것은 누가 누구를 기리고 싶은지에 달려 있는 문제인 듯하다. 기념관 안에는 자수 병풍, 초충도 같은 사임당의 작품들이 전시되어 있다. 사임당은 시 세 편, 그림 열 폭, 초서 여섯 폭, 묵화 스물두 폭의 유작을 남겼다.

사임당은 결혼 이후에는 일곱 남매를 돌보고 가르치느라 많은 작품을 남기지 못한 듯하다. 사임당의 그림 대부분은 결혼하기 전의 작품이다. 예술 작품을 창작하는 데는 늘 절대적인 시간이 필요한 법, 몰입과 집중 없이는 작품이 나올 수 없다. 글쓰기든 그림그리기든 그것에 투여하는 시간만큼 좋은 작품이 나올 확률이 높다. 아무리 천재라 하더라도 작품에 들이는 오롯한 시간 없이 명작을 만들어 낼 수는 없는 일이다. 그러나 결혼과 더불어 대부분의 여성은 자신의 일에 몰두할 수 없게 된다. 가사 노동과 양육, 시부모 봉양과 죽은 조상에 대한 제사 등 집안 대소사를 치르다 보면……, 시간은, 세월은, 그렇게 흘러가 버리고 만다. 사임당은 딸 셋, 아들 넷, 모두 일곱 자녀를 두었으니 그녀가 작품 활동을 계속하기는 무리였을 것이다. 아이를 기르는 것 또한 절대적인 시간과 집중이 필요한 일이니 말이다.

아이를 낳는 것이 선택의 문제가 아니던 시절, 결혼 후 사임당은 예술 가로서의 삶을 살 수 없는 현실적 조건에 부딪쳤을 것이다. 사임당은 작가로서의 삶을 포기하는 대신 교사로서의 역할을 훌륭하게 해낸 듯하다. 사임당의 작품 옆에는 그녀의 맏딸인 매창이 그린 '참새와 대나무,' 셋째 아들 율곡이 쓴 글, 넷째 아들 옥산이 그린 국화도 등이 전시되어 있다. 특히 작은 사임당으로 불렸던 매창은 시, 글씨, 그림 등 어느 것 하나 부족함이 없었고 학식도 뛰어났다고 한다. 재능은 발견되고 격려되고 훈련되어야 꽃을 피운다. 사임당의 아들딸들이 뛰어난 작품을 남길 수 있었던 것은 사임당이 그 재능을 알아보고 교육에 공을 들였기 때문일 것이다. 그녀는 훌륭한 작가이면서 또한 훌륭한 교육자의 역할을 했던 듯하다. 때로 사임당보다 오히려 뛰어나다는 평을 받은 매창은, 그러나, 사임당과 같은 월계관을 쓰지는 못한다. 그녀에게는 율곡 같은 아들이 없었다. 가부장제 사회가 여성을 기억하는 방식은 종종 그 여자의 재능과 작품이 아니라 어떤 아들을 낳았느냐에 따른 경우가 있다.

기념관 내부의 작은 가게에서는 사임당에 관한 책들도 판매하고 있다. 그 중에서 「풀과 벌레를 즐겨 그린 화가 신사임당」이란 책이 눈에 띈다. 사임당이 그린 세밀화들을 재미있는 해설과 함께 곁들인 그림책이다. 당시 화가들 사이에서는 사신을 통해 들여온 중국의 그림본을 그대로 베끼는 것이 유행했지만 중앙 화단과는 관계 없던 변방의 작은 소녀는 풀과 벌레를 그리는 것에 몰두하였던 듯하다. 색깔을 사용하여 화려하게 그리는 것이 문단의 주류가 아닐 때 사임당은 빨간색과 초록색, 파랑색, 보라색 등을 맘껏 사용하여 아름다운 그림을 그려 냈다. 특히 사물의 개성과 특징을 극세밀화에 가까울 정도로 섬세하게 포착하였다. '포도'라는 그림을 보면 포도알이 맺히지 않은 빈 꼭지도 놓치지 않고 그린 덕분에 포도송이의 구성이 더욱 자연스럽게 보인다. 그러고 보면 사임당의 그림들을 자세히 들여다본 적이 없다. 모두들 사임당을 잘 알고 있다고 여기지만 사임당의 생애에 관한 변변한 책 한 권 없다. 사임당에 관한 책은 모두 어린이용 위인전이다. 난설헌과 황진이에 대한 논쟁적인 책들이 나오는 것과는 달리, 사임당에 관한 성인용 책은 전무하다시피하다. 누구나 알고 있는 것 같지만 어쩌면 아무도 그녀에 대해 알지 못하는 것은 아닐까.

오죽헌을 나와 경포대에 서다

산 첩첩 내 고향 천리련마는
자나깨나 꿈 속에서도 돌아가고파

한송정 가에는 외로이 뜬 달
경포대 앞에는 한 줄기 바람
갈매기는 모래톱에 모였다 흩어지고
고깃배들 바다 위로 오고 가리니
언제나 강릉길 다시 밟아가
어머님 곁에서 바느질할꼬

'어머님 그리워'

경포호 옆 낮은 언덕 위에 경포대가 있다. 흔히 경포해수욕장과 경포
호를 두루뭉술하게 묶어서 그냥 경포대라 부르는데, 경포대는 언덕 위
에 있는 이 누각을 말한다. 경포대 매표소를 지나면 작은 언덕길이 있는
데, 짧지만 아름다운 소나무 숲길을 올라가면 작은 언덕 위에 오래 된
누각, 경포대가 있다. 휴일의 경포대에는 노란 병아리 같은 아이들과 벤
치에 앉아 이야기를 나누는 늙은 여자들, 사임당의 동상, 사진기를 메고
각도를 탐색하는 연인들, 그리고 그 사이로 사임당이 말한 "한 줄기 바
람"이 있다.

사임당은 가끔 이 정자에 올랐을 것이다. 지금은 건물들이 막고 있어
보이지 않지만 그 옛날 경포대 위에서 바라보면 동해 바다와 경포 호수
가 한눈에 보였다 한다. 푸른 바다, 푸른 호수, 푸른 바람, 푸른 소나무,
그런 것들이 사임당의 몸과 마음을 성장시켰을 것이다. 사임당은 훗날
에 이렇게 많은 사람이, 어떠한 방식으로든, 자신을 기억하게 될 줄 알
았을까? 사실 우리가 사임당에 대해 추측할 수 있는 것은 그녀가 남긴

글과 그림, 그리고 율곡이 남긴 글을 통해서다. 율곡이 남긴 사임당의 행장에는 그녀가 친정에 갔다가 어머니와 작별하는 글이 있다. 그 글에 따르면, 사임당이 서른여덟 살 때 서울의 시댁 살림을 주관하기 위해 강릉을 떠나면서 대관령에 이르러 한동안 쓸쓸히 눈물을 흘리다가 시 한 수를 남겼다고 한다.

> 머리 하얀 어머님을 강릉에 두고
> 한양을 향해 홀로 가는 이 마음
> 고개 돌려 북촌 땅 바라보니
> 흰 구름 내려앉는 저녁 산만 푸르구나

사임당과 어머니의 관계는 여성의 재능이나 욕망이 부정되던 엄격한 가부장제 사회에서 여성이 가진 욕망을 인정하고 지지하고 연대한 경우였다고 추측할 수 있다. 대부분의 어머니는 딸이 자신의 삶과는 다른 삶을 살아가길 원하면서도, 막상 '다른 삶'이라는 것이 아무도 가지 않은 낯선 길을 가야 한다는 것을 알면 길을 막는 경우가 많다. 관습은 유전자보다 강렬하게 일상을 지배한다. 하지만 사임당의 어머니 이씨 부인은 자신이 그 낯선 길을 가 보았기에, 그 길에서도 꽃이 피고 새가 울고 때로 청량한 바람이 불어 등줄기에 흐르는 땀을 식혀 준다는 것을 알았으리라. 그런 그녀였기에, 여성에게 어떠한 교육도 허용되지 않던 시절, 딸이 가진 가능성을 발견하고 지지하고 격려하였다. 그런 그녀들 덕분에 지금의 우리는 당시의 여성이 살아온 역사와 마주칠 수 있다. 사회가 여성을 배제한 상태에서 제도화된 탓에 여성이 느끼는 갈등은 간과되거나 겉으로 드러나지 않는 경우가 많다. 예컨대, 효의 가치가 지상 최대의 과제로 숭상되던 사회에서 여성은 자신을 낳고 키워 준 부모가 아니라 남편의 부모에게 효도할 것을 요구받았다. 당연히 여성들은 이러한 제도와 불화하거나 갈등할 수밖에 없었지만 그들의 속마음은 공식적인 역사에 드러나지 않는다. 우리가 그 시대 여성의 마음을 들여다볼 수 있는 건 사임당이나 난설헌의 예술 작품을 통해서밖에 없다.

가부장제라는 난기류 속에서 그녀들은 때로는 상승 기류에 때로는 하강 기류에 몸을 맡기고, 아찔한 수직 하강과 고난이도의 활강을 수시로 반복하며 고도 변위를 조절했으리라. 그녀들은 불화하며 관통했고, 갈등하며 장악했다. 시대의 이단아니, 현모양처의 표본이니 하는 말은 한 사람의 생애를 표현하는 데 적합한 단어가 아니다. 불안은 달콤하고, 행복은 권태스럽다. 생은 벼랑 끝에서 목구멍 가득 두려움을 삼키며 비상하는 날갯짓이다. 푸른 바람이 날개 속으로 스며들 것이다.

강릉 땅에서 오십 년 가까운 시차를 두고 태어난 사임당과 난설헌은 많은 공통점을 지녔다. 무엇보다도, 그녀들은 자랄 때 재능을 인정받고 격려받았다. 칭찬은 고래도 춤추게 한다고 했던가. 지지와 격려가 있어야 숨은 재능이 싹을 틔우고 꽃을 피울 수가 있다. 조선이라는 황무지에서 이 걸출한 여성 작가들이 탄생할 수 있었던 것은 기존의 관습과 윤리에서 비교적 자유로운 주변 사람들이 존재했기 때문이다.

그 다음으로 꼽을 수 있는 공통점은, 난설헌의 시가 허균에 의해 기록

호수의 수면은 시시각각 다른 물빛으로 변한다. 찰나 속 환처럼.

된 것처럼, 율곡이 자신의 외조모와 어머니에 대한 기록을 따로 남겨 두었기에, 오늘날 우리가 사임당의 생애에 대해 상세한 정보를 얻을 수가 있다. 어머니나 누나에 대한 존경과 애정의 마음을 가질 줄 아는 남성들은 귀하고 아름다운 존재들이다. 그들은 경계에 피는 꽃이다.

또 하나, 그녀들의 작품은 작품으로 제대로 평가받지 못했으며, 그것은 지금에 와서도 크게 다르지 않다는 점이다. 난설헌의 시는 음란하다는 등 표절이라는 등의 시비에 휘말렸고, 사임당의 그림은 다만 율곡의 어머니로서만 평가받았다. 사임당의 그림을 논하면서 그녀가 율곡의 어머니라는 사실이 부가적으로 기술되는 것과, 그녀의 그림이 훌륭하다는 평이 그녀가 율곡의 어머니였다는 사실과 밀접하게 거론되는 것은 전혀 다른 맥락이다. 왜냐하면 인품이 훌륭하다거나 자식이 뛰어나다거나 하는 요소가 훌륭한 작품을 보장하지는 않기 때문이다.*

한동안 나에게 그녀들은 '닮고 싶지 않은 여성'들로 분류되었다. 한 여자는 너무 불행했고 한 여자는 너무 완벽했다. 그녀들처럼 살고 싶지 않았다. 그러나 곰곰 생각해 보면 그것은 그녀들을 박제한 기억의 시스템에 동조하는 일이다. 난설헌의 시를 꼼꼼히 읽다 보면 왁스나 이상은의 노래가 떠오른다. 규방의 여성들에게 무채색이기를 요구했던 조선 사회에서 난설헌은 '컬러'에 대한 열망을 숨기지 않았다. 시 속에서 그녀는 거울을 들여다보며 공들여 화장하는 것을 좋아하고 화려한 옷을 입고

*조혜란, 「조선의 여성들, 부자유한 시대에 너무나 비범했던」

친구들과 밤새 파티 하는 것을 즐기며 때로 나른한 에로티시즘에 온몸을 맡기기도 하는 나르시시스트다. 시를 통해 그녀는 가볍게 조선을 넘어 21세기의 우리와 접속한다.

사임당의 그림들을 들여다보면 '피터 래빗'의 화가, 베아트릭스 포터가 생각난다. 쥐 두 마리가 수박을 야금야금 갉아먹다 보니 수박이 와하하 웃는 듯한 표정으로 변해 버린 '수박과 들쥐' 같은 그림을 보노라면 그녀의 장난기가 느껴진다. 엄숙하고 완고한 모습으로 화석화된 사임당과는 또다른, 발랄하고 깔깔 웃음도 많은 한 소녀가 연상된다. 포도덩굴 사이를 넘나드는 귀여운 다람쥐를 생동감 있게 그릴 줄 아는 여자, 긴 꼬리를 까닥까닥하며 물가에 앉은 할미새의 움직임을 포착할 줄 아는 여자는 일상을 사랑하고 주위 사람들과 함께 행복을 나눌 줄 아는 사람이었을 것이다.

물이 많은 도시, 강릉에서 만난 두 여자. 그녀들은 맘껏 자유롭기를 원했고 마음 속에서 꿈틀거리는 욕망의 길을 따라가기를 원했던 한 개인이었다. 두려움, 없이.

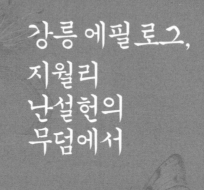

강릉 에필로그,
지월리
난설헌의
무덤에서

지난 해에는 사랑하는 딸을 잃고
올해는 사랑하는 아들을 잃었구나
슬프고 슬픈 광릉 땅에
두 무덤이 마주 보고 서 있는데
쓸쓸한 바람 백양나무에 불어 오고
도깨비불 반짝이는 숲 속에서
지전 날리며 너의 혼을 부르노라
술잔 따라 네 무덤 앞에 바치노라
가엾은 너희 형제 넋은
밤마다 서로 만나 놀고 있으려나
비록 배에 아이를 가지고 있다지만
어찌 잘 자라나기를 바라겠는가
하염없이 슬픈 노래 부르며
슬픈 피눈물만 속으로 삼키노라

'곡자哭子'

난설헌은 어려서 죽은 두 아이와 나란히 묻혀 있다. 아이들 무덤 옆에는 난설헌의 오빠 허봉이 조카들의 죽음을 가슴 아파하며 지은 시도 있다.

경기도 광주군 초월면 지월리, 이 곳 난설헌의 무덤에 와 보면 그녀가 왜 여기 있을까, 왜 여기 있어야만 할까 하는 생각이 든다. 그녀는 살아서 불화했던 사람들, 살아생전 자신을 이해하지 못하던 사람들 사이에 여전히 조금은 부조화스러운 모습으로 있다. 난설헌이 묻혀 있는 곳은 난설헌의 시집인 안동 김씨 선영이다. 원래는 현재 묘역에서 500여 미터 오른쪽에 있었으나 서울-대전 간 중부고속도로를 내느라고 1985년에 지금의 위치로 이전되었다. 난설헌의 무덤 위로 남편인 김성립과 그의 또다른 처, 시조부모와 시부모, 시동생 내외의 무덤이 함께 있다. 김성립은 난설헌이 죽은 다음에 재혼한 남양 홍씨와 나란히 묻혀 있다. 김성립은 임진왜란 와중에 변을 당했기 때문에 시신조차 찾지 못했고, 현재의 무덤은 김성립의 혼백만 불러 안장한 초혼 묘라 한다. 김성립 부부의 무덤 아래 난설헌의 무덤이 있고 그 옆으로 애기 무덤 두 개가 나란히 있다. 이 곳으로 이장을 하기 전에 난설헌과 김성립의 무덤은 거리를 두고 방향도 달리 있었다고 한다. 이장을 하면서 그녀의 무덤에는 시비가 세워지고 허봉이 조카들을 위해 지은 시비도 만들어졌다. 난설헌을 기억하는 사람들이 종종 찾아와 그녀의 무덤에 술을 따르고 잠시 머물다 가기도 한다. 혹여 후대 사람들의 이런 행동 때문에 저승에서도 그녀는 고립되어 있는 것은 아닐까. 아들보다 똑똑한 며느리를 마뜩치 않아하던 사람들 사이에서, 자기보다 총명한 아내를 멀리한 남편의 발 아래에서 난설헌의 무덤은 여전히 불편해 보인다.

한편, 경기도 용인 땅 맹골의 수정산 자락에는 허균을 포함하여 난설헌의 아버지인 초당 허엽, 오빠 허봉 등 난설헌이 사랑했던 사람들이 잠들어 있는 가족묘가 있다. 유교 반도儒教叛徒로 몰린 허균의 무덤 역시 초혼 묘다. 역적의 신세로 처형된 마당이라 시신조차 수습할 수 없었기에 위패만 모셔 무덤을 만들었다. 역적 집안의 묘소답게 구릉 군데군데가 파헤쳐져 붉은 황토가 드러나고, 묘역 일대와 봉분 위로는 잡풀과 떡갈나무 등이 멋대로 자라 있다. 역적은 삼대를 멸하던 시대라 허균의 후손들이 어떤 식으로 살아남았을는지는 미루어 짐작할 수 있다. 조상의 무덤을 제대로 돌볼 처지가 아니었으리라. 잡초 사이로 난설헌의 시비도 보인다. 지월리의 정돈된 시비보다 이 곳에 서 있는 난설헌의 시비가 오히려 울울하다. '죽어서도 그 집 귀신이 되어야 한다'고 말할 사람은 이 곳에 없어 보인다.

죽어서까지 불편한 사람들과 함께 있게 하는 오래 된 관습을 난설헌은 좋아하지 않았을 것 같다. 단정하게 손질되어 있지만 지월리의 그녀 무덤은 섬처럼 보인다.

씽씽 질주하는 차량들이 내는 소음이 정신을 혼몽하게 하지만 애기 무덤의 푸른 잔디를 쓰다듬다 보면 오롯한 마음이 들어 잠깐 소음을 잊어버리기도 한다. 난설헌의 생을 들여다보며 그녀에게 가장 절실했던 것은 친구가 아니었을까, 생각한다. 높고 견고한 담장을 넘을 때 기꺼이 발을 받쳐 줄 든든한 벗들. 그녀의 시에는 친구를 그리며 쓴 것들이 몇 편 있다.

난설헌의 무덤 가는 길.
내가 쓴 편지를 맡길 곳 없어
이 마음 실타래처럼 엉켜 버렸네.

지난 해에는 사랑하는 딸을 잃고
올해는 사랑하는 아들을 잃었구나.
슬프고 슬픈 광릉 땅…….

십 리 되는 긴 둑에 버들가지 늘어졌고
물 건너 연꽃 향기 나그네 옷에 가득하네
밤 되도록 남쪽 호수에 달빛 밝은데
아가씨들 다투어 죽지사를 부르네

'둑 위의 노래(堤上行)'

강릉 시절 밤늦도록 '죽지사'를 부르며 놀던 정겨운 벗들과 교류와 소통이 있었다면 세상은 훨씬 견딜 만했을 것이다. 그러나 결혼과 함께 기존의 모든 관계가 끊어지고 단절되던 시대였다. 가부장제는 여성을 고립시켜 섬처럼 만드는 시스템이다. 그녀가 친구들을 그리워했듯 그녀의 친구들 역시 그녀를 그리워했을는지도 모른다. 교류와 소통이 없는 삶, 누군가 애정 어린 시선으로 삶의 결을 들여다보아 주지 않는 삶은 황폐하고 스산하다.

옛 길가에 초가집 지어
날마다 큰 강줄기 보고 살았지
거울갑 속 아름다운 난새 파리해 가니
꽃동산 나비도 가을 이미 맞았겠네
차가운 모래톱으로 기러기 내려앉을 때
저녁비에 돛단배 외로이 돌아가
하룻밤에 비단 창 닫히고 보니
옛날 놀던 추억 그리워 어찌 견디나

'여자친구들에게'

아무리 고단한 삶이라도 누군가 따스한 위로의 말을 건네주고 눈물을 닦아 주고 이야기를 들어 준다면 다시 한번 살아갈 힘이 생겨나기도 한다. 고된 시집살이, 친정의 몰락, 아이들의 죽음을 잇달아 겪은 그녀 옆에 눈물을 닦아 줄, 이야기를 들어 줄, 편지를 읽어 줄 친구가 있었다면 그토록 춥고 쓸쓸하진 않았겠지. 이해와 위로와 연대. 삶을 버티게 하는 건 어쩌면 그런 것들이 아닐까.

아침에도 생각
저녁에도 생각
생각이 나는 곳 그 어디일까
만릿길이라 끝이 없구나
바람과 물결 탓에 넘기가 어렵고
하늘의 기러기도 기약하기 아득하다
내가 쓴 편지를 맡길 곳 없어
이 마음 실타래처럼 엉겨 버렸네
　'어떤 생각을 하며(有所思)'

이제 사백 년 전 한 여성이 보내고자 한 그 편지의 봉인을 뜯을 때다.

부안

매창─사랑의 방식

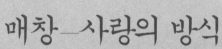

부안,
사랑의
방식

부안에 가까워지자 비가 그치기 시작하더니 전라도 길이 모습을 드러낸다. 같은 전라도지만 남도와 북도는 많이 다르다. 남도의 길들은 농염하다. 간드러지고 에로틱하다. 서른 중반 여자의 허리 같아 때로는 어질머리가 일 정도다. 그에 비해 전라북도의 들판과 길들은 기품이 있다. 비단치마를 스윽 올리는 듯한 우아한 맛이 있다. 막 비가 갠 투명한 대기 속으로 하늘과 바다와 땅과 산이 서로 스미듯 다정하다. 그 길 위로 부안에 다다랐음을 알리는 표지판이 등장한다.

"속도를 늦추면 변산반도의 아름다움이 더 잘 보입니다."

부안 사람들의 기질을 알려 주는 것 같아 슬몃 웃음이 난다. '5분 일찍 가려다 50년 일찍 간다' 따위의 표지판에 견주어 얼마나 운치 있는가.

나직나직 다정한 산들과 기름진 들판, 너른 바다가 서로에게 스며드는 듯 공존하는 산자수명山紫水明의 땅. 부안은 산과 들과 바다를 함께 볼 수 있는 흔치 않은 곳이다. 일찍이 이중환은 그의 책 「택리지」에서 "변산에는 많은 봉우리와 골짜기가 있다. 변산의 바깥은 소금 굽고 고기 잡기에 알맞고, 산중에는 기름진 밭이 많아 농사를 짓기에 알맞다. 주민들이 산에 오르면 나무를 하고 산에서 내려오면 고기잡이와 소금 굽기를 하며 땔나무와 조개 따위는 사시 않아도 될 만큼 넉넉하다"고 했다. 물산이 풍부하고 의식주 해결이 가능한 곳에서는 문화가 꽃피기 마련, 게다가 풍광이 수려하기로 조선 8경 중의 하나로 꼽혔던 곳이니, 시절 가인이 나오기에 더없이 훌륭한 토양이다.

매창의 시와 노래는 이런 풍토에서 탄생했다. 거문고도 잘 타고 노래도 잘 하던 부안 기생, 매창은 살아생전 수백 편의 시를 썼는데 시집으로 묶이는 과정에서 그 가운데 58수 정도만 전하게 되었다. 매창은 기생이었던 터라 자식도 없고 시를 모아서 책으로 엮어 줄 제자는 더더욱 없지만, 부안 사람들은 오백 편 남짓한 그녀의 시를 기억하고 외우고 간직하다가 시집으로 묶었다. 그러니까 지금 남은 시들은 그 시절 부안 사람들이 가장 좋아하던 시를 고른 것이라고 할 수도 있다.

한낱 기생의 시라 홀대할 만도 하건만, 해마다 매창문화제가 열리고 군립 부안문화원에서는 매창 전집을 공들여 발간할 만큼 부안 사람들은 매창을 극진히 아낀다. 매창의 시가 기록되고 기억되는 과정에는 풍류를 즐기고 시를 사랑하는 부안 사람들의 기질이 깊이 연루되어 있다. 부안은 예술을 즐기고 예술가를 사랑하는 방식을 아는 고장이다. 매창이 나고 자라고 죽어서 묻힌 곳, 매창을 기억하고 기리고 새롭게 해석하고자 하는 부안 사람들. 이들을 둘러싼 오랜 이야기가 부안 곳곳에 산재한다.

부안풍경 1-호랑가시나무의 기억

　살다 보면 실체보다 말을 먼저 만나게 되는 경우가 있다. 아니 어쩌면 머릿속에 있는 대부분의 것들이 사실은 말로만 알고 영원히 만나 볼 수 없는 것들인지도 모른다. 알함브라 궁전, 마다가스카르, 오리너구리, 너의 심장……, 나는 어쩌면 그런 것들과 마주치지 못하고 죽을지도 모른다. 살면서 우연히 조우하게 되는 수많은 단어들, 그 중에는 마치 첫눈에 반해 버리는 인연처럼 섬광 같은 느낌으로 눈을 가르는 말들이 있다. 봄베이, 자작나무, 툰드라……, 그런 것들은 언젠가는 만나게 된다. 의식하든 의식하지 않든, 운명처럼. 이성복의 시집, 「호랑가시나무의 기억」을 서점에서 발견했을 때 나는 제목만 보고 책을 샀다. 호랑가시나무라니.

　먼지 낀 유리창 너머로 보이는 풍경(짐 실은 트럭 두 대가 큰길가에 서 있고 그 뒤로 갈아엎은 논밭과 무덤, 그 사이로 땅바닥에 늘어진 고무줄 같은 소나무들) 내가 짐승이었으므로, 내가 끈적이풀이었으므로 이 풍경은 한번 들러붙으면 도무지 떨어질 줄 모른다
　(중략)
　흐린 봄날에 연둣빛 싹이 돋는다 애기 손 같은 죽음이 하나둘 싹을 내민다 아파트 입구에는 산나물과 찬거리를 벌려놓고 수건 쓴 할머니 엎드려 떨고 있다 호랑가시나무, 내 기억 속에 떠오르는 그런 나무 이름, 오랫동안 너는 어디 가 있었던가

부안에서 나는 호랑가시나무를 만났다. 우연히 참가한 답사 여행 코스 중의 하나가 부안의 곳곳에 산재한 희귀 식물 군락지를 방문하는 것이었다. 꽝꽝나무, 후박나무, 미선나무……, 멸종 위기에 처한 나무들의 군락지에서 나는 호랑가시나무를 만났다. 여섯 모가 난 갸름한 잎 가장자리에 뾰족한 가시가 삐죽삐죽 나와 있던 호랑가시나무. 뜻밖의 만남이 늘 감격스러운 것만은 아닌지라, 미묘한 발음으로 마음에 쿡 박히던 호랑가시나무 역시 막상 보니 그저 그런 가시나무였다. 오랜 펜팔 끝에 처음 얼굴을 대할 때마냥 데면데면했지만, 누군가는 크리스마스 카드에서 본, 초록 잎사귀에 빨간 열매가 고혹적으로 빛나는 그 나무라며 반가워했다. 역시 마음 속의 이야기를 다 꺼내 보인 누군가를 만난다는 것은 어색한 일이다.

그저 그런 가시나무지만 이렇게 군락지를 조성해 키우는 것은 멸종의 위기를 맞았기 때문일까. 멸종된 것들에 대한 기억은 늘 아련하다. 기생에 대한 기억도 그렇다. 천민이었지만 양반을 상대하고, 가장 밑바닥에서 몸을 팔기도 했지만 왕의 무릎에 턱을 고일 수도 있던 존재. 철통 같은 조선의 계급 사회를 지그재그로 가로지른 유일한 존재로서의 기생은 멸종되었다. 그들의 군락지였던 기방, 수백 년 유교 사회에서 남성 없이 여성 공동체를 유지해 오던 그 곳도 더는 존재하지 않는다. 엄청난 영감으로 무장한 문화 예술 집단과 성매매 여성이라는 이중성 속에서 그들의 이야기를 찾아 내기는 만만한 일이 아니다. 몸에서 돋아나는 가시를 바라보는 것은 어떤 느낌일까. 어쩌면 그들은 호랑가시나무였는지도 모르겠다.

부안풍경2-채석강

가끔 오해를 불러일으키는 말들이 있다. 예를 들면 소금강 같은 단어들이 그렇다. 중학생 때 정기 구독한 학생 잡지의 수기 당선작 가운데 '소금강 여행'이 있었다. 남녀 친구들이 소금강에 가서 추억을 만들었다는 이야기였는데 그 글을 다 읽고도 나는 소금강이 강 이름인 줄 알았다. 시간이 한참 흐른 후에야 소금강이 강이 아니라 작은 금강산이라 하여 소금강小金剛이라 불린다는 것을 알았다. 그래도 한참 동안 소금강에서 받았던 짠 이미지가 그대로 남아 소금강에 별로 가고 싶지 않았다. 채석강도 그랬다. 나는 채석강이 강 이름인 줄 알았다. 채석강 노을을 봐야 한다고 그가 위험 수위로 액셀러레이터를 밟을 때도 맑은 물이 흐르는 긴 강이 눈앞에 나타나기를 기다렸다. 우리 나라에서 가장 아름답게 노을이 지는 곳이거든. 그의 말을 들으며 투명한 강 위로 해가 지는 풍경을 상상했다. 도착해 보니 강 대신 바다, 그것도 연탄처럼 검은 절벽으로 이루어진 퇴적암 절벽이 파도를 맞으며 서 있었다. 켜켜로 쌓인 퇴적암층 사이로 노오란 나리꽃이 피어나고 그 사이로 맑은 물이 졸졸 흘러내렸다. 채석강이 왜 채석강이냐면 말이지, 노을을 쳐다보며 그가 말했다. 이태백이 물 위에 뜬 달을 잡으려다 빠져 죽었다는 중국의 채석강과 비슷하다고 해서 붙여진 이름이래. 그럼 중국의 채석강은 강일까? 강이든 바다든 그것은 중요하지 않았다. 우리는 그 날 채석강의 노을을 함께 바라보았다. 이태백이 달을 잡으려고 물에 빠지지는 않았을 것이다. 전설 속에서 시인에 대한 판타지는 완결되기도 한다. 매창은 사랑

연탄처럼 검은 절벽으로 이루어진 퇴적암 절벽이 바람을 맞으며 서 있는 채석강.

따위는 믿지 않았을는지도 모른다. 그래도 사람들은 매창이 사랑에 목숨을 걸었다고 믿고 싶어한다. 그래야 달콤하다. 노을을 보겠다고 미친 듯이, 부안으로 달려가던 시절이, 그가, 있었다.

부안풍경3 — 적벽강

영 잘 떠오르지 않는 이름들이 있다. 왜 그것 있잖아, 사람을 제물로 바친 남미의 문명, 세 글잔데. 잉카나 마야는 쉽게 생각나는데 아즈텍은 늘 머리를 다 쥐어짜야 겨우 생각이 났다. 머리에 떠올리기 힘들다는 것을 안 다음부터는 일부러 외워도 보았지만 막상 그 이름을 이야기해야 하는 경우가 닥치면 자음과 모음의 이미지만 조각조각 입 안을 맴맴 돌고 결코 발음이 되지 않는다. 부안에 가면 꼭 가 봐. 자궁 속에 들어 있는 느낌이야. 아늑하고 나른하고, 가만히 앉아 있노라면 꼭 양수 위에 둥둥 떠 있는 기분이야. 그러니까, 거기가, 거기가……. 적벽강은 늘 머릿속에만 뱅뱅 돌고 떠오르지 않는다. 결국 부안이 고향인 누군가에게 전화를 하거나 그것도 여의치 않으면 집에 가서 전화해 줄게, 하고 마는 그 곳. 채석강과 연이어 후박나무 군락이 있는 2킬로미터 해안선을 적벽강이라 부른다. 둥근 해안선 안에 담겨 있는 바다. 조용히 일렁이는 바다를 오래 바라보고 있으면 우주가 내쉬는 숨소리가 들린다. 그 호흡에 자신의 호흡을 맞추어 보기를, 부디 적벽강에선.

적벽강을 끼고 조금만 더 올라가면 죽막동 바닷가 벼랑 위에 수성할미의 집이 오도카니 자리하고 있다. 작고 초라하긴 하지만 망망한 바다가 한눈에 내려다보이는 이 집은 수성할미 당집이다. 수성할미는 일명 '개앙할미'라고도 하는데 우리 나라 서해 바다를 돌보는 수호신이다. 딸 아홉 중에서 여덟을 우리 나라 각 도에 시집 보내고(또는 딸 일곱을 칠산바다 각 섬에 보내 당산을 지키게 하고) 막내딸을 데리고 수성당에 사는데, 키가 어찌나 큰지 굽 달린 나막신을 신고 서해 바다를 서붓서붓 걸어 다니며 수심을 재어 어부들을 보호하고 풍랑을 막아 준다고 한다. 이곳 사람들은 해마다 음력 정월 초사흘에 수성할미께 정성껏 제사를 지내며 풍어와 무사고를 빈다.

개앙할미, 여신의 이름치고 품위라곤 눈곱만큼도 없지만 그래도 자꾸 부르다 보면 유쾌한 웃음이 난다. 개앙, 개앙, 입안에 감기는 달짝하고도 녹작지근한 발음이 삶의 신산함쯤이야, '그까이 거' 개앙, 걍, 한 방에 해결해 줄 것도 같다. 내 상상력은 빈곤하기 이를 데 없어 거대한 여신 이야기를 들을 적이면 백발에 이도 다 빠진 호호할머니만 떠오른다. 보이지 않는 것을 상상하기란 얼마나 어려운지, 할미의 백발 위를 기어 다니는 이 한 마리한테 할미의 모습을 그려 보라 하는 것과 다르지 않으리라.

상상되지 않는 것, 은 때로 온전히 나를 버렸을 때 비로소 오기도 한다. 매창이 홀연 세상을 벗었을 때 어쩌면 세상은 남루한 누더기였는지도 모른다. 천민과 양반, 여성과 남성, 기생과 순결한 여자, 조각나고 찢어져 터진 솔기를 기울 수조차 없던, 걸치고 있기에도 민망한 누더기를 벗었을 때, 그녀의 머리, 은하수에 닿았을까.

채석강과 연이어 후박나무 군락이 있는 2킬로미터 해안선을 적벽강이라 부른다.

부안풍경4 — 곰소

곰소, 곰나루, 곰너미재, 이런 지명들은 어떤 안도의 느낌을 불러일으킨다. 오래 객지를 떠돌다 만신창이가 된 몸이 되돌아오는 곳. 가난하고 누추한 이 곳이 싫어 떠나갔지만 세상의 막장에서 더는 갈 데 없을 때 다시 찾아오게 되는 곳, 여전히 비루하고 퇴락했지만 아슴아슴 따스해서 눈꺼풀이 저절로 감기는, 한 번도 그리워하지 않았지만 생의 막다른 곳에서 발이 저절로 알고 찾아오는 곳. 군불 땐 따끈한 방 같은 지명들.

선착장에는 작은 어선들이 정박해 있고 갈매기들이 끼룩댄다. 손바닥만한 가오리들이 몸이 저며진 채 바람에 꾸덕꾸덕 말라 가고, 배를 가른 물고기들이 소금에 절여지는 풍경 속으로 걸어 들어오면 아랫배 어디선가 죽은 줄 알았던 생의 희망이 꿈틀, 올라오는 느낌이 든다. 비릿한 갯마을 냄새에 비로소 어떤 안도의 한숨이 나올 때가, 세상을 살다 보면 있다. 깊은 맛을 내는 곰소항의 젓갈들은 곰소 염전에서 나는 천일염으로 잰다.

검은 수면 위로 산과 하늘과 구름과 나무와 내 모습이 비친다. 기이한 꿈인 듯 현실감이 없다. 반듯반듯하게 구획 지어져 햇빛에 반짝이는 검은 염전과 판자로 지어진 거무튀튀한 소금 창고들은 아무래도 이승에 소속된 풍경이 아닌 듯하다. 거친 바닷바람에 삭고 패고 쓸려 그 운명이 얼마 남지 않은 듯한 소금 창고는 일제 강점기 때 지은 그대로라 한다. 바닷물을 가둬 두고 염판을 긁는 작업은 오직 사람의 노동력으로 한다. 바다와 햇볕과 인간의 노동이 어우러져 만들어 낸 하얀 소금. 몸의 물기가다 빠져나가면 내 몸에는 무엇이 남을까.

검은 수면 위로 산과 하늘과 구릉과 나무가 비치는 염전.

예부터 변산은 소금 만들기에 썩 맞춤한 곳이었다지만 지금은 명맥만 유지하고 있다. 옛날엔 소금밭 일궈서 아들딸 대학 공부 시키고 시집장 가 보냈다고 염전에서 만난 할아버지는 말했다. 여행자들에겐 이국적인 풍경이겠지만 염전도 그렇고 갯벌도 그렇고 이 고장 사람들에겐 삶의 터 전이다. 나그네에게 기생은 하룻밤 인연일 뿐이지만 기생의 삶에 그 하룻밤은 남은 생의 전부가 되기도 한다고 사람들은 추측한다. 역사의 바람에, 시간의 햇볕에 건조되고 풍화된 매창의 몸에서 최후로 남은 것은 시詩다. 슬픔 같은 투명한 결정結晶, 그녀의 시가 눈부신 것은 진정 정치 성과 계급성이 무화된 사랑 때문일까. 이 거짓말은 언제까지 달콤할까.

부안풍경5 — 갯벌

채석강을 기점으로 해서 곰소까지 해안 도로를 따라 가다 보면 끝없 이 펼쳐진 갯벌을 만나게 된다. 햇빛이 눈부신 날은 갯벌의 구멍에서 나 오는 뽀글뽀글한 거품이 빛을 받아 반짝반짝 빛난다. 눈에 보이진 않 지만 수많은 생명이 집을 짓고 숨을 쉬며 살아가는 갯벌. 갯벌은 생태적으 로도 경제적으로도 중요한 기능을 한다. 육지가 내뱉는 오염 물질을 정 화하는 기능뿐만 아니라 홍수가 날 때 급속한 물의 흐름을 완화시키며 저장하는 역할도 한다. 무엇보다 갯벌의 경제적 가치는 경작지(논)보다 3.3배가량 높다고 하니, 이 지역 주민들에게는 그야말로 주요한 삶의 터 전이다. 오랜 시간 이어 온, 사람과 갯벌의 이유 있는 공존은, 그러나,

개발 논리를 앞세운 간척 사업으로 갈수록 깨지고 있다. 대단위 간척 사업은 해안의 여러 생물의 서식지를 파괴할 뿐만 아니라 생태를 변형시켜 환경 문제를 일으키고 지역 주민의 삶도 바꾸어 버린다.

2004년 새만금 갯벌을 살리자며 진행된 수경 스님과 문규현 신부님의 삼보일배는 눈앞에 보이는 것만 믿으려는 인간의 욕심에 경종을 울리는 '작은 사건'이었다. 부안에서 서울까지 305킬로미터, 신부와 승려는 세 걸음 걷고 한 번 절하면서 65일을 길 위에 있었다. 늙은 성직자들의 무릎에서 피가 흐르고 등에서 나는 진땀은 사제복을 적셨다. 비로소 사람들은 새만금 간척 사업으로 눈을 돌렸다. 그 해 여름, 한 걸음 내디딜 때 자신의 이기심과 탐욕을 참회하고, 두 걸음 내디딜 때 죽어 가는 모든 생명에 대한 연민의 마음을 일으키고, 세 걸음 내디딜 때 고통받는 모든 생명을 돕고 살리겠다는 큰 서원, 삼보일배는 조용한 가운데 깊은 파장을 일으켰다. 인간이 지닌 이기심에 대한 진정한 참회와 인간과 인간 아닌 것들의 평화로운 공존을 위한 모색으로 처음 무릎을 꿇고 엎드린 곳, 진정한 참회와 조용한 저항이 시작된 곳, 바로 이 곳 부안이다.

부안풍경 6 - 울금산성

변산은 백제가 신라와 당나라 연합군에게 멸망당하자 망국의 유민들이 나라를 되찾고자 항전하던 백제 광복군 최후의 거점이기도 하다. 산자락이 넓고 골짜기는 깊어 전략적으로 게릴라전에 유리한 내변산의 지형지세 때문일 것이다. 지금은 잔해로만 남아 있는 울금산성은 백제 광복군이 왜국에 가 있던 의자왕의 아들 부여풍을 모셔와 임금으로 세우고 신라와 당의 연합군에 맞서 피어린 항쟁을 벌이던 역사의 현장, 주류성으로 알려져 있다. 의자왕이 항복한 지 불과 두 달 뒤인 660년 9월, 목숨을 걸고 봉기한 백제 광복군은 겨우 1년 만에 옛 나라 대부분을 수복하고, 662년 5월에는 왜국에서 왕자 풍을 모셔와 임금으로 세웠다. 그러나 백제 광복군을 후원하려고 왔던 왜군이 백강구에서 대패한 뒤, 광복군 역시 당나라의 간계에 빠져 내분을 일으키고 그 결과 후백제의 마지막 거점인 주류성은 663년 9월 함락되고 풍왕은 고구려로 망명하였다.

왕건이 마침내 후백제를 복속시켜 고려를 창건했을 때 옛 백제 땅에는 무자리들이 곳곳을 떠돌았다. 무자리란 삼국 시대의 유민 족속들로, 관적도 없고 부역도 하지 않고 산과 들로 돌아다니며 사냥을 하거나 고리를 엮어 팔며 떠돌이 생활을 하던 이들을 부르는 이름이었다. 왕은 망명이라도 했지만 패배한 나라의 백성들 중 일부는 유민으로 떠돌거나 수긍할 수 없는 나라의 불순한 백성이 되어 숨어 지내야 했다. 고려 조정은 정처 없이 떠돌아다니며 순순히 다스리기 어려운 이들에 대한 대책을 마련했다. 전국에 흩어져 있는 무자리들을 모두 노예로 만드는 제도를 정하여 남자는 조복으로 삼고 여자는 노비로 삼아 관가에 예속시켜 버렸다. 그리고 종의 딸들 중에서 얼굴이 예쁘고 재주가 뛰어난 여자들을 따로 뽑아 노래도 가르치고 춤도 가르치고 의술도 가르쳐, 주연을 베풀 때에 그들을 불러다가 노래를 부르고 춤을 추게 하였으니 이것이 기생의 시초가 되었다. 기생이 사회 제도 속에서 하나의 신분 계층을 이루는 것은 고려 시대부터였다. 고려는 초기에 교방敎坊을 설치하고 관비를 뽑아 가무를 익히게 하여 여악女樂으로 삼았는데, 이로써 기생 제도가 시작된 것이다. 그 뒤로 기생 제도는 1909년에 관기官妓가 폐지될 때까지 천 년 가까이 지속되었다. 그 천 년의 역사 속에 매창이 있다.

부안풍경7 - 매창뜸

부안에 들어서면 군청으로 향하는 표지판이 한눈에 들어온다. 군청에서 문화예술회관 쪽으로 직진한 뒤, 다시 좌회전하면 그 곳이 매창뜸이다.

1610년 매창이 죽었을 당시 이 일대는 도심에서 아주 동떨어진 땅으로 야산 천지인 황무지였고, 수백 개의 분묘가 아무렇게나 흩어져 있는 공동 묘지 지대였다고 한다. 한낱 기생이었던 매창이 이 곳에 묻히는 것은 당연한 일이었는지 모른다. 그러나 매창의 무덤이 안치되면서부터 부안 사람들은 이 곳을 공동 묘지라 하지 않고 매창뜸 또는 매창이뜸이라 불렀다. 음산하고 무서운 공동 묘지가 아래뜸, 위뜸 하는 다정한 이름으로 불리기 시작한 것이다. 그리고 그녀가 죽은 지 마흔다섯 해가 흐른 뒤에 그녀의 무덤 앞에는 조촐한 돌비석이 세워진다. 일가붙이도 아니고 벗들도 아닌, 생판 타인들인 마을의 아전들과 이름 없는 민초들이 기생 매창을 추모하며 비석을 세운 것이다. 세월이 흐르는 동안 바람과 비와 햇볕에 비석은 마모되고 이지러졌다. 1917년에 두 번째 비가 세워진다. 부안 시인들의 모임인 부풍시사扶風詩社가 다시 비석을 세웠다. 온갖 부

매창이 죽은 지 마흔다섯 해가 흐른 뒤 그녀의 무덤 앞에 조촐한 돌비석이 세워진다.

귀 영화와 절대적인 권세를 누렸던 고관 대작의 묘도 세월이 흐르면 잊히기 마련인데 매창의 무덤에는 삼백 년 세월 동안 두 번씩이나 묘비가 세워진 것이다. 매창에 대한 부안 사람들의 지극하고 애틋한 애정은 단순히 시비를 세우는 것으로 그치지 않았다. 부풍시사가 매창의 무덤을 돌보기 전에는 마을의 나무꾼들이 해마다 벌초를 해 왔다고 한다. 생전에 매창을 만난 적은 없어도 매창의 시를 사랑한 이들의 애틋한 마음이었다. 남사당이나 가극단, 유랑극단이 들어올 때에도 읍내에서 공연을 하기 전에 이곳 매창이뜸, 매창의 무덤을 먼저 찾아와서 한바탕 굿판을 벌였다고 한다. 매창은 존경받는 예인이었으며 전설이었다. 적어도 부안에서는.

부안군이 문화 사업의 일환으로 매창공원을 만들기 전까지 이 곳은 여전히 공동 묘지였다고 한다. 면적이 삼천 평 되는 이 곳 야산은 조선 시대 중엽부터 공동 묘지로 지정되어 100여 기의 묘가 이곳 저곳에 있었는데, 1996년부터 분묘를 다른 곳으로 이장하기 시작하여 2001년에 매창공원으로 그 모습을 바꾸었다. 1996년 이후로 이 곳에는 매창과 소리꾼 이중선의 묘만 남아 있다. 공원 주변에는 매창의 시 '취하신 님께,' '어수대,' '임 생각' 등이 시비로 조각되어 있고, 허균을 비롯해 매창을 추모하던 시인들의 시비도 세워져 있다. 또 매창공원 안에는 부안문화원도 있고 광장, 야외 무대, 어린이 놀이터 등도 있다. 부안군에서 매창을 기리고 되살리려는 야심찬 작품인 듯하지만, 기실 오롯진 않다. 공동 묘지였던 옛 모습대로 많은 무덤들 속에 조촐히 있는 매창을 보는 것도 나쁘진 않겠다 싶다. 외롭고 쓸쓸한 한 생을 살았던 매창과 소통하는 지점을 이 곳 매창공원에서 찾기란 쉽지 않아 보인다.

매창, 스스로 이름을 짓다

기록에 따르면, 매창은 1573년 부안현의 아전인 이양종의 딸로 태어났다. 그녀가 어떻게 해서 기생이 되었는지는 전해지지 않는다. 다만 그녀가 서녀였다고 하는 일부 기록을 참고하면 출생 신분 때문에 기녀가 되었다고 추측해 볼 수 있다.

'종모법從母法'을 규정해 놓은 경국대전의 질서를 상정할 때 그녀의 어머니가 기생이었을 가능성이 높다. 조선 시대에 기생의 소생은 성姓은 아비의 성을 따르되, 신분은 모계를 따르게 하였다. 그러므로 기생의 몸에서 양반의 자식이 태어나면 그 아이는 어미의 신분을 따라 기생과 마찬가지로 천민 대우를 받았다. 기생의 딸은 싫든 좋든 사회에서 기생으로 취급받는 것이 관례였다. 춘향이 성 아무개라는 양반의 딸이었지만, 그 어머니 월매가 기생이었던 까닭에 기생점고에 불려갔던 것을 떠올리면 쉽게 알 수 있는 일이다. 기생의 딸은 기생이 되는 것이 사회의 질서였고, 그 가혹한 질서에 의해 많은 여자 아이들이 태어나면서부터 운명적으로 기생이 되어야 했다.

어쨌든 매창은 아전과 기녀 사이에서 태어난 딸이라고 추측해 볼 수 있다. 매창이 태어난 해가 계유년이어서 어려서는 계생癸生이라고 불렸고 기생이 된 뒤에는 계랑癸娘이라 불렸다. 매창은 자연스럽게 기생이 될 교육을 받았다. 아버지에게서 한문을 배웠다고 하며 시문과 거문고를 곧 익혔다고 한다. 기생이 될 딸에게 글을 가르친 아비의 심정은 어떤 것이었을까. 더구나 그 딸이 총명하고 영특하여 하나를 가르치면 열을 헤아린다면, 그러하건만 기생이 되어야 할 운명이라면. 고을의 아전이었으니 매창의 아버지는 기생의 사회적 위치를 누구보다 잘 알았을 것이다.

기생은 천민으로 기안妓案에 올라 관리되었으며, 관의 재산으로 취급되었다. 궁이나 관청의 잔치에 노래와 춤을 제공하여 흥을 돋우는 역할을 맡았고, 이 때문에 엄격한 기예 훈련을 받아야 했다. 그리고 즉흥으로 시를 지어 양반과 주고받을 만큼 박식한 학문을 익히기도 하였다.*

기생들은 관가에 예속된 신분이었지만 보수를 받는 공무원은 아니었다. 높은 양반님의 총애를 받아 그가 살림살이를 돌보아 주지 않으면, 기생들은 자기 능력으로 자기 살림을 꾸려 나가야 하는 생활인이었다. 몸치장이 화려해야 하는 직업이라서 옷과 보석에 대한 투자도 만만치 않았다. 게다가 기생의 정년은 빨랐다. 기생 나이 스물이면 환갑이라는 말마따나 스무 살 고개를 넘으면 이미 늙었다고 아무도 돌아보지 않았다. 이십대 중반이 되면 그녀들은 '퇴기'가 되었다. 기생의 신분이 아닌 사람들 같으면 이제 막 제 나름의 인생을 시작하려는 나이에 그녀들은 인생의 막을 내리는 '다른' 삶을 살아야 했다. 기생으로서의 활동 기간은 열예닐곱 살에서 기껏 스물한두 살까지의, 겨우 사오 년의 짧은 기간이었다. 그러므로 그 짧은 기간에 어떤 식으로든 삶의 승부를 내야 하는 강박이 어리고 재능 있는 여자들의 몸과 마음에 주어졌으리라. 세상이 마악 눈에 보이려는 즈음에 세상의 바깥으로 내버려지는, 비정하지만 기생에게 주어진 인생이었다.

*박정애, 〈'전통 기생'의 부활을 꿈꾸는 이에게〉

봄날이 차서 얇은 옷을 꿰매는데
창가에는 햇빛이 비치고 있네
머리 숙여 손길 가는 대로 맡긴 채
구슬 같은 눈물이 실과 바늘 적시누나

'자한自恨'

영민했던 그녀는 경계를 서성이는 자신의 위치를 간파했던 것일까. 매화나무 창가, 혹은 창가의 매화나무라는 이름을 스스로 짓는다. 신분상 천민에 속했지만 기생들은 글을 배우고 익힐 수 있는 존재들이었다. 지식을 독점했던 양반층 남성들은 자신들의 지적 유희에 성적인 자극을 보태기 위해 기생에게 그들의 특권을 나누는 것을 허용했다. 사치를 위한 노예이자 성적인 대상이었지만, 그렇기 때문에 시를 짓고 예술을 익히는 것이 허용된 존재. 행이든 불행이든 그 과정에서 기생들은 거미줄에 걸린 나비 같은 스스로의 운명을 자각하기도 했다.

그런 반면에, 기생은 사회가 부여한 전통적인 여성의 정체성에서 조금 비껴 살 수 있는 존재들이기도 했다. 그녀들의 몸은 체제 내로 편입될 수 없는 '더러운' 존재이기에 삼종지도라는 조선 시대 유교의 윤리관에서 벗어날 수 있었다. 이것은 일종의 '역설적 축복'이기도 했다. 누군가의 아내나 어머니, 자식으로서만 여성성이 규정되던 사회에서 기생은 여성의 몸을 가지고 '개인'에 대해 고민할 수 있었으며, 정조 관념에서 벗어나 비교적 자유롭게 개인의 섹슈얼리티를 드러낼 수 있었다.*

*박정애, 〈기생에서부터 기생이야기를 시작하자〉

여성이 오직 사적인 공간에만 가두어지던 시대에 기생은 친한 신분 덕에 오히려 공적인 공간에서 자신을 표현할 기회를 가질 수 있었다. 이런 연유로 역사상 신분제와 가부장 제도가 가장 강하게 결합하여 남성 중심의 문화를 주도했던 조선조 사회에서 그나마 문학성을 발휘할 수 있는 집단이 바로 기생들이었다. 그러나 기생의 역할은 어디까지나 가무歌舞를 통해 남성의 유흥을 돕는 것이었고, 여기에는 남성에게 성적 쾌락을 제공하는 것까지 포함되었으니, 기생은 양반/남성의 즐거움을 위해 봉사함으로써만 생존해 나갈 수 있었다.

취한 손님이
명주 저고리 옷자락을 잡으니
손길을 따라 명주 저고리
소리를 내며 찢어지네
명주 저고리 하나쯤이야
아까울 게 없지만
임이 주신 은정까지도
찢어질까 그게 두려울 뿐이네
'취중객'

기생으로서의 고단한 일상을 노래한 매창의 시다. 십대 후반의 기생, 매창은 시에서 이미 탁월한 재능을 드러내고 있었다.

사면 들판에 가을빛이 좋기로
혼자서 강 언덕 정자에 올랐어라
어디서 온 풍류객인지
술병을 들고 날 찾아오네

그렇게 찾아온 사람 중의 하나가 촌은 유희경이었다.

부안풍경 8 ─ 직소폭포, 사랑과 배신

내변산 매표소에서 시작하는 산행길은 오롯한 절경의 연속이다. 매표소를 지나면 실상사 터가 나오고, 자연학습탐방로가 시작된다. 울창한 숲길을 따라가다가 넓은 호수를 만나면 봉래구곡의 품 속으로 들어온 것이다. 깊은 산중에 이토록 단아한 호수가 있다니. 그 곁으로 난 길을 따라 걷다 보면 문득 마음이 고요해진다. 내 마음의 깊은 골짜기 사이에도 불현듯 이토록 고요한 호수 하나 시리게 자리하고 있으면 마음의 변방에 집 짓고 사는 것들 때로 쉬어 갈 수 있으려나. 멈추어 서서 보니 산은 어느덧 호수 속에 들어와 있다. 물 위에 비치는 산 그림자. 네 삶도 이 그림자 같은 거라고, 그림자의 기억 같은 것이라고, 호수 속의 내 그림자가 웃는다. 호수를 지나 조금 더 가면 직소폭포와 만나게 된다. 직소폭포는 변산 8경의 하나이지만 장쾌하거나 격렬하진 않다. 이과수나 나이아가라에 견준다면 작은 물줄기에 불과하겠지만, 조선 산하에는 잘 어울리는 아담하고 소박한 물줄기가 직각으로 떨어져 내리고 그 밑으로 녹색의 소가 형성되어 있다. 부안 태생의 시인 신석정은 매창과 유희경, 직소폭포를 일러 부안 삼절이라 했다. 매창과 직소폭포야 부안이 낸 부안의 사람과 자연이지만, 유희경은 누구인가.

　매창이 마음을 준 시인, 촌은 유희경. 그는 신분은 한미하였지만, 시인으로 이름을 드날렸을뿐더러 예학에 밝고 특히 상례喪禮에 일가견이 있어 국상이나 사대부 집안이 상을 당하면 으레 부름받곤 했다. 그래서 영의정을 비롯한 많은 양반 사대부와 사귈 수 있었다. 유희경이 부안을 방문했을 때 매창이 그의 이름을 들어 알 만큼 그는 꽤 유명한 시인이었다. 유희경 또한 매창의 이름을 알았다. 채 스물이 안 되었지만 서울의 시인 묵객들에게 알려질 정도로 매창 역시 시와 노래를 잘 하는 기생으로 이름이 나 있었던 것이다. 두 사람은 만나자마자 사랑에 빠졌다.

　　남국의 계랑 이름 일찍이 알려져서
　　글재주 노래 솜씨 서울까지 울렸어라
　　오늘에사 참모습을 대하고 보니
　　선녀가 떨쳐 입고 내려온 듯하여라

　　　유희경, 「촌은집」 중

매창이 유희경과 나귀를 타고 변산반도의 곳곳을 거닐었다는 기록이
나오는 것으로 보아 그들은 볼거리 많은 부안 곳곳을 다니며 연애를 했
던 모양이다. 그들은 나귀에 다정히 앉아 바다를 감추고 서 있는 산들에
시선을 빼앗겼을는지도 모른다. 잠시 부안에 머물던 유희경은 다시 그
의 근거지인 서울로 돌아갔다.

이화우 흩날릴 제 울며 잡고 이별한 님
추풍낙엽에 저도 날 생각는가
천리에 외로운 꿈만 오락가락하노라

많은 사람이 매창의 대표 시로 꼽는 이 시조는 유희경과의 이별 속에
서 나왔다. 후세 사람들은 매창과 유희경이 연인으로 서로 사랑하였다
고 기록하였고 매창이 죽을 때까지 가슴 안에 간직한 사람은 오직 유희
경뿐이었다고 말하며 그 일로 더욱 매창을 추앙한다. 유희경 또한 매창
을 못 잊은 모양으로 그의 문집에 보면 매창을 그리워하며 지은 시가
몇 편 실려 있다. 그러나 이런 시들은 매창에게 보내지지 않았는지 매
창은 한 자 소식도 받지 못한 채 홀로 지낸다.

애끓는 정 말로는 할 길이 없어
밤새 머리칼이 반 넘어 세었구나

생각하는 정 그대도 알고프거든

가락지도 안 맞는 여윈 손 보소
'규원閨怨 2'

    매창이 '부안'의 기방에서 홀로 시를 짓는 동안 유희경은 '서울'의 침류대에서 시인, 묵객들과 더불어 교유하며 지냈다. 침류대는 유희경이 푸른 계곡 옆에 지은 정자의 이름이다. 기록에 의하면, 그는 성격이 담백하고 욕심을 부리지 않았으며 시문을 좋아하고 여러 '명공'과 어울려 잘 지내는 성격이었다. '서울'에서 '명공'들과 함께하는 삶은 중심의 삶이다. 궁벽한 시골에 사는 한낱 기생이었던 매창은 아련한 추억 속의 여인으로 가끔 유희경의 시에 등장하지만 그의 삶의 중심으로 받아들여지는 않았다. 그에게 매창은 예술적 재능으로 충만한, 생명력이 넘치는 '말하는 꽃'이었는지도 모른다. 그녀는 잠시 위안이 되었고 기쁨이 되었을 터이지만 그는 매창을 자신의 삶 속으로 들이진 않았다. 매창은 서른 여덟의 나이로 죽었고, 유희경은 아흔두 살까지 살았다.

    매창과 유희경의 짧았던 로맨스는 꽤나 유명했던 모양으로 「가곡원류」 같은 책에서도 언급하고 있다.

    "계랑은 부안의 이름난 기생이었다. 시를 잘 지었으며 「매창집」이 있다. 촌은 유희경의 애인이었는데 촌은이 서울로 돌아간 뒤에 소식이 없었으므로 이 노래를 지어 부르며 절개를 지켰다."

    기생과 절개, 어울리지 않는 단어의 조합이다. 기생이 절개를 지키려면 기생이라는 직업을 포기해야 한다. 그러나 많은 이들은 '절개를 지킨 기생'

을 칭송하고 찬양한다. '사랑하되 이룰 수 없는 숙명 앞에 혼자 슬픔을 삭이고 높은 기개와 굳은 절개를 지킨' 기생에 대한 판타지는 강렬하다. 여성들에게 지독히도 관습적인 삶을 종용했던 남성들은 한편으로는 지극히 비관습적인 여성에 대한 판타지를 그려 놓고 그 경계를 넘나드는 여성의 모험을 때로는 비난하고 때로는 찬미하였다. 결코 벗어날 수 없고 벗어나서도 안 되는 금기의 영역을 정해 주고 다른 한편으로는 그 영역을 벗어나는 것을 보려고 하는 비틀린 욕망. 이는 실질적으로는 존재할 수 없는, 존재하기 어려운 대상을 상상과 이미지로 만들어 놓고 그를 전유하려는 것과 마찬가지다. 매창에게도 이 같은 이중성은 똑같이 적용되어 유희경과의 짧았던 로맨스가 매창의 모든 삶을 이해하는 코드로 작용하기도 한다.

의지와는 상관 없는 단절. 정들 만하면 떠나고 또 마음 붙일 만하면 헤어지고, 몇 차례의 아픈 이별을 경험한 매창은 결국 스스로 마음을 닫아거는 쪽을 택한다. 마음을 열면 열수록, 손을 뻗으면 뻗을수록 세상은 등을 돌린다는 걸 깨닫는 데는 그리 오랜 시간이 걸리지 않았을 것이다. 이렇게 매창이 문을 걸어잠그고 자신의 마음을 안으로 거두어 버리는 쪽을 택한 것을 사람들은 유희경을 못잊어서라고 추측했다. 혹은 추측하고 싶었던 모양이다.

하고많은 뜬말이 하도 많아서
세상은 구구하기 짝이 없어라

한 많고 시름 많은 괴로운 심정

차라리 앓는 채 문을 닫으리
'병중 2'

　뛰어난 예술적 재능과 섬세한 감수성을 지닌 덕에 당대의 문사들과
교유하고 때로는 사랑을 나누기도 하였지만, 오히려 그러한 예민한 감수
성은 평생을 기생으로 살 수밖에 없는 자신의 사회적 위치를 직시하여
매창으로 하여금 세상 속에 편입하고 싶은 욕망을 스스로 꺾어 버리게
만들었을 것이다. 나중에야 조선 시대 여성 시문학을 일군 예술가로 평
가받게 될지라도, 당시 매창은 궁벽한 변산반도의 기생에 지나지 않았
다. 이 분열적인 상황은 병으로 나타난다. 기생의 신분이었기에 겪어야
했던 배신, 오지 않을 줄 뻔히 알면서도 기다리는 마음, 그렇지만 이 내
적 갈등이 결코 전면으로 드러나서는 안 되는 억압적인 상황. 분노와 소
외와 결핍은 매창을 병들게 한다.

　　빈 방에 병에 지친 몸이 남아서
　　독수공방 외로운 병든 이 몸에게
　　그대로 마흔 해가 지나갔구나
　　굶고 떨며 사십 년 길기도 해라
　　　'병중추사病中秋思' 부분

　욕망은 억눌리고, 저항은 불가능하고, 순응은 용납할 수 없을 때 몸은
병을 앓는다. 문화의 중심부로 들어간 듯하지만 어느 순간 앞을 가로막

는 높고 투명한 벽 앞에서 맛보아야 하는 박탈감과 소외감은 예술적 재능이 뛰어날수록 더 심한 갈등으로 번진다. '그들'의 집과 텍스트는 그녀에겐 허공의 절벽이었다. 매창은 선연하게 만져질수록 오히려 매끄럽게 자신을 빠져나가는 그림자 수렁에 빠져 있음을 발견하고, 수렁도 자신도 의심하고, 회의한다. 그리고 어느 순간 매창은 탈출을 시도한다. 매창이 3차원의 시공간을 훌쩍 넘어서는 순간 그녀를 묶고 있던 세상의 법도 도덕도 윤리도 홀연히 풀린다. 몸은 이 공간에 머무르지만 매창의 마음은 경계 없이 땅과 하늘을, 세상과 선계를 넘나든다. 유전자에 눌어붙은 기억의 찌꺼기들을 떼어 내고 매트릭스의 암호들을 해체해 버린 어느 봄날, 매창은 문득 신선의 세계로 간다. 매창이 이렇게 선계로 가는 길목에서 만난 이가 허균이다.

매창과 허균

시대를 앞선 개혁 사상과 예법에 얽매이지 않는 자유로운 삶을 추구했던 조선 시대 최고의 지식인이자 문장가, 그러나 시대를 거역한 자유인이자 반항아로 조선 왕조가 스러질 때까지 끝내 신원이 복원되지 않았던 비운의 천재, 허균. 그와 매창의 만남은 매창이 스물아홉, 허균이 서른셋일 때(1601, 선조 34년) 이루어졌다. 당시 허균은 전라도의 세금을 거두어들이는 전운판관轉運判官으로 재직하였다. 허균은 그 즈음의 일기를 「조관기행漕官紀行」에 자세히 썼는데, 매창과 만난 일을 이렇게

매창의 죽음을 슬퍼하며

許 筠

아름다운 글귀는 비단을 펴는 듯하고
맑은 노래는 구름도 멈추게 하네.
복숭아를 훔쳐서 인간 세계로 내려오더니
불사약을 훔쳐서 인간무리를 두고 떠났네.
부용꽃 수놓은 휘장엔 등불이 어둡기만 하고
비취색 치마엔 향내가 아직 남아 있는데.
이듬해 작은 복사꽃 필때 쯤이면
그 누구가 설도의 무덤 곁을 지나려나.

"어느 때나 만나서 하고픈 말을 다 할런지 편지 종이를 대할 때마다 마음이 서글프오."

기록하고 있다.

　23일(임자일): 부안에 도착했다. 비가 몹시 내려 머물렀다. 고홍달高弘達이 인사하러 왔다. 창기倡妓 계생桂生은 이옥여李玉汝(이귀李貴)의 정인이다. 거문고를 뜯으며 시를 읊었다. 비록 생김새는 드날릴 정도는 아니었지만 재주와 정감이 있어 함께 이야기할 만하였다. 하루 종일 술을 나누어 마시며 시를 읊고 서로 화답하였다. 밤에는 자기 조카딸을 침실로 들였는데 곤란한 일을 피하기 위해서였다.

　허균은 매창이 유희경을 가슴에 품고 수절하였거나 이귀의 정인이었기 때문에 피한 듯하다. 그렇다 하더라도 매창은 여전히 기생이었기에 허균이 원했다면 얼마든지 잠자리를 같이할 수 있었다. 하지만 매창과 허균이 만든 관계 맺기의 방식은 우정이었다. 그 둘의 사귐은 매창이 서른여덟 살 나이로 죽을 때까지 이어졌다.
　매창과 허균은 허균의 누나인 난설헌에 대해서도 이야기를 나누었을까? 난설헌이 허균보다 여섯 살 위이고, 허균이 매창보다 네 살 많으니 난설헌과 매창은 열 살 차이다. 그러고 보니 매창과 난설헌은 동시대를 산 여성 예술가들이다. 난설헌이 스물일곱 살의 나이로 죽었을 때 매창은 열여섯 살이었다. 누나의 재능을 몹시 사랑해 "누님의 시와 문장은 모두 하늘이 내서서 이룬 것들이다"라고 말한 허균이었으니 매창에게 난설헌의 시들을 들려주었음직하다. 경계에서 놀기를 즐겼던 난설헌의 시를 보면 그녀에게는 선계仙界가 고향이고, 땅 위의 인간 세계는 잠시

와서 머문 곳인 듯 느껴진다. 난설헌은 언젠가 하늘로 돌아갈 것을 꿈꾸었고, 자기가 돌아갈 때를 알고 있었던 듯이 보인다. 매창이 그런 난설헌의 영향을 받았는지에 대한 공인된 기록은 없지만, 매창의 후기 시는 난설헌의 시와 사뭇 닮았다. 그 즈음 허균이 매창에게 보낸 편지 중에 "요즘도 참선을 하시는지?"라고 묻는 대목이 있다.

계랑에게

봉래산의 가을빛이 한창 짙어 가니 돌아가고픈 생각이 문득문득 난다오. 내가 자연으로 돌아가겠단 약속을 저버렸다고 계랑은 반드시 웃을 거외다. 우리가 처음 만난 당시에 만약 조금치라도 다른 생각이 있었다면 나와 그대의 사귐이 어찌 십 년 동안이나 친하게 이어질 수 있었겠소. 이제 와서야 진회해*는 진정한 사내가 아니고, 망상妄想을 끊는 것이 몸과 마음에 유익한 줄을 알았소. 선관禪觀을 지니는 것이 몸과 마음에 유익하다오. 어느 때나 만나서 하고픈 말을 다 할런지, 편지 종이를 대할 때마다 마음이 서글프오(何時吐盡 臨楮慨然).

우정이 묻어나는 이 편지에서 허균은 선禪에 관한 이야기를 하고 있다. 이 무렵, 매창이 쓴 시들은 선시가 대부분이다. 난설헌이 그랬듯이 매창 역시 돌아갈 곳을 꿈꾸었고 돌아갈 때를 알고 있었던 듯하다. 그녀

---

*진회해秦淮海: 북송대의 시인으로 이름은 진관秦觀이다. 남녀의 사랑을 묘사한 시를 많이 썼거니와, 어느 땐가는 아름다운 여도사를 유혹하려고 온갖 방법을 다 썼으나 끝내 뜻을 이루지 못하다가, 결국은 그녀에 대한 욕망을 버리게 되었다는 일화가 있다.

의 몸은 지상을 떠날 채비를 하고 있었고, 가야 할 곳에 대한 사전 답사
는 이미 준비되어 있었던 듯하다.

삼신산 신선들이 노니는 곳엔
푸르른 숲 속에 절간이 있어라
구름에 잠긴 나무에서 학이 울고
눈에 덮인 봉우리에선 원숭이도 울어라
자욱한 안개 속에 새벽달이 희미하고
상서로운 기운은 하늘 가득 어리었으니
속세를 등진 이 젊은 나그네가
신선 적송자에게 예한들 어떠랴
'선유 2'

신선들만이 사는 세상 삼신산, 푸른 숲 속에 절이 있고 구름에 잠긴
소나무에서 학이 우는 곳, 매창은 이제 속세의 티끌을 모두 털어 버리고
신선 적송자 곁으로 가고 싶어한다. 서른여덟 살 나이로 이승을 떠날 때
마침내 그녀, 세상 사람들의 이목이 없는 곳, 타인의 시선이 사라진 곳
으로 갔으리라.

떠돌며 밥 얻어먹기를
평생 부끄럽게 여기고
차가운 매화 가지에 비치는 달을

홀로 사랑했었지
고요히 살려는 나의 뜻
세상 사람들은 알지 못하고
제멋대로 손가락질하며
잘못 알고 있어라

'추사愁思 2'

부안풍경9-개암사

곰소나루 해안 도로를 따라 줄포 쪽으로 10킬로미터쯤 떨어진 상서면 감교리의 개암사는 백제 시대에 창건된 고찰이다. 개암저수지를 휘돌아 아름드리 숲길을 따라가다 보면, 억센 울금바위 아래, 삼한 고찰 개암사가 뒷짐을 지고 절문을 들어서는 사람들을 바라보고 있다. 개암사는 매창 사후에 그녀의 시집을 발간한 절이다. 매창의 시를 아끼고 사랑했던 고을 아전들이 이 절에서 목판본을 만들어 인쇄했다. 매창도 살아생전에 이 절을 자주 찾았던 모양으로, 산사에 관한 시들이 몇 편 보인다. 낡은 단청과 무채색의 꽃살문은 매창의 시와 닮았다. 싸리비 자국 선명한 저 마당으로 매창도 들어서곤 했겠지. 절 마당에 사념 많은 배롱나무 한 그루 오롯하다.

천년 옛 절에 찾아드니

천년 옛 절에 찾아드니
오르는 듯 아득하이
해 지자 저녁 노을 붉게 떠올라
밋밋한 봉우리에 연꽃이 진다

이 잔을 그대는 물리치지 마소
가고 보면 무덤엔 풀만 우거지거니

오르는 듯 아득하이
해 지자 저녁 노을 붉게 떠올라
밋밋한 봉우리에 연꽃이 진다
　　'선유 1'

사실 기생들의 시는 홀대받기 일쑤다. 그들이 남긴 뛰어난 작품들은
당대에만 인구에 회자되었을 뿐 시간이 지나면서 거개가 변질되거나 유
실되었다. 그러나 매창은 죽은 지 58년 만에 시집이 출판된다.「매창집」
의 발문에 이런 글이 나온다.

계생의 자는 천향天香이고 매창梅窓이라고 자호하였는데, 이吏 이양종
李陽從의 딸로 1573년에 태어나서 1610년에 죽으니 나이 서른여덟이다.
평생 시 읊기를 잘 하고 지은 바의 시 수백 수가 인구에 회자되었다. 그
러나 거의 다 흩어져 없어지고 1668년 이배吏輩들이 전통傳統하는 것을
얻어 모아 각체 58수를 판짠다.

개암사에서「매창집」을 출판하니 오는 사람마다 서로 다투어 한 권씩
얻어 가는 바람에, 이러다가는 절간의 살림이 망하겠기에 아예 목판을
불살라 버렸다는 이야기가 전해질 만큼 당시 매창의 시는 사람들 사이에
서 인기가 높았던 모양이다. 지금까지 전하는「매창집」은 간송미술관과
미국 하버드대학교에 소장되어 있다.

수향에 사립문 지그시 여니
연꽃은 이미 지고 국화도 이울었다
해설피 까마귀는 고목에 울고
가을밤을 기러기 강 넘어간다
아예 소식을 전하지 말아 다오
난 모르고 그대로 살고 싶으니
이 잔을 그대는 물리치지 마소
가고 보면 무덤엔 풀만 우거지거니

'유부여游夫餘'

부안
에필로그

그 곳을 떠올릴 적이면 늘 어떤 노래와 함께 생각나는 곳이 있다. 아니 어떤 음악을 들으면 오롯이 그 곳이 생각난다고 해도 좋다. 일테면 'no women no cry'나 '버팔로 솔져' 같은 밥 말리의 노래들은 앙코르 와트를 떠오르게 한다. 밀림 속의 폐허들과 석상의 눈을 뚫고 뻗어 나가던 거대한 뿌리, 가늘 길 없는 욕망을 참지 못하고 구멍마다 가지를 벋어 빈 공간을 자신의 몸으로 채우고 다시 벋어 나가던 나무의 줄기에서는 비린내가 났다. 5백 살도 넘었지만 뽀얀 속살을 간직한 기괴한 나무의 뿌리 위에 앉아 나는 담배를 피우거나 구역질을 했다. 또 엘라 피츠제럴드의 목소리는 천 년 고찰 봉정사를 떠오르게 한다. 일주문 가는 길의 소나무 그림자, 먹빛에 가까운 쪽마루, 더없이 간결한 극락전의 맞배지붕, 어둡고 쓸쓸하게 구부러진 그의 어깨, 굵고 음울한 그녀의 목소리를 들을 적이면 쓸쓸한 늦가을의 봉정사가 떠오른다.

부안 가는 길에 비가 내렸다. 앞이 안 보일 정도로 쏟아지는 폭우 속으로 김광석의 노래가 흘러나왔다. 빗소리와 섞여 몸 속으로 스며 번지는, 노래. 허공을 부유하는 하모니카 소리, 그의 손가락이 퉁기는 기타 줄, 빈 공간 속으로 터지는 울음 같은 현의 소리.

어느 하루 비라도 추억처럼 흩날리는 거리에서
쓸쓸한 사람 되어 고개 숙이면
그대 목소리
너무 아픈 사랑은 사랑이 아니었음을

공간을 흐르는 긴 목소리, 바닥에서 올라오는 냉기 같은 쓸쓸함, 이죽
거리는 표정 밑으로 드러나는 투명한 슬픔.

이제 우리 다시는 사랑으로
세상에 오지 말기
그립던 말들도 묻어 버리기
못다한 사랑
너무 아픈 사랑은 사랑이 아니었음을

수덕사

김일엽, 나혜석—
신여성의 출현, 탈주, 소멸

수덕여관에서
그녀들을
만나다

무정하다. 한번 뒤돌아보지도 않고, 망설이지도 않고 기차는 역을 떠난다. 가야 할 시간이 되면 남겨 둔 것들은 미련 없이 풍경의 뒤로 사라진다. 한 오라기 아쉬움 없이, 기차는 떠난다. 설레던 마음이 덜컹, 한다.

아침 일곱시에 서울역에서 출발하는 장항선 기차는 조용했다. 천안이나 대전쯤으로 출근하는 사람들로 보이는 정장풍의 남자들은 모자란 아침잠을 보충하려는 듯 의자 깊숙이 몸을 묻고 있었다. 조용히 신문을 보거나 서류를 들여다보는 사람들 역시 여행자라기보다는 일상의 아침을 기차에서 시작하는 사람들인 듯했다. 넓은 창문 너머로 짙은 회색의 하늘이 낮게 펼쳐져 있었다. 아무래도 비가 올 모양이었다.

"우리 남편하고 나는 일 년에 한 번도 안 해."

조용한 기차 안으로 봉소의 목소리가 울렸다.

"쉿, 봉소. 목소리가 너무 커."

나는 주변을 두리번거렸다. 고요한 아침 출근 기차 안에서 나누는 대화의 주제로는 살짝 외설스럽다. 목소리를 잔뜩 낮춘 봉소가 다시 말하였다.

"맥주나 한 잔 할까?"

이런.

"봉소, 지금 아침 일곱시야."

우리는 수덕사에 갈 예정이었다. 빠듯한 일상의 틈 사이로 간신히 시간을 뺀 봉소는 확실히 나보다 조금 더 들떠 있었고 몸과 마음의 감각들이 여행 모드로 전환하고 있었다. 말리지 않았다면 내 벗들 가운데 술 좋아하기로 대표 주자인 그녀는 기어이 맥주 한 병을 마셨을지도 모른다. 슬쩍 내 눈치를 본 봉소가 지나가는 홍익회 수레를 세워 선택한 건 오징어였다.

"그러니까 덕산이나 예산으로 가면 수덕사로 가는 버스가 자주 있대. 예산에는 추사 김정희 고택과 '도시락 폭탄'을 던졌던 윤봉길 의사의 사적지, 홍선대원군 이하응의 아버지인 남연군의 묘, 백제 부흥 운동의 중심지였던 임존성 등이 있어. 시간이 있으면 다 둘러보면 되지만……."

봉소는 아마 어제 저녁 내포, 예산 지역의 모든 자료를 꼼꼼히 훑었을 것이다. 어금니에 문 오징어 다리를 당기며 봉소는 우리의 하루 일정에 대해 결론을 내린다.

"수덕사만 가자."

홍성역에서 내려 수덕사행 버스로 갈아타자 아니나다를까 비가 내리기 시작했다. 장마가 시작된다더니 빗줄기가 예사롭지 않았다. 완행버스의 창문을 사선으로 내리치는 빗줄기는 장렬했지만 금방 빗방울이 되어 유리문에 맺혔다가 다시 흔적 없이 사라져 갔다. 청춘의 한 시절, 도 그렇게 사라져 갔다. 나와 봉소. 우리가 만나 온 15년여의 시간들, 촘촘하고 견고하다고 믿었던 시간은 창문에 부딪친 빗방울처럼 해체되어 사라져 버리고, 어느 한 시절에 우리가 존재했음을 증명할 수 있는 건 기억의 환幻 몇 조각과 나의 친구 봉소뿐.

수덕사 정류장에서 내려 우리는 비닐 우의를 하나씩 사서 입었다. 오랜만에 입어 보는 우의는 의외로 기분을 들뜨게 만들었다. 머리 위로 투두둑 떨어지는 빗방울을 맞으니 콧구멍이나 파고 있던 마음 속 야성이 갑자기 아하함 기지개를 켜며 벌떡 깨어나는 기분이었다. 온몸으로 비를 맞아 보는 게 얼마 만인가. 두 팔을 벌리고 얼굴을 하늘로 향하니 굵은 빗방울이 얼굴 표면에서 철벅철벅 부서졌다.

"봉소, 한 떨기 수련이 된 기분이야."

"이왕이면 연못 속에 들어가지 그래. 그런데 절 마당까지 가게들이 너무 깊이 들어와 있는 거 아냐."

절 입구까지 길게 늘어선 가게들을 보며 봉소가 한 마디 했다. 우리나라 관광지를 대표하는 기념품인 효자손 따위의 조악한 상품을 파는 가게들과 산채비빔밥이며 동동주를 파는 식당들은 한산한 오전인 데다 비까지 내리는 통에 추레하고 옹색해 보였다.

비 오는 수덕사는 고즈넉했다. 대웅전에 들어가 삼배하고 비 오는 바깥을 내다보니 절 마당 위로, 불탑 위로, 돌계단 위로 비가 내렸다. 잠시 넋을 놓고 풍경을 내다본다. 무심이라 했던가. 빗소리도 적요로워지더니 어느 순간 풍경의 경계가 지워진다. 이렇게 아무것도 하지 않고 있어 보기도 오랜만이라 우리는 그야말로 넋을 놓고 앉아 있었다. 마주 보이

일엽이 출가하여 수행한 견성암 가는 길.

는 산에서 무연한 비안개가 피어올랐다.

수덕사 대웅전은 부석사 무량수전과 더불어 현존하는 가장 오래 된 목조 건물이다. 고려 시대 때 지어진 것으로 몇 번의 중수를 거쳐 오늘에 이르렀다. 뿌리 없이 천 년의 세월을 견디는 나무는 기억의 환으로 존재하는 걸까. 부석사 무량수전이 우아하다면 수덕사 대웅전은 장엄하다. 중창 불사를 하던 중 백제의 와당이 발견되기도 해 수덕사 자체의 역사는 백제 시대로 거슬러 올라간다.

대웅전을 나와 경사진 비탈길을 올라가자 견성암으로 가는 길이 보인다. 서쪽 산허리에 자리잡은 견성암은 우리 나라 최초의 비구니 전문 선원이다. 수덕사는 1984년에 종합 수도장을 겸비한 덕숭총림德崇叢林으로 승격되었는데, 총림叢林이란 승속僧俗이 화합하여 한 곳에 머무름(一處住)이 마치 수목이 우거진 숲과 같다고 하여 그렇게 부르는 것이라 한다. 총림이 되려면 승려들의 참선 수행 전문 도량인 선원禪院, 경전 교육 기관인 강원講院, 계율 전문 교육 기관인 율원律院 및 염불 교육 기관인 염불원을 갖추어야 한다. 견성암은 그 중 선원에 해당한다. 처음엔 산꼭대기의 초가집이었는데 함석집, 기와집으로 증축과 개축을 거듭하다가 1965년에 이르러 오늘날의 이층 석조 건물로 자리를 잡았다. 견성암이 대표적인 비구니 참선 도량으로 자리잡게 되는 데는 만공 스님과 법희 스님, 그리고 일엽 스님의 원력이 컸다고 한다.

견성암은 특히 일엽이 출가하여 수행한 곳으로 유명하다. 우리 나라 최초의 여성 잡지 「신여자」를 창간하고 주간을 지냈던 김일엽은 이 곳 수덕사에서 만공 스님을 은사로 출가했고, 그 뒤로 스물다섯 해 동안 산문을 나가지 않고 수행했다. 시인이자 수필가였던 그녀는 출가한 뒤에는 "글 또한 망상의 근원이 된다"며 절필했다. 그러다가 1962년 「청춘을 불사르고」를 출간하는데, 그것은 다만 견성암을 짓는 불사에 보탬이 되기 위해서였다. 서른 해 세월을 산문 밖 출입을 하지 않았는데도 그녀의 인기는 식지 않았던지 책은 나오자마자 베스트셀러가 되었다.

1928년 당시 서른세 살이던 김일엽의 출가는 많은 사람들에게 화제를 불러일으킨 모양이다. 1920년대 폭탄적인 선구적 구호와 열정으로 여성 해방의 한 획을 그었던 김일엽이었기에 그녀의 출가는 호기심 어린 시선으로 신여성을 바라보던 언론을 비롯한 호사가들에게는 또 하나의 스캔들이었음에 분명하다. 당시 김일엽이나 나혜석, 김명순 등 새로운 스타일의 삶을 살던 여성들에 대한 관심은 오늘날의 연예계 스타에 대한 관심과 비슷했던 것 같다. 세상은 신여성의 존재에 형언할 수 없는 동경의 시선을 보내면서도 동시에 성적인 측면에서 부정한 여자라고 비난하는 이중성을 보였다. 그들은 김일엽의 출가를 연애와 실연 탓으로 규정지으려 했고, 그러면서도 김일엽이 시선의 바깥, 세속의 경계를 훌쩍 넘어가 버리는 것을 못내 아쉬워했던 듯하다.

김일엽의 본디 이름은 원주다. 일엽이란 이름은 춘원 이광수가 지어준 필명이다. 김원주는 1896년 6월, 평남 용강군 삼화면 덕동리에서 태어났다. 아버지 김용겸 목사는 아내를 끔찍이 위했으며, 어머니 이마대 여사는 당시의 여자로서는 보기 드물게 진취적인 성향을 지니고 있었다. 자기 딸만은 바라바리 싣고 가서 남의 종 노릇 시키지 않겠다는 생각으로 5대 독자의 맏딸로 태어난 김원주를 교육시켰다. 덕분에 김원주는 가난한 살림에도 불구하고 진남포의 산숭보통학교를 졸업하고 서울로 유학해 이화학당을 다닐 수 있었다. 그러나 열두 살 때 어린 동생의 죽음을 시작으로 초등학교 때 어머니를 여의고, 연이어 세 동생을 잃고, 중학 졸업 무렵에는 아버지마저 여의게 되니, 그녀의 표현대로 그림자 동무 하나만 남게 되었다. 이런 개인적인 경험들이 김일엽이 불교에 입문하게 된 배경이 되었을 것이다. 어린 나이에 직면한 삶과 죽음의 문제는 김일엽으로 하여금 생과 사의 문제에 천착하도록 만들었을 가능성이 높고, 만공 스님을 비롯한 당대 선지식들과의 만남과 인연이 삶의 미망을 걷어 내고자 하는 치열한 구도 정신과 맞닿아 출가의 길을 걷게 되지 않았을까.

어쨌든 부모를 다 잃고도 김원주는 일흔이 넘은 외할머니의 뒷바라지로 1913년에 이화학당에 입학하여 문학 활동을 시작하고, 1918년에 졸업한다. 이화학당을 졸업한 뒤에 소학교 교원으로 있다가 일본으로 건너가 동경 영화학교를 다닌다. 귀국해서는 우리 나라 최초의 여성 잡지 「신여자」를 창간하고 주간이 된다. 「신여자」는 1920년 자유주의적 남녀 평등 사상에 기초하는 '신여성론'을 담론화하며 숱한 논쟁을 일으켰는데, 그 중심에 김일엽이 있었다.

(중략) 몇 세기를 두고 우리 여자를 사람으로 대우하지 아니하고 마치 하등 동물과 같이 여자를 몰아다가 남자의 유린에 맡기지 아니하였습니까? (중략) 우리는 신시대의 신여자로 모든 전설적인 일체의 옛 사상에서 벗어나지 아니하면 아니 되겠습니다. 이것이 바로 '신여자'의

임무요, 사명이요, 또 존재의 이유로 삼는 것입니다.

　김일엽은 1920년대에 '신여자 선언'을 통해 기존의 사회 규범에 대한 정면 도전을 시도했다. 허리띠로 가슴을 겹겹이 동여매는 것이 여성의 사회적 활동을 제약한다는 의복 비판에서부터 인격과 개성을 무시하는 기존의 성 도덕에 대해서도 신랄하게 공격했다. 자유연애론의 옹호자였으며 그 자신 다양한 남자들과 연애하고 결혼하기도 했다. 또한 그러한 자신의 삶을 드러내고 공식화하는 데에도 주저하지 않았다. 그토록 호방하던 김일엽이었지만 일단 산문으로 들어간 뒤로는 출세간법에 충실하여 산문을 벗어나지 않았다.

　견성암에서 우리는 김일엽을 기억하는 노스님을 만났다. 수행자의 방 안엔 오래 된 다기와 조촐한 생활용품 몇 가지가 가지런히 정돈되어 있었다.

　"참 자비하시고 인자하셨지. 솔직도 해서 속에 담아 두는 것도 없었어. 산문 밖 출입을 일절 하지 않으셨고."

　"속세에서 유명한 사람이었던 것도 아셨어요?"

　"알았지. 그래도 그런 거 없었어. 입승으로 삼십 년을 살았지. 아무나 입승을 할 수 있는 게 아냐."

　"입승이 뭔가요?"

　"선방에서 죽비를 잡는 스님을 이르는 말이야. 아무나 죽비를 잡을 수 있는 게 아니거든. 법력도 있어야 하고, 덕도 있어야 하고, 공부 경력, 대중에 대한 지도력도 있어야 해. 대중이 공부가 어느 정도 됐는지 가늠도

해 주어야 하고. 출가 전에는 화려한 배경이 있었어도 출가해서는 산문의 도리를 따라야 하는데 잘 하셨다고 해."

향이 좋은 차를 따라주며 스님은 이야긴 그만 하고 차나 마시라 한다. 잘 우러난 세작의 맛이 입 안을 맑고 정갈하게 만든다. 어쩌면 스님은 말이 되어 입 밖에 나오는 순간 거짓이 되고 마는 속세의 법을 경계하는 걸까. 더는 말이 없는 스님 앞에서 우리도 다만 차를 마신다. 파르라니 깎은 머리인데도 흰 머리임을 알겠는 게 신기하다. 노스님의 방을 나오는데 어디선가 까르르 웃는 소리가 들렸다. 조용하던 공간에 번지는 웃음소리가 엄숙한 공기를 잠시 환하게 만들었다. 안을 들여다보니 젊은 비구니들이 모여 무언가 재미난 이야기를 나누는 중이었다. 일상과 수행의 경계를 지우며 진리의 길을 찾아가는 젊은 수행자들의 얼굴이 맑다.

그러고 보니 일엽은 늘 순간에 충실했던 것 같다. 「신여자」의 주간으로 일할 때는 여성 해방 운동의 전사로, 연애를 할 때는 불타는 가슴을 지닌 연인으로, 출가해서는 용맹정진하는 수행자로, 매순간 충실한 퍼포먼스를 했던 것 같다. 출가 전의 그녀가 어떠했든 출가 후의 그녀는 진정한 수행자였다고 환희대에서 만난 서기 스님도 말했다. '마을'에서의 사회적 위상이며 이미지 따위는 가차없이 쳐 버리고 참구 정진하였기에 수행의 길을 오롯이 갈 수 있었고, 그러한 일엽 스님의 행보는 그 뒤 절 집안에서 비구니의 위상을 바로 세우는 데에도 공이 되었다는 것이다.

한국 비구니 교단은 이 세상에서 그 수행 전통이 현존하는 몇 안 되는 존재이다. 비구니 승단은 형식과 규범을 갖추고서 출가와 수계의 절차를 지키면서 법맥을 지켜오고 있는데, 세계의 불교 국가 중에서 구족계를 받는 정식 비구니 전통이 살아 있는 곳은 한국을 비롯한 동아시아의 대승 불교 국가 몇몇 나라뿐이다. 덕숭총림은 우리 나라 제일의 비구니 교단이다. 동양의 여성 차별적인 문화 속에서 한국의 비구니들이 수행의 전통과 문화 그리고 정체성을 유지해 오는 데 일엽의 공도 분명 있는 듯하다.

환희대는 일엽이 십 년 동안 주석하다가 입적한 곳이다. 일엽은 1971년 1월 28일 입산한 지 43년 만에 일흔여섯 나이로 한 생을 마쳤다. 대웅전에서 왼쪽으로 돌아가다 보면 비질 흔적이 드러나는 계단이 나오는데 그 계단을 올라가면 정갈하고 그윽한 환희대가 있다. 대나무를 두른 울타리 앞에는 반짝반짝 윤이 나는 장독들이 다정하게 앉아 있고, 작은 연못의 수면 위엔 연꽃이 피어 있다. 손질이 잘 된 잔디와 마당의 귀퉁이마다 심긴 화초들에서 나는 은은한 향기에 마음마저 환해지는 이 곳은 비구니들의 거처다. 일엽 스님에 대한 이야기를 듣고 몇 가지 자료도 얻어 나오는데 문득 서기 스님이 다시 부른다.

"일엽 스님보다 중요한 건 당신입니다. 당신은 누구십니까?"

덕숭총림은 우리 나라 제일의 비구니 도량이다.

수덕여관
이야기

비 내리는 절집을 뒤로 하고 내려와 수덕여관으로 들어갔다. 옛날식 앞치마를 두른 할머니 한 분이 다정하지도 서먹하지도 않은 표정으로 우릴 맞았다. 오랫동안 지나가는 길손을 맞이해 온 사람만이 보여 줄 수 있는 무심의 경지가 느껴지는 얼굴이다. 우리는 파전과 국화주를 주문하고 여관을 둘러보았다. 쇠락해 가지만 정겹고 다정한 공간이다. 미음 자 마당을 중심으로 하룻밤 유하기엔 좋았을 작은 방들이 둘러 있다. 한 시절 사연 많은 나그네들의 여독을 풀어 주느라 밤낮없이 하얀 연기가 피어났을 마당 가운데 굴뚝도 인상 깊다. 두어 뼘쯤 되는 방문 앞 쪽마루에 앉아 본다. 나갔다 돌아와 담배 한 대 피기에는 아주 적합한 공간이다. 그 담배 한 대의 시간 동안 옆방의 누군가는 말을 걸어오겠지.

"정말 정겨운 여관이야. 담에 와서는 여기에서 꼭 하룻밤 자 봐야지."

"얼마나 오래 됐을까?"

"글쎄, 1930년대 후반에 나혜석이 이 곳에서 묵었으니까 적어도 육십 년은 훨씬 넘었겠지."

"그러니까 나혜석이 김일엽을 찾아와 여기에 묵은 거지?"

그녀들이 이 곳에서 만났을 때는 폭풍 같은 청춘의 시간을 보낸 뒤였

도쿄와 서울에서 청춘의 시절을 보내고 일엽과 나혜석은 다시 한번 경쾌한 탈주를
한다.

다. 나혜석과 김일엽은 이십대의 한 시절 서울에서 「신여자」를 함께 발간하고, 글을 쓰고 그림을 그렸던 친구이자 동지였다. 세인의 관심과 호기심 어린 시선 속에서 질풍 같은 삶을 살던 그녀들이 이 곳에서 만났을 때는 이미 들끓는 욕망과 혼돈의 한 시기를 돌아 그녀들의 시선이 또다른 곳을 향해 있던 시절이었다. 한 사람은 수행자로, 한 사람은 노마드 예술가로 또다른 삶의 지평을 열어 가던 시점이었다.

우리는 여관의 발코니에 앉았다. 처마에서 빗물이 떨어지는 소리가 들렸다.

"봉소, 왜 페미니스트들은 나혜석에게 주목하는 거지? 나는 비극적인 인물말고 좀 폼나는, 그러니까 인생을 정말 환하고 재미나게 살다 간 여자들이 보였음 좋겠어."

국화주를 서너 잔 마신 봉소는 난간에 한 팔을 올리고 약간 삐딱한 자세로 날 바라보았다.

"아로, 내 소원이 뭔지 아니?"

"글쎄, 기가 막힌 시나리오 한 편 쓰는 거?"

"음, 것도 틀리진 않은데……, 내가 아주 오래 전부터 해 보고 싶었던 건 말이야……."

봉소는 잠시 뜸을 들이며 국화주를 입으로 가져간다.

"만주와 시베리아를 달리는 대륙 열차. 생각나니? 닥터 지바고와 라라가 타고 가던 그 기차?"

가도 가도 끝이 없는 시베리아 벌판, 성에 낀 유리를 닦고 내다보면 흰 눈으로 덮인 툰드라의 들판에서 자라던 융융한 나무들. 어찌 잊을 수 있을까. 그토록 인상 깊던 한 풍경을.

"서울을 출발해 만주, 하얼빈을 거쳐 시베리아를 거쳐 중앙아시아를 관통하여 터키를 지나 유럽 대륙으로 가는 거야. 중간중간 내리고 싶은 역에 내려 몇 날이고 며칠이고 머무르다 떠나고, 다시 내리고. 그렇게 세상을 만유하는 게 내 꿈이야."

"통일이 되기 전엔 어렵겠구나."

"근데 말이야, 그 여자가 바로 그걸 했잖아. 그것도 칠십 년도 더 전에, 조선이 일본의 식민지였을 때, 식민지 백성이, 그것도 여성의 몸으로 말야."

"나혜석이?"

"부산에서 출발하여 서울을 거쳐 철도로 시베리아를 횡단하고, 파리에 머물면서 유럽을 여행하고 나서, 대서양을 건너 미국을 횡단하고, 태평양을 건너 돌아오는, 그야말로 1년 8개월의 대장정, 세계 일주였던 셈이지."

"어떻게 그런 꿈 같은 여행을 할 수 있었지?"

"나혜석의 남편이 당시 만주에 있는 안동현 부영사였는데 벽지 근무자에게 관례적으로 베푸는 특전으로 구미 시찰이라는 출장을 가게 된 거야. 그 길에 나혜석도 동반한 거고. 그녀의 나이 서른두 살이었지."

내가 구미를 향하여 떠날 때에 나는 무슨 목적으로 가나 하고 생각하였다. 내게는 안심을 주지 못하는 네 가지 문제가 있었다. 하나는 사람은 어떻게 살아야 좋을까, 둘은 남녀간에 어찌하면 평화스럽게 살까, 셋은 여자의 지위는 어떠한 것인가, 넷은 그림의 요점이 무엇인가이었다.

나혜석, '아아 자유의 파리가 그리워—구미만유歐美漫遊 하고 온 후의 나' (「삼천리」 1932년 1월호)

이것은 실로 알기 어려운 문제다. 더욱이 나의 견식, 나의 경험으로는 알 길이 없다. 그러면서도 돌연히 동경되고 알고 싶었다. 그리하여 이탈리아나 프랑스 화계畵界를 동경하고 구미 여자의 활동을 보고 싶었고 구미인의 생활을 맛보고 싶었다. 나는 실로 미련이 많았다. 그만치 동경하던 곳이라 가게 된 것이 무한히 기쁘련마는 내 환경은 결코 간단한 것이 아니었다. 내게는 젖먹이 어린애까지 세 아이가 있었고, 오늘이 어떨지 내일이 어떨지 모르는 칠십 노모가 계셨다. 그러나 나는 심기일전心機一轉의 파동을 금할 수 없었다. 내 일가족을 위하여, 내 자신을 위하여, 내 자식을 위하여 드디어 떠나기를 결정하였다.

나혜석, '소비에트 러시아 행' (「삼천리」 1932년 12월호)

구미 만유기 1년 8개월 간의 나의 생활은 이러하였다. 단발을 하고 양복을 입고 빵이나 차를 먹고 침대에서 자고 스케치 박스를 들고 연구소 (아카데미)를 다니고 책상에서 프랑스말 단자單子를 외우고 때로는 사랑의 꿈도 꾸어 보고 장차 그림 대가大家가 될 공상도 해 보았다. 흥 나면 춤도 추어 보고 시간 있으면 연극장에도 갔다. 왕 전하와 각국 대신의 연회석상에도 참가해 보고 혁명가도 찾아보고, 여권 참정론자도 만나 보았다. 프랑스 가정의 가족도 되어 보았다. 그 기분은 여성이요, 학생이요, 처녀로서이었다. 실상 조선 여성으로서는 누리지 못할 바니 경제상

으로나 기분상으로 아무 장애 되는 일이 하나도 없었다. 태평양을 건너
는 배 속에서조차 매우 유쾌히 지냈다. (중략)

그 외에 나는 여성인 것을 확실히 깨달았다(지금까지는 중성 같았던
것이). 그리고 여성은 위대한 것이요, 행복된 자인 것을 깨달았다. 모든
물정物情이 이 여성의 지배하에 있는 것을 보았고 알았다. 그리하여 나
는 큰 것이 존귀한 동시에 작은 것이 값있는 것으로 보고 싶고 나뿐 아
니라 이것을 모든 조선 사람이 알았으면 싶다.

나혜석, '아아 자유의 파리가 그리워─구미만유歐美漫遊하고 온 후의 나' (「삼천리」 1932년 1월호)

**"게다가 여행 중에 근사한 연애도 했잖아. 여행 중에 생기는 로맨스야
말로 인생의 가장 달콤한 에피소드 중의 하나가 아니겠어. 마치 디저트
로 나오는 티라미슈처럼 말이야."**

결코 손을 대서는 아니 된다고 한 과실에 손을 댄 것은 뱀의 유혹이었
고 이브의 호기심이 아니었나. 이로 인하여 받은 신벌은 얼마나 엄격하
였나. 유혹처럼 무섭고 즐거운 매력은 없는 것 같고 유혹의 낙樂, 불안,
위구危懼, 우려는 호심에 그것이 나갔다.

동기는 여하한 것이든지 훨씬 열어젖힌 세계는 이상히도 좋았고 더구
나 무구속하고 엄숙하게 지켜 있는 마음에 어찌 자유스러운 감정을 가
지지 않게 되었겠는가. 나는 확실히 유혹을 받았었고, 나는 확실히 호기
심을 가졌었다. 우리는 황무荒蕪한 형극의 길가에서 생각치 않은 장미
화를 발견한 것이었다. 방향과 밀봉蜜蜂 중에 황홀하였던 것이다. 그 결

과는 여하하든지 나의 진보 과정상 감수하지 않으면 아니 되었다.

　"대단하지 않아. 자신의 감정을 이토록 솔직하게 털어놓는 여자라니. 결국 나 바람을 폈다, 그런데 정말 좋더라, 그리고 그건 내 인생이 진보하는 데 필요한 것이었다, 이렇게 얘기하는 거잖아. 그것도 공개적으로 말이야. 자신에게 이토록 솔직할 수 있을까."

　"물론 세상은 이 솔직한 여자를 용서하지 않았지."

　"무엇보다도 세상이 나혜석을 용서하고 싶지 않았던 건 그 모든 과정을 감히, 뻔뻔하게도 담론화하려고 했던 점에 있었던 거 같아."

　정조는 도덕도 법률도 아무 것도 아니요, 오직 취미다. 밥 먹고 싶을 때 밥 먹고, 떡 먹고 싶을 때 떡 먹는 거와 같이 임의용지任意用志로 할 것이요, 결코 마음의 구속을 받을 것이 아니다. (중략) 왕왕 우리는 이 정조를 고수하기 위하여 나오는 웃음을 참고 끓는 피를 누르고 하고 싶은 말을 다 못한다. 이 어이한 모순이야. 그러므로 우리 해방은 정조의 해방부터 할 것이니 좀더 정조가 극도로 문란해 가지고 다시 정조를 고수하는 자가 있어야 한다.

　"사실 말이야……."

　봉소는 은근히 목소리를 낮춘다.

　"우리도 얼마나 '웃음을 참고 끓는 피를 누르'냐고. 이 어이한 모순이냐고."

봉소가 클클댔다.

"결국 그 일 때문에 이혼을 당하고 그 이후의 삶은 추락이었잖아."

"아로, 그렇게 생각해, 진정으로?"

아득했던 봉소의 눈이 진지해졌다.

"그 순간……."

봉소는 손가락으로 '그 순간'이란 말에 방점을 찍는다.

"'그 순간' 말이야, 그녀는 얼마나 행복했겠어. 삶이라는 건 순간의 점철이잖아. 도대체 순간말고 무엇이 존재하지?"

봉소가 잠시 침묵한다. 처마 밑으로 빗방울 떨어지는 소리가 들린다. 뜰 앞의 잣나무, 여름 절 마당에 삽살개 한 마리.

"그리고 난 그녀가 이혼 이후에 불행해졌다는 것에도 의문이 있어. 이혼을 한 여자는 불행해져야 한다는 사회적 시선이 개입한 거라는 생각이 들거든. 이혼한 여자가 행복하게 잘 살면 곤란하잖아."

그렇다. 이혼한 여자가 행복한 것은 사회의 질서를 교란하는 일이다. 그것은 마치 결혼하지 않은 여자가 아이를 낳거나, 헌신과 희생을 하지 않으려는 '엄마'처럼 불온하고 불경한 일이다.

"이혼 이후에도 그녀는 그림을 그리고 글을 썼어. 발목을 잡던 가사 노동에서 벗어나 예술에 전념할 수 있는 가능성이 열렸고 집중할 수 있었지. 사실 결혼 생활 내내 그녀는 예술과 일상 사이에서 슈퍼우먼 콤플렉스에 시달리고 있었거든. 나혜석은 처음에 현모양처의 생활과 미술가, 작가로서의 사회 활동을 병행하려 했고 두 가지에 다 충실하려 했어. 그치만 너도 알고 나도 알듯이 그건 불가능하지. 나혜석은 그 와중에도 포기하지 않고 가사와 육아에 최선을 다해. 물론 그림도 포기하지 않고. 그 과정에서 나혜석이 얻은 결론은 여성에게 가장 필요한 건 돈과 시간이라는 거지."

예술은 나의 일평생의 위안이요, 또 생활의 전부라고 하여도 과언은 아닙니다. 그것이 나의 취미요, 나의 직업입니다. 그만큼 내가 좋아하는 까닭에 아이가 넷이나 되는 금일까지도 틈을 만들어 붓대를 들며, 캔버스를 둘러메고 산과 들로 뛰어다닙니다. 참으로 극성이지요. 누가 시키면 하겠습니까? 그러나 한번 붓을 잡으려면 그것이 그렇게 상수롭지 않은 듯해요. 남의 어머니 노릇을 하는 나로서는 쉬운 일이 아닙니다. 붓을 들고 한참 열중하게 그리며, 또 거진 연구를 하였다가도 어린애가 울게 되면 그저 집어 내던지고 젖을 먹여야 합니다. 그런 고로 가만히 생각하면 그림 그린다는 것이 욕이지요. 그러나 저는 나의 예술을 위하여 어머니의 직무를 잊고 싶지는 않습니다.

(중략)

한 집 살림살이를 민첩하게 해 놓고 남은 시간을 이용하는 것을 반대할 사람은 없을 것입니다. 나는 결코 가사를 범연히 하고 그림을 그려 온 일은 없었습니다. 내 몸에 비단옷을 입어 본 일이 없었고 1분이라도 놀아 본 일이 없었습니다. 그러므로 내게 제일 귀중한 것이 돈과 시간이었습니다.

나혜석, '이혼고백장'

"사실 나혜석만큼 철저한 작가 정신을 가진 이도 드물지. 나혜석은 전업 화가로 엄청난 양의 작품을 발표했어. 미술관이나 화랑 하나 없던 식민지 사회에서 그녀는 적어도 삼백 점이 넘는 작품을 발표했다거든. 그녀가 얼마나 지독한 예술가였냐 하면 세계 여행에서 돌아와 막내를 출산하고서 백일도 지나기 전에, 1929년 수원에서 '구미 사생화 전람회'라는 제목으로 귀국 전시회를 열어. 그리고 이혼 논의가 오가던 1930년에도 선전鮮展에 출품해서 입상하고, 이혼을 하고 봉천으로 서울로 오가는 심란한 와중에도 1931년 선전에 출품해서 특선을 했지. 이혼 후에는 금강산으로 가서 한 달 동안 지내면서 그림을 스무여 점이나 그려. 이 그림들이 선전에서 입선하는데 나혜석은 그 소식을 들었을 때 '전신이 떨렸다'고 했대. 그 뒤로 그녀는 진정한 예술가이자 노마드의 삶을 살았어. 이혼 뒤에 그녀가 불행했다는 근거는 도대체 무얼 바탕으로 한 거지?"

나를 극도로 위해 주는 고마운 친구의 집 근처. 돈 2원을 주고 토방을 얻었다. 빈대가 물고 벼룩이 뜯고 모기가 갈퀸다. 어두컴컴한 이 방이 나는 싫었다. 그러나 시원하고 조용한 이 방이야말로 나의 천당이 될 줄이야. 사람 없고 변함없는 산중 생활이야말로 싫증나기 쉽다. 그러나 나는 이미 3년째 이런 생활에 단련을 받아 왔다. 그리하여 내 기분을 순환시키기에는 넉넉한 수양이 있다. 나무 밑에 자리를 깔고 드러누워 책 보기, 물가에 평상을 놓고 거기 발을 담그고 앉아 공상하기. 때로는 물에 뛰어들어 헤엄치기, 바위 위에 누워 낮잠 자기. 풀 속으로 다니며 노래도 부르고, 가경을 따라가 스케치도 하고, 주인 딸, 동리 처녀를 따라 버섯도 따러 가고, 주인 마누라 따라 콩도 꺾으러 가고, 동자童子 앞세우고 참외도 사러 가고, 어치렁어치렁 편지도 부치러 가고, 높은 베개 베고 소설도 읽고, 전문 잡지도 보고, 뜨뜻한 방에 배를 깔고 엎드려 원고도 쓰고, 촛불 아래 편지도 쓰고, 때로는 담배 피워 물고 희망도 그려 보고, 달 밝거나 캄캄한 밤이거나 잠 아니 올 때 과거도 회상하고 현재도 생각하고 미래도 계획한다.

고적孤寂이 슬프다고?

아니다. 고적은 재미있는 것이다.

말벗이 아쉽다고?

아니다. 자연과 말할 수 있다.

이렇게 나는 평온 무사하고 유화柔和한 성격으로 변할 수 있었다. 그러기에 촌사람들은 내가 사람 좋다고 저녁 먹은 후는 어린것을 업고 옹기종기 내 방문 앞에 모여들고, 주인 마누라는 옥수수며 감자며 수수 이삭이며 머루며 버섯을 주워서 구메구메 끼워 먹이려고 애를 쓰고, 일하다가 한참씩 내 방에 와 드러누워 수수께끼를 하고 허허 웃고 나간다.

여기 말하여 둘 것은 3년째 이런 생활을 해 본 경험상 여자 홀로 남의 집에 들어 상당히 존경을 받고 한 달이나 두 달이나 지내기가 용이한 일이 아니다. 더구나 임자 없는 독신 여자라고 소문도 듣고 개미 하나도 들여다보는 사람 없는, 젊지도 늙지도 않은 독신 여자의 기신寄身이랴. 우선 신용 있는 것은 남자의 방문이 없이 늘 혼자 있는 것이요, 둘째로는 낮잠 한번 아니 자고 늘 쓰거나 그리거나 읽는 일을 함이요, 셋째로 딸의 머리도 빗겨 주고 아들의 코도 씻겨 주고, 마루 걸레질도 치고 마당도 쓸고, 때로는 돈푼 주어 엿도 사먹게 하고, 쌀도 팔아오라 하여 떡도 해 먹고, 다림질도 붙잡아 주고 빨래도 같이 하여, 어디까지나 평등한 태도요, 교만이 없는 까닭이다. 그러면 그들은 때때로 "가시면 섭섭해 어떻게 하나" 하는데 아무 꾸밈이 없는 진정의 말이다. 재작년에 외금강 만상정에서 떠날 때도 주인 마누라가 눈물을 흘리며, "내년에 또 오시고 가시거든 편지 하세요" 하였으며, 작년에 총석정 어촌에서 떠날 때도 주인 딸이 울고 쫓아나오며, 아지매 가는 데 나도 가겠다고 하였고, 금년 여기서도 "겨울 방학에 또 오세요" 간절히 말한다. '오면 누가 반가워하며 가면 누가 섭섭해하리' 하고 한숨을 짓다가도 여름마다 당하는 진정한 애정을 맛볼 때마다 그것이 내 생에 무슨 상관이 있으랴 하면서도 공연히 기쁘고 만족을 느낀다.

나혜석, '여인 독거기'(「삼천리」 1934년 7월호)

그러고 보니 난 늘 나혜석이 불행하다는 이미지에 동조하고 있었다. 그 이미지는 어디서 왔을까?

"이혼해서 불행했다는 것에 동의했던 것은 아니야. 그렇지만……."

"너는 또 그녀의 죽음에 대해 말하려고 하는 거지? 길바닥에서 혹은 보호소에서의 쓸쓸한 죽음."

본적 주소 미상.
연령 53세.

인상人想 신장 4척 5촌, 두발頭髮 장長, 수족手足 정상, 구비안이口鼻眼耳 정상, 체격 보통.

기타 특징 무無.

착의着衣 고의古衣, 소지품 무無.

사인死因 병사病死.

사망 장소 시립 자제원慈濟院.

사망 연월일 단기 4281년 12월 10일 하오 8시 30분.

취급자 서울시 용산구청장 명완식.

「관보」 제56호, 대한민국 공보처, 1949년 3월 14일

그러고 보면 나혜석의 비극성에 대한 이미지는 죽음과 깊은 관련이 있다. 수원 부호의 집에서 태어나 당시로서는 가기 어려운 일본 유학, 여성으로서 첫 유화 개인전, 밀려오는 원고 청탁, 화려한 결혼, 사랑스런 아이들, 선전鮮展 입상, 게다가 지금으로서도 하기 어려운 세계 일주 여행. 식민지 조선에서 이만큼 좋은 조건으로 화려한 삶을 살 수 있었던 여자가 몇이나 되었을까. 그렇건만 나혜석에게 들씌워진 이미지는 비극성이다. 이혼과 더불어 보호소에서의 죽음은 나혜석의 비극성을 구체화하고 상징화한다.

"아로, 어떤 죽음이 행복한 죽음이라고 생각해? 가족들이 지켜보는 가운데 병원에서 죽는 거? 내 친구는 말이야, 모든 가족이 지극 정성으로 죽음의 과정에 함께했는데도 끝까지 죽음을 받아들이지 못했어. 내가 왜 죽어야 하는지 모르겠다고, 왜 하필이면 나냐고, 끝까지 괴로워하다

죽었어. 죽음은 이 세상 누구나 홀로 맞이할 수밖에 없는 거 아닐까. 곁에서 누가 지켜봐 준다고 해서 죽음이 편안해지거나 죽음의 순간이 덜 고독하다고 할 수 있을까. 나혜석이 어디서 죽었건, 죽는 순간 그녀의 옆에 누가 있었건, 그건 '죽음' 그 자체와는 아무런 상관이 없을 수도 있어. 다분히 기존의 관념으로, 다분히 세속적인 입장에서 그녀의 죽음이 쓸쓸하고 고독했을 뿐 죽는 그 순간 나혜석이 죽음을 편안히 받아들였다면 가족과 지인들이 그녀를 둘러싸고 있었든 아니든 그게 무슨 상관이야."

그러고 보니 내 애인은 그랬다. 죽음의 순간이 오면 혼자 산으로 가고 싶다고. 아무도 없는 곳에서 조용히 죽음과 만나 그 속으로 걸어 들어가고 싶다고. 그 이야길 들으며 이 사람에게 나는 어떤 존재일까 잠깐 생각했던 것 같다. 죽음처럼 중요한 순간에 나를 배제하는 그를 보며. 나혜석이 보호소에서 죽었기 때문에 불행하다고 전제하는 것은 그녀를 이해하는 데 아무런 도움이 되지 못할 것 같다. 그녀가 실제로 불행했는지는 아무도 알 수 없다. 모두가 둘러보는 가운데서 마지막 숨을 거두어야 불행하지 않다는 이 생각은 언제부터 나를 점령하고 있었을까. 내 생각이 아닌 생각은 얼마만큼 내 안에 있을까. 진지하게 고민하지 않고 동의하지 않았는데도 혈액처럼 나를 채우고 있는 수많은 생각들. 그것들은 때때로 마치 나인 양 먼저 손님을 맞이한다. 죽음은 무섭고 두려워요, 사랑하는 사람의 품에 안겨 죽음을 맞고 싶어요, 무덤조차 없는 죽음이란 얼마나 비참한가요……, 기존의 질서, 세상을 지배하는 논리에 매트릭스 되기란 공기를 마시는 것처럼 자연스럽다.

봉소와 내가 적당히 취할 무렵 비가 그쳤다. 완행버스를 타고 홍성역으로 가면서 만일에 나혜석이 삶의 굴곡을 겪지 않았다면 그녀는 아버지의 재력과 오빠의 지지, 남편의 후원을 받아 성공한 복 많은 엘리트 귀부인, 그야말로 가부장제 사회를 위한 한 떨기 꽃에 지나지 않았을지도 모르겠다고 잠깐 생각했다. 오는 길에 우리는 덕산온천에 들렀다. 비를 맞고 술을 마셔 으슬으슬한 몸을 온천물에 담그니 온몸이 녹작지근해진다. 나른한 표정으로 봉소가 물어왔다.

"아로, 여름이 되면 어디로 갈까?"

어지간히 짐도 꾸려 보았네마는 아직도 짐만 싸면 신이 나.

집에 돌아가기도 전에 떠날 생각을 하는 봉소의 얼굴 위로 나혜석의 얼굴이 겹친다.

그녀들의 도쿄,
원시의 여성은
태양이었다

   신여성들의 흔적을 찾아 일본을 다녀온 여성사 연구자 박정애를 만났다. 여성문화예술 기획의 프로젝트로 그녀는 지난 2월 도쿄와 교토, 오사카 등지를 다녀왔다. 이 프로젝트는 1920-30년대 조선 여자 유학생들의 행로를 찾아 그녀들의 시간과 접속하고자 시도한 것으로, 나혜석이 다녔던 미술학교, 최승희의 스튜디오, 허정숙이 다녔던 신학교 등을 꼼꼼히 답사하고 취재했다고 한다. '신여성'이라는 이미지 안에 아직 갇히기 전, 이십대 초반의 그녀들은 그 곳에서 어떤 꿈을 꾸고 어떤 생을 계획했을까.

   "어때요? 재미있는 이야기 많이 만났어요?"

   "재미있는 이야기랄 것까지는 없구요. 식민지 지식인으로서 애증을 가질 수밖에 없었겠구나 하는 생각이 들더라구요. 그러니까 조선의 여자들이 일본에 갔을 때 일본 여성들은 이미 '근대'라는 길에 한 걸음 먼저 발을 들여놓았다고나 할까요. 당시 우리 나라 대학은 거의 외국인이 세운 것이었는데, 일본에서는 구미 유학을 다녀온 여자가 벌써 학교를 세우고 있었으니까요. 그녀들은 스스로 학교를 세우고 전문직 여성들을 배출하고 자신들의 이야기를 담론화하는 잡지를 만들고 있었어요. 여성의 목소리를 담은 잡지들은 열화와 같은 지지를 받으며 팔려나갔지요. 식민지 모국을 찾은 지식인 여성들, 경이와 콤플렉스가 동시에 작동하지 않았을까요."

1920년대 초 나혜석, 김일엽, 김명순, 최승희, 허정숙 등 많은 여성이 일본으로 유학을 갔다. 조선보다 100년 일찍 개항한 일본은 이미 근대와 물결이 사회의 각 분야를 변화시키고 있었다. 여성과 관련해서도 기존의 젠더 질서에 문제 제기를 하며 평등과 혁신을 내세우는 여성 해방 운동이 한창 꽃을 피우던 시절이었다. 일군의 여성은 서양의 새로운 조류를 접하면서 자기 표현의 수단을 가지고자 여성 잡지를 만드는 한편, 연애와 결혼, 여성 참정권 문제, 모성 보호 문제, 여성의 경제적 독립과 직업, 여성 노동자 문제 등을 논하였다. 조선에서 건너간 여자 유학생들은 조선이 아닌 곳에서 비로소 가부장적인 질서가 사회 전반을 촘촘히 지배하는 조선을 바라볼 수 있었으며, 그 속에 위치지어진 자신의 좌표를 볼 수 있었다. 또한 모국이 식민지임을 여실히 실감할 수 있었으니, '식민지, 여성'이라는 이중의 모순 속에 서 있는 자신의 지점을 파악하는 계기가 되었다.

나혜석의 사상은 도쿄 유학 시절에 구체화된다. 열여덟 살의 총명한 이 여학생은 유학생들이 발행하던 잡지 「학지광」에 '이상적 부인'이란 글을 발표하며 자신의 지향을 분명하게 밝힌다. 과거 및 현재를 통하여 이상적 부인이라 할 여성은 없다고 생각한다는 전제 아래 나혜석은 소설 속 주인공과 실제 여성을 반반씩 열거하며 이들이 자신의 이상에 가까운

상이며 그래서 '부분적으로' 숭배한다고 말한다. 톨스토이의 소설 「부활」에 나오는 카츄사, 독일의 소설가 주더만의 희곡 「고향」에 나오는 여주인공 막다, 입센의 소설 「인형의 집」에 나오는 노라. 이들이 소설 속의 인물이라면, 노예 제도를 반대하고 실제로 노예 해방에 기여한 「엉클 톰스 캐빈」의 작가 스토, 일본의 여성 운동가 라이초우와 요사노는 나혜석이 삶의 모델로 삼은 실제 인물들이다.

라이초우는 나혜석이 동경 유학을 떠날 무렵에 일본의 대표적인 여성 해방 운동가였다. 라이초우를 비롯한 '청탑' 동인들이 발행한 「청조」는 일본에서 여성이 발행한 최초의 여성 문예지였는데 이 단체는 여성의 천재를 낳는 것을 규칙 제1조로 삼았다. 여성 모두가 예외 없이 잠재적인 천재요, 천재의 가능성을 갖는 존재라는 것이었다. 그들은 이제 여성은 달이 아니고 태양이라고 했다. 라이초우가 「청조」 창간사에서 선언한 "원시元始 여성은 태양이었다"라는 말은 여성 해방의 상징적인 슬로건이기도 했다. 이런 분위기는 나혜석을 비롯한 당시 조선 여자 유학생들에게 적지 않은 영향을 미쳤다.

나혜석은 도쿄 시절 미술학교 학생이면서도 문학 분야에서 두각을 드러냈다. 화가로 등단하기 전에 그녀는 소설을 먼저 발표했다. 모두 일곱 편의 단편 소설을 발표하는데 처녀작 「부부」는 우리 소설사에서 최초의 여성 소설이다. 최초의 여성 유화가인 나혜석은 동시에 최초의 여성 소설가이기도 하다.

당시 나혜석과 김일엽은 「여자계」에서 문필 활동을 활발하게 했다. 일본 유학생들이 「학지광」이라는 잡지를 발행했지만, 여학생들은 따로

「여자계」를 만들어 발행했다. 역시 일본 유학을 하고 있던 소설가 박화성의 말은 나혜석과 김일엽의 도쿄 시절을, 그녀들의 열정을 짐작해 볼 수 있는 단서가 된다.

당시 도쿄에 유학하던 여학생들이 만들어 내던 「여자계」라는 얄팍한 잡지가 있었다. 거기에 춘원의 부인 허영숙 씨와 지금은 여승이 된 김원주 씨의 단상과 수필 등 그리고 화가 정월 나혜석 씨의 단편이 실려 있었다. 나혜석 씨는 화가로만 유명한 줄 알았는데 「부부」라는 짤막한 소설에서 억울하게 학대받는 한 여성이 봉건적 유습에 비참하게 희생이 된 생활상이 재치 있게 잘 그려져 있는 것을 보고 그때 18세이던 나는 감탄하고 있었다.

그녀들의 서울—
종로, 서대문, 새문터에
아, 새로운 시대는
왔습니다

　오늘 수많은 젊은이들이 걷고 영화 보고 연애하고 예술하고 공부하는 거리, 종로, 서대문, 정동……, 이 곳이 나혜석과 김일엽이 함께 꿈꾸고 모의하고 글 쓰고 그림 그리며 생을 살아 낸 바로 그 곳이다. 나혜석은 종로에 여자미술학사를 열었고, 서대문 형무소에 투옥되기도 했으며, 새문터에서 김일엽과 함께 「신여자」를 창간했다. 서울이라는 이 도시를 조금만 꼼꼼히 들여다보면 조선왕조 오백 년을 한 큐에 뒤엎었던 여자들, 혼란과 변화의 핵심에서 "아, 새로운 시대는 왔습니다"라고 외치던 그녀들의 경쾌한 구둣발 소리를 들을 수 있으리라. 장옷을 벗어던지고 쪽 찐 머리를 잘라 트레머리를 하고 목면 버선 대신 샬랄라 스타킹을 신고 재즈를 듣고 레모네이드를 마시며 머리끝에서부터 발끝까지 근대를 몸으로 표현했던 여자들, 공적 공간에서 남성과 경쟁하고 붉은 연애를 몸으로 실현하며 도시를 공유하고자 했던 여자들, 돌이킬 수 없는 새로운 삶의 지형을 만들어 낸 여자들, 그녀들의 욕망과 혼돈, 그리고 불안과 설렘이 서울의 곳곳에 흔적으로 남아 있다. 오늘 새로운 스타일로 이

거리를 걷는 저 낯선 여자들이야말로 바로 그녀들의 선명한 형적이다.

　도쿄의 여자미술전문학교를 졸업하고 귀국한 신예, 나혜석에게 조선의 신문들은 지면을 제공했다. 나혜석은 '매일신보'에 '섣달 대목'이란 주제로 4회에 걸쳐 만평을 연재하는데, 여성의 입장에서 1910년대 사회 현상을 형상화한 이 작품들은 이십대 중반의 나혜석의 발랄한 세계를 엿볼 수 있다.

　한편 당시 조선에서는 독립에 대한 열망과 제국주의에 대한 저항의 기운이 감돌았는데 마침내 3·1만세운동으로 그 물꼬가 터졌다. 나혜석은 3·1운동에 참여한다. 김마리아, 신준려, 박인덕 등과 함께 3·1운동에 여학생 참가 계획을 논의하고 조직과 자금 모금을 위해 개성과 평양을 다녀오기도 한다. 나혜석은 1919년 3월 5일 이화학당 학생들의 만세 사건과 관련하여 체포되어 8월까지 서대문 감옥에 투옥되었다가 증거 불충분의 이유로 면소된다. 그 뒤 나혜석은 「신여자」 창간에 참여한다.

　「신여자」는 3·1운동의 기운이 채 가시지 않은 1920년 3월에 창간되었다. 발행 주체는 주간 김일엽을 비롯하여 나혜석, 박인덕, 김활란 등 이삼십대 여성들이었다. 이들은 청탑회를 조직하여 매주 모임을 갖고 학습을 하면서 우의와 전의(?)를 다졌다. 「신여자」는 여성들이 중심이 되어 직접 집필하고 편집했으며 대담한 여성 해방의 논리를 펴 나간 본격적인 여성 주도의 잡지였다. 새문터의 전 독일영사관 앞, 반양옥집이 이들의 거점이었다.

　「신여자」의 창간사에는 3·1운동 직후 아직 넘쳐나는 혁명의 분위기와 더불어 자기 변모를 꾀하려는 당대 지식인의 혼란스러우나 생기 넘치는 분위기가 잘 표현되어 있다. 그들의 기상은 창간사에서 잘 드러나는데 주간이었던 김일엽은 3·1운동의 시대 정신과 여성 해방의 정신을 연결시켜 활기차고 여성 해방에 대한 낙관적인 전망을 표현하였다.

아, 새로운 시대時代는 왔습니다. 모든 헌 것을 거꾸러뜨리고 온갖 새 것을 세울 때가 왔습니다. 모든 비非, 모든 악惡이 사라질 때가 왔습니다.

나혜석은 「신여자」에 '김일엽의 하루'라는 목판화를 발표하기도 한다. 네 칸 만화 형식으로 가사 노동을 하면서 사회 활동을 겸비해야 하는 김일엽의 일상사를 형상화한 것이다. 이는 나혜석과 김일엽이 일상을 공유하며 살았음을 보여 주는 부분이다. 이들은 이렇게 서로를 잘 이해했지만 때로는 '다른' 의견을 제시하며 저마다의 생각을 펼쳤다. 의복 개량 문제에서 김일엽은 실용성을, 나혜석은 예술성을 강조하였다. 그러나 아쉽게도 「신여자」는 통권 4호를 내고 종간된다.

나혜석은 작품 속에 꾸준히 여성으로서 겪은 연애, 결혼, 출산, 육아 같은 개인적인 경험을 표현한다. 여성의 경험은 지극히 사적이고 주변적인 것으로 간주되던 사회에서 나혜석의 글과 그림들은 개인적인 경험을 공적인 담론으로 이끌어 내는 한 근거가 되었다. 많은 사람이 절실하게 느끼고 있지만 아무도 공공연하게 말하려고 하지 않는, 남자와 여자가 만나 연애하고 결혼하고 아이 낳아 기르고 서로 의견이 맞지 않아 헤어지기까지에 노정되는 갈등들, 그 갈등을 풀어 나가는 감정의 갈피들.

매일의 일상에서 맞닥뜨리지만 한 개인의 사사로운 부분으로 치부해 두고 논의의 장에 올리지 않던 문제를, 나혜석은 여성으로서의 자기 정체성을 바탕으로 공공 영역으로 끄집어낸다. 특히 '모된 감상기,' '이혼고백장' 같은 글은 수많은 비난과 논쟁을 불러일으켰다. 봉건의 질서가 일상을 지배하던 시절, 그녀의 글들은 어떤 사람에게는 해방감을, 어떤 사람들에게는 불안감을 주었을 것이다.

나혜석도 참여한 어느 잡지의 대담 기사를 보면, 나혜석이 당시 '어떤' 사람들 틈에서 글을 발표하고 논쟁했는지, 그녀의 말과 글이 얼마나 '다른' 것이었는지 짐작해 볼 수 있다.

만혼 타개 좌담회—아아 청춘이 아까워
참석자: 이광수, 나혜석, 김기진, 김안서
본사측: 김동환

(상략)

기자: 결혼난 완화책으로 이혼한 남성을 환영하도록 하는 풍조를 높일 수 있다면 미혼 여성을 많이 해소시킬 수 있을 줄 알아요. 남자 편에서도 일단 시집갔다가 돌아온 여자라도 색시와 같은 태도로 맞아 준다면 결혼난이 훨씬 해소되지 않겠어요.

김안서: 결국 그것은 기모찌(기분) 문제인데 암만하여도 어느 구석엔가 께름한 점이 있을 걸요.

김기진: 어느 생물학자의 말을 듣건대 일단 딴 남성을 접한 여자에게

는 그 신체의 혈관의 어느 곳엔가 그 남성의 피가 섞여 있지 않을 수 없
대요. 그러기에 혈통의 순수純粹를 보존하자면 역시 초혼이 좋은 모양
이라 하더군요.

김안서: 제 자식 속에 딴 녀석의 피가 섞였거니 하면 상당히 불쾌한
일일걸요. 여자측은 어떻게 생각하는지 몰라도.

기자: 장시간 말씀하여 주셔서 감사합니다.

「삼천리」 1933년 12월호

조선을 대표하는 지식인들인 이광수, 김기진, 김안서 들이 공개적인
좌담 자리에서 이혼한 나혜석과 나란히 앉아 한 말들이다. 이런 사람들
사이에서 나혜석은 솔직하게 말하고, 쓰고, 그렸다. 그녀는 자신의 욕망
을 정직하게 응시하고, 몸과 마음을 배신하지 않았으며, 자유로운 영혼
이기를 포기하지 않았다. 물론 그녀 역시 논리의 자가당착에 빠지기도
하고, 어떤 일에 대해서는 세상의 시선을 견디지 못해 투항하기도 했으
며, 스스로의 결정을 후회하기도 했다. 불안해하고 주저하고 머뭇거리
며 물러서기도 했다. 그녀는 완벽한 논리와 주장으로 그것을 실천하는
삶을 살아간 '위인'이 아니라 끊임없이 갈등하고 혼란스러워하면서 길
없는 길을 개척해 간 한 개인, 여성이다.

믿건대 먼저 밟으시는 언니들이여! 푹푹 디디어서 뚜렷이 발자취를
내어 주시오. 어지간하여도 또 눈이 오더라도 그 발자국의 윤곽이나 남
아 있도록. 깔려 있는 백설 위로도 만곡요철灣凹凸이 보이건마는 그

속에 묻혀 있는 탄탄대로는 보이지 않는구려.

다행히 누가 먼저 밟아 놓은 발자국을 따라 길을 찾게 되었소마는 그 사람도 몇 군데 헛디딘 자국이 있는 것을 보니 이 두터운 눈을 한 번 밟기도 발이 시리거든, 그 사람은 길을 찾노라고 방황하기에 얼음도 밟게 되고 구렁이에도 빠지게 되었으니 아마도 그 사람의 발은 꽁꽁 얼었을 것 같소. 동동 구르며 울지나 아니 하였는지 몹시 동정이 납디다.

그러나 그 발자국을 따라 반쯤 올라가니 그 사람의 간 길과 나 가고 싶은 길이 다르오그려. 나도 그 사람과 같이 두텁게 깔린 눈을 푹푹 디디어야만 하게 되었소. 차디찬 눈이 종아리에 가 닿을 때에는 선득선득하고 몸에 소름이 쭉쭉 끼칩디다. (중략) 아무려나 미끄러져서 머리가 터질 각오로 밟아나 볼 욕심이오.

「학지광」, 1917년 3월호

우리들의
수덕여관

    수덕여관을 다시 찾았을 때는 이미 사람이 살지 않았다. 떨어져 나간 문짝들은 너덜거리고 마당은 잡초가 무성했다. 이번엔 여기서 자 볼까 하던 기대가 여지 없이 무너지고 말았다.

    "여기서 잘 생각을 했다고. 아이고, 맙소사."

    폐허가 되기 전의 수덕여관을 보지 못한 류는 카메라를 들고 혀를 찬다.

    "아니, 전엔 이렇지 않았어. 여기서 분명 술도 마셨다니까."

    류가 믿지 못하겠다는 얼굴로 날 바라본다. 사실 내가 믿지 못할 짓을 많이 한 것은 사실이지만, 분명 여기서 술을 마셨는데, 여기서 말이야. 도대체 왜 이 지경이 되었지. 황폐한 여관을 둘러보던 류가 대문 옆의 방에 시선을 멈춘다. 조그만 창이 나 있는 방의 벽에 거울이 걸려 있다.

    "혹시 저거 나혜석이 바라보던 거울 아니었을까?"

    나는 클클 웃었지만 류는 렌즈의 초점을 거울에 맞춘다.

    나는 18세 때부터 20년간을 두고 어지간히 남의 입에 오르내렸다. 즉 우등 1등 졸업 사건, M과의 연애 사건, 그와 사별 후 발광 사건, 다시 K 와 연애 사건, 결혼 사건, 외교관 부인으로서의 활약 사건, 황옥 사건,

구미 만유漫遊 사건, 이혼 사건, 이혼고백서 발표 사건, 고소 사건, 이렇게 별별 것을 다 겪었다. 그 생활은 각국 대신과 더불어 연회하던 최상 계급으로부터 남의 건넌방 구석에 굴러다니는 처지에까지 이르게 되고, 그 경제는 기차, 기선의 1등석, 연극과 활동사진의 특등석 차지이던 것이 전당국 출입을 하게 되고, 그 건강은 쾌활 씩씩하던 것이 거의 마비까지 이르렀고, 그 정신은 총명하고 천재라던 것이 천치 바보가 되고 말았다. 누구에게든지 호감을 주던 내가 인제는 사람이 무섭고 사람 만나기가 겁이 나고 사람이 싫다. 내가 남을 대할 때 그러하니 그들도 나를 대할 때 그럴 것이다.

이와 같이 사람 능력으로 할 만한 일은 다 당해 보고, 남은 것은 사람의 버린 것밖에 없다. 어찌하면 다시 내 천성인 순진하고 정직하고 순량하고 온유하고 부지런하고 총명하던 그 성품을 찾아볼까. 다 운명이다. 우리에게는 사람의 힘으로 어쩔 수 없는 운명이 있다. 그러나 그 운명은 순순히 응종하면 할수록 점점 증장增長하여 닥쳐오는 것이다. 강하게 대하면 의외로 힘없이 쓰러지고 마는 것이다.

나혜석, '신생활에 들면서'

나혜석과 김일엽은 같은 해에 태어났다. 비슷한 동선을 그리며 도쿄와 서울에서 청춘의 한 시절을 보내고 다시 어느 한 시절 경쾌한 탈주를 한다. 그녀들의 나이 서른셋, 나혜석이 세계 여행을 떠나 절정의 나날을 보내던 시절에 김일엽은 출가하여 세속을 떠났다. 그리고 그녀들은 다시 만났다. 이 곳에서. 먼 길을 돌아.

쪽마루에 걸터앉아 있는데 류가 불렀다. 그녀는 여관 뒤뜰에 있는 바위그림을 들여다보고 있었다. 이 바위그림들은 이응로 화백이 '동백림 사건'으로 옥살이하다가 풀려난 뒤 요양하던 시절에 새긴 것이라 한다. 충남 홍성이 고향인 이응로 화백은 나혜석이 이 곳에 머물던 시절 자주 찾아와 친하게 지냈다. 그는 1944년 나혜석이 이 곳을 떠날 무렵 이 여관을 사서 부인과 함께 운영하다가 파리로 떠났다. 이 화백의 부인 박귀희 씨는 혼자 수덕여관을 경영하며 지내다가 전남편이 동백림 사건으로 잡혀가자 옥바라지를 하고 이 곳에서 요양까지 시켰다. 몸을 추스린 이 화백은 다시 파리로 떠났다. 이응로 화백은 파리로 떠날 때 이미 박귀희 씨와 이혼한 사이였다. 박귀희 씨가 죽고 수덕여관은 주인을 잃은 셈이 되었다.

"수덕여관을 이응로기념관으로 보존하면서 방문객들이 쉴 수 있는 공간으로 만들려 해도 건물 소유주와 의견 접근이 안 되어서 이도저도 못하는 상황"이라고 우연히 만난 수덕사 관계자가 말했을 때, 셔터를 누르던 류가 렌즈에서 눈을 떼며 말했다.

"수덕여관은 박귀희기념관이 되어야 할 것 같은데요. 아니면 나혜석과 김일엽 기념관이 되든지."

끙, 하고 일어서서 류는 다시 여관을 꼼꼼히 둘러보았다. 큭, 웃음이 나왔다. 몹시 예민하면서 몹시 솔직한 류는 까다롭기가 한정없지만 타인에 대한 배려도 잊지 않는다. 멀리 뉴욕—뉴욕은 과연 있기나 한 도시일까—에서 류는 사진을 찍고 영화를 만들고 꽃에 물을 주고 작업 예산을 받기 위한 기획서를 쓰느라 밤을 샌다. 나는 서울에서 글을 쓰고 파

"차디찬 눈이 종아리에 가 닿을 때에는 선득선득하고 몸에 소름이 쭉쭉 끼칩디다. 아무려나 미끄러져서 머리가 터질 각오로 밟아나 볼 욕심이오."

트 타임 잡을 구하고 금강경 강의를 듣는다. 우리는 늘 돈이 부족하고 두통에 시달리기도 하지만 때로 일을 도모하며 즐거워하기도 한다. 가끔 만나 서로의 작업을 돕거나 함께 일을 하기도 한다. 회의하고 절망하지만 때로 서로에게서 힘을 얻기도 한다. 그녀들이, 그랬던 것처럼. 이번 작업을 마치면 류는 다시 뉴욕으로 떠날 것이다. 카메라에 수덕사와 나혜석과 김일엽을 담고. 내가 보지 못한 나혜석과 김일엽이 그녀의 작업을 거쳐 눈앞에 나타날 것이다.

신여성의 등장은 1920년대와 30년대 혼란과 변화의 핵심이었다. 나와 류와 봉소는 신여성의 후예이고, 우리는 그녀들 덕분에 이 사회에서 덜 낯선 존재, 덜 타자가 되었다. 용감하고 사랑스럽던 신여성의 고뇌는 오늘 봉소와 류와 나의 고뇌와 별반 다르지 않다. 그녀들이 그랬던 것처럼 우리도 다른 스타일의 일상을 꿈꾸고, 금기를 은근히 위반하고, 경계를 슬쩍 가로지르며 시간의 모래밭을 질주한다. 때로 속도 조절에 실패해 우주의 황무지에 떨어지기도 하는데 그 곳에 우리보다 먼저 불시착한 그녀들이 있다. 푸른 스타킹을 신은 그녀들이 다리를 꼬고 앉아 오래된 '매거진'을 읽고 있다.

"키쓰란 무엇이냐? 키스를 정의함은 실제로 '키쓰' 하는 것보다 쉽지 않은 것이다."

「모던조선」 1936년 9월호

나혜석
거리를
점거하라

분수대 바닥에서 물이 뿜어져 나오면 아이들은 환성을 지르며 물줄기 사이를 뛰어다닌다. 포말을 일으키며 물줄기는 하늘을 향해 뻗어 올라가고 양 팔을 벌린 아이들은 빠진 이 사이로 바람 소리를 내며 내달린다. 잠시 분수가 숨을 고르는 사이 아이들도 숨을 고르고, 다시 발바닥을 간질이며 물이 솟구치면 아이들은 푸른 웃음소리를 내지르며 솟구치듯 하늘로 날아오른다. 흠뻑 젖은 아이들의 몸과 원초적인 기쁨의 환성으로 이 곳이 도시의 한복판임을 잠시 잊지만 눈을 돌리면 분명 도시의 한가운데다. 백화점과 오피스텔, 대형 할인마트, 고층 건물들, 길거리를 가득 메운 자동차들, 총총히 걸어가는 사람들……. 그 한가운데, 아니 그 한가운데의 옆구리쯤에 나혜석 거리가, 홀연히 있다. 폭 15. 20미터, 길이 440미터. 3년 전부터 이 길은 나혜석 거리다. 수원역에서 내려 택시를 타고 나혜석 거리로 가자고 하면 기사들은 정확히 이 길 위에 내려준다. 나혜석이 누구인지 물어 보면 모호한 표정으로 우물쭈물하지만 그들은 이 길이 나혜석 길임은 알고 있다. 수원시 팔달구 인계동의 소로, 수원시가 나혜석을 기리기 위하여 새롭게 이름을 붙인 이 길 위에서

이 거리에서 꿈꾸고/이해하고/도발하고/예술하고/연대하고/사랑하면 좋겠다. 백 년이
가고 천 년이 지나도록.

어느 눈부신 여름날 아이들이 분수처럼 솟구친다.

수원은 나혜석이 나고 자란 곳이다. 나혜석은 열다섯 살에 서울에 있는 진명여학교로 가기 전까지 이 곳에서 자랐다. 그 뒤 서울, 도쿄, 만주, 부산 등으로 삶의 근거지를 옮겨다니면서 살다가 1935년에 다시 수원으로 돌아온다. 당시 잡지 「삼천리」는 나혜석이 수원으로 돌아와 쓴 글을 싣고 있다.

나고 자라나던 수원 땅에 20년 만에 돌아와 주택을 정하였습니다. 로마성을 본 후에 수원성을 보는 감상은 이상히도 로맨틱합니다.
수원은 팔경을 가졌으니, 즉, 광교적설光教積雪, 화홍관창華虹觀漲, 누각대월樓閣待月, 동산석봉東山夕烽, 병암간수屛岩澗水, 유천장제柳川長堤, 서호낙조西湖落照, 북지상련北池賞蓮이올시다. 실로 화제畵題도 많고 산책처도 많습니다.
불건강한 몸을 복약으로 정양한 후 다시 사회에 나가 선생님의 지도를 받을까 합니다.
많이 애호히여 주심을 바라나이다.
수원 x대 x면 지리 557
나혜석

「삼천리」, 1935년

나혜석이 세계 여행에서 돌아와 '구미 사생화 전람회'라는 제목으로 전시회를 연 곳도 수원이다. 3월에 귀국하여 6월에 막내를 낳고 9월에 전시회를 열었는데, 구미 여행 중에 그린 그림과 함께 수집한 그림도 전시했다고 한다. 당시 동아일보 수원지국이 주최하고 중외일보 수원지국이 후원했다. 수원 사람들은 당시에도 나혜석에게 관심과 애정이 있었던 모양이다.

사실 자신의 고장에서 나고 자란 예술가를 기리는 것은 의미 있는 일이다. 외국 여행을 하다 보면 작가나 예술가의 생가를 방문하거나 그들의 이름을 딴 거리를 걷게 되는 일이 많다. 가이드북에는 문학 작품 속에 등장하는 장소나 그림의 실제 풍경이 되었던 곳, 그들이 생전에 자주 들렀던 카페나 살롱이 종종 소개되어 있다. 프라하를 여행하는 대부분의 관광객은 카프카의 집을 방문하고, 영국을 여행하는 사람들은 하워스에 있는 브론테 자매의 집을 가게 된다. 잘츠부르크는 도시 전체가 모차르트를 기념하고 추억한다. 그 곳에서 여행자들은 도시가 작가들을 어떻게 키워 왔는지, 어떻게 기억하는지를 알 수 있다. 한 작가가 태어나고 자라고 살던 도시에서의 사회적, 개인적인 체험이 작품에 어떻게 중요한 영향을 미쳤는지, 또 도시는 작가들의 예술 세계에 어떻게 개입했는지를 살펴볼 수 있는 기회가 되기 때문이다.

그래서일까, 지방자치제가 실시되면서 각 지역마다 그 지방에서 태어난 사람들을 찾아내 기리며 기념하는 작업이 활발히 이루어지고 있다. 그러나 오랫동안 자료 속에만 존재했던 사람을 불러내 재해석하고 소통하는 일은 만만한 일이 아니라서 때로는 어울리지 않는 옷을 입히기도 하고, 때로는 '위인'이라는 이름으로 화석화하기도 하는데, 나혜석 거리 역시 그런 점에서 만족스러운 공간은 아니다.

사실 나혜석 거리에서 나혜석을 찾기는 어렵다. 화구 박스를 들고 양식 옷을 입은 나혜석상과 쪽을 찐 머리에 한복을 입고 얌전히 앉아 있는 나혜석상을 빼면, 이 길이 나혜석 거리임을 짐작하기는 쉽지 않다. 이 거리에는 나혜석을 떠올릴 만한, 혹은 나혜석을 이해할 만한 단서나 이미지가 존재하지 않는다. 화가이자 작가로서 나혜석이 일관되게 걸어간 길을 되짚어 보고 나혜석이 살던 시대를 만나 볼 수 있는 상상의 정신 공간을 기대하고 왔다면 쓸쓸한 마음으로 돌아서야 한다. 삼겹살집과 바비큐집, 맥줏집, 밥집, 모텔……, 그 속에서 나혜석을 찾기는 '선구적 여성 해방 운동가'라는 고정된 문구에서 나혜석을 찾는 것만큼이나 힘들다.

작년 늦가을 '하자센터'의 소녀들과 나혜석 거리를 답사한 적이 있다. 들끓기는 하지만 아직 가슴 속에 소용돌이치는 그것의 정체를 파악하지 못한, 혹은 그것을 찾아 헤매는 소녀들은 카메라를 메거나 스케치북을 들고 나혜석 거리를 걸었다. 늦가을이라 쓸쓸한 거리엔 낙엽과 휴지 조각이 바람에 날리고 있었다. 쉬어갈 만한 아담한 찻집 하나 없는, 조금은 황량한 길 위에서 소녀들은 정처 없는 얼굴로 나혜석의 시를 읽었다. 그 와중에도 그림을 그리는 소담은 나혜석 동상이 좀더 도전적으로 형상화되어야 한다고 논평했다. 그녀가 살았던 삶에 비해 이 동상은 너무 다소곳하다며, 강렬한 에너지와 삐죽삐죽한 상상력, 세상을 살면서 생긴 상처가 전혀 묻어나지 않는다고 실망스런 표정을 지었다.

물론 해마다 열리는 '나혜석거리예술제' 때는 퍼포먼스, 음악 공연, 춤 공연이 펼쳐지기도 하고 '나혜석 추모 미술사생대회'가 열리기도 한

다. 정기적이진 않지만 '꽃덤불 아트 페스티벌' 같은 축제가 펼쳐지기도 한다. 그러나 축제가 열리는 기간을 제외하고, 분수가 솟아오르고 아이들이 뛰어놀아 생기가 넘치는 여름을 제외한 나머지 계절에 이 거리는 모노톤이다. 나혜석이 우리 나라 최초의 여성 서양 화가라는 것을 감안하면 이 거리는 좀더 컬러풀하고 다양한 색감으로 예술성을 발휘할 필요가 있다.

이 거리가 '진정한' 나혜석 거리가 되려면 나혜석과 관련된 기념관이나 상설 전시관 하나쯤은 있어야 하지 않을까. 나혜석이 누군지, 그녀가 한 일은 무엇인지, 왜 오늘 수원은 나혜석을 기억하고 또 호명하는지에 대한 '이야기'가 있다면, 사람들은 이 거리에 더욱 애정을 갖지 않을까 하는 생각을 해 본다. 실험적인 작품들이 설치되고 가난한 작가들을 위한 작업실이 들어서고, 갤러리와 화랑들이, 개성을 가진 찻집과 술집들이, 화방들이, 소극장이 이 거리를 중심으로 들어선다면, 나혜석 거리는 예술의 향기와 문화적인 생동감으로 넘쳐나는 거리가 되지 않을까. 예술과 여성이 조우하고 근대와 현대가 만나는 공간, 작가와 관객이 소통하고 교류하는 공간으로 정비된다면 나혜석 거리는 매연과 소음으로 가득 찬 대도시에서 작은 오아시스 같은 공간이 될 수 있을 것이다.

좀더 솔직히 말하면 나는 여성 예술가들이 나혜석 거리를 점거하면 좋겠다. 모두가 잠든 틈을 이용해 나혜석 거리의 모든 건물을 일시에 점거해서 여성 해방 공간을 만들면 좋겠다. 그래서 이 거리에서 꿈꾸고 이해하고 도발하고 예술을 하고 연대하고 사랑하면 좋겠다. 백 년이 지나고 천 년이 지나도록. 그리하여 이 길은 시간과 공간을 넘나들며 공상하고 창조하고 모험한 여자들의 이야기로 가득 찰 것이며, 또 그 이야기는 새로운 탐험을 꿈꾸는 여자들과 접속할 것이다. 수많은 '나혜석 부족' 이 나혜석 거리에서 상상하고 공감하며 새로운 유산을 창조할 것이다.

나혜석은 끊임없이 소통과 연대를 원하던 여성 예술가다. 수원으로 거처를 옮기기 전 서울 종로구 수송동의 목조 이층집에 '여자미술학사'를 열었다. 이혼 후 새로운 삶을 개척하고자 하는 의욕과 조선 미술계를 위한, 특히 여자들의 숨은 재주를 살리기 위한 교육 기관을 설립하고픈 욕망이 결합한 결과물이었다. 그녀는 여자들에게 끊임없이 말을 걸었다.

동무야 색시들아! 오시오. 같이 해 봅시다. 브러시를 가지고 캔버스를 들고 일체의 추를 미화하기 위하여, 일체의 암흑을 명랑화하기 위하여 다같이 어두침침한 골방 속에서 나아 오시오. 우리의 눈에서, 우리의 손끝에서, 우리의 만들어 내는 예술 위에서 저 흐늘거리는 시대의 신경을 죄어 줍시다. 갈 바를 몰라서 네거리에서 헤매는 만 인간의 신생명 충동을 같이 펴도 마름이 없는 구원의 미로 인도하여 봅시다.

나는 변변치 못합니다. 그러나 여러분은 거룩하지 않습니까? 무거운 짐을 여러분에게 짊어지우기 위하여 나는 새벽녘에 우는 닭이 되려 할 뿐입니다. 한 걸음 앞설 만한 길잡이가 되어야 할 뿐입니다. 그리하여 여러분이 따로 서 가기까지의 작은 지팡이가 되면, 그만한 영광이 다시 없을 따름입니다. 나는 가냘프지만 여러분은 굳셉니다.

동무야! 색시들아! 시대의 앤젤아! 새 일 할 때가 왔다. 와서 같이 손목을 잡자!

해남

고정희─시적인 혁명을 꿈꾸다

시인의
마을,
해남

처음으로 해남을 여행할 때 나는 고정희 생가에 가지 않았다. 천 년도 넘은 고찰인 대흥사를 둘러보거나 윤선도의 고택인 녹우당에서 섬세하게 그로테스크한 윤두서의 자화상을 들여다보며 시간을 보냈다. 그 때까지만 해도 해남군 삼송면 송정리의 한 농가는 고정희 생가라 불리지 않았다. 고정희는 아직 살아서 왕성하게 작품을 발표하던 시인이었다. 두 번째로 해남에 갔을 때 나는 비로소 고정희 생가라는 곳에 가게 되었다. 고정희는 죽었고 그녀가 유년기를 보낸 남도의 전형적인 시골집은 한 시인의 생가가 되어 있었다. 1991년 지리산 등반 도중 예기치 않은 사고로 그녀가 생을 마친 그 뒤로.

아름다워라
세석고원 구릉에 파도치는 철쭉꽃
선혈이 반짝이듯 흘러가는
분홍강물 어지러워라
이마에 흐르는 땀을 씻고

발 아래 산맥들을 굽어보노라면
역사는 어디로 흘러가는가,
산머리에 어리는 기다림이 푸르러
천벌처럼 적막한 고사목 숲에서
무진벌 들바람이 목메어 울고 있다
나는 다시 구불거리고 힘겨운 길을 따라
저 능선을 넘어가야 한다
이 세상으로부터 칼을 품고, 그러나
서천을 물들이는 그리움으로
저 절망의 능선들을 넘어가야 한다
막막한 생애를 넘어
용솟는 사랑을 넘어
아무도 들어가지 못하는 저 빙산에
쩍쩍 금가는 소리 들으며
자운영꽃 가득한 고향의 들판에 당도해야 한다
눈물겨워라
세석고원 구릉에 파노치는 철쭉꽃
선혈이 반짝이듯 흘러가는
분홍강물 어지러워라

'지리산의 봄—세석고원을 넘으며'

1975년에 등단하여 1991년 지리산에서 짧은 생을 마감하기까지 고정희는 열한 권의 시집을 남겼다. 거의 해마다 한 권씩 시집을 낸 셈인데, 기실 먹고 자는 동안에도 시 정신의 긴장을 놓치지 않고 온전히 시에 대한 생각과 시에 대한 열정으로 살아야만 가능한 일이다. 실로 그녀는 생의 전부를 시 쓰는 일에 바쳤다고 할 수 있다. 그녀에게 시는 삶이었으며 삶은 곧 시였다. 또 그녀의 시들은 작품의 형식이나 경향을 말할 때 몇몇 수식어로 포괄하기 어려울 만큼 광범위한 문화적 토양과 시적인 형식을 지니고 있으니 시인으로서 그녀는 새로운 형식의 가능성을 탐구하며 끊임없는 도전과 실험의 시를 낳았다.

생가를 찾아서

한 시인의 시를 진정으로 이해하려면 그 시인의 고향을 찾아가 봐야 한다고 독일의 낭만주의 시인들이 말했다던가. 해남으로 가는 길에 문득 떠오른 말이다.

산 그림자가 어리는 푸른 저수지, 굽이지며 살짝 끝을 감추는 수로, 밟으면 발바닥이 쑤욱 들어갈 것 같은 축축하고 농밀한 논두렁, 바람에 흔들리는 못자리 위의 여린 모들……. 남도 땅의 부드러운 욕망, 섬세한 갈증은 어떤 비릿한 내음까지 포함하고 있어 속을 뭉클뭉클하게 만든다.

고정희 생가는 해남 읍내에서 남쪽으로 4킬로미터 정도 떨어진 곳에 있다. 완도로 가는 국도에서 조금 비켜 서면 여름 들꽃이 부신 햇빛 아래

향을 더하는 마을 길이 나타나고 그 마을 길을 따라 들어가다 보면 대문 앞에 커다란 감나무가 서 있는 집이 나온다. 문을 열고 들어서면 조그만 텃밭엔 상추, 양파, 쑥갓이 심겨 있고 꽃밭엔 접시꽃이며 장미, 앵두나무, 무화과나무, 은행나무가 싱그러운 모습으로 서 있다. 낯선 사람에게도 사나운 얼굴을 하지 않는 느긋한 표정의 개 한 마리와 이 곳을 방문한 사람들이 만들어 놓은 작은 돌탑이 마당의 표정을 더욱 풍요롭게 한다.

생가, 그녀가 태어나 자란 그 공간, 에 가 보면 그 사람의 몸과 영혼을 채웠던 것들이 무엇이었는지, 그 사람의 정서를 만든 것들이 무엇이었는지 짐작할 수 있다. 살아생전 작가의 몸을 떠돌던 융융한 그리움, 시에 배어 있던 막막궁산 어둠의 빛깔, 간담이 서늘한 외로움이나 무막한 슬픔, 그것들이 어디에서 왔는지, 무엇으로부터 잉태되었는지 가늠된다.

대문 위의 조그만 옥상에 올라가면 근방의 풍경이 한눈에 들어온다. 푸른 보리밭, 나직나직 어깨를 겯은 다정한 산들, 그 산 어디에선가부터 흘러내려오는 작은 개울, 그리고 거침없이 평야를 가로지르는 바람…….

고정희를 만들고 고정희를 키운 남도의 땅, 남도의 공기, 남도의 바람이 그 곳에 있다. 이런 것들이 작가를 구성하는 원소들이었을 게다. 그녀의 가장 깊은 곳에 침잠한, 그녀의 바닥이었을 게다.

어린 그녀는 이 곳에서 "서해 갯벌에 내려앉는 노을이 겨울 야산들을 포근하게 덮는" 풍경을 보거나, "순하고 따스한 황토 벌판에 봄비 내리는 모습"을 보면서 자라났으리라. "남도의 산자락에 굽이치는 기상"이 천의무봉한 그녀의 시를 만들고 "무연한 저녁 불빛"이 인간에 대한 그녀의 서늘한 애정을 만들었겠지. 때로 "장작불 괄게 타는 아궁이"의 불꽃

한 시인의 시를 진정으로 이해하려면 그 시인의 고향을 찾아가 보아야 한다고 독일의 낭만주의 시인들은 말했다던가.

고정희를 만들고 고정희를 키운 남도의 땅, 남도의 공기, 남도의 바람.

을 바라보며 그녀, 이글이글 불타는 사랑을 꿈꾸었을까.

전라남도 해남, 겨울에도 동백꽃이 빨갛게 피어나고, 봄바람이 맨 먼저 살랑살랑 상륙하는 곳. 뒷산에 오르면 바다와 섬이 한눈에 보이고 붉은 황토 위로 초록의 보리밭과 파래밭이 펼쳐지는 곳, 완도 진도와 이웃하고 있어 육지와 섬의 문화가 경계를 허물며 조화를 이루고 판소리와 남도창이 복합적인 문화의 지층을 만들어 내는 이 곳이 고정희의 고향이다.

지금이야 서울에서 여섯 시간만 달리면 도착하지만 옛날에는 서울을 가는 데 장년이 쉬지 않고 걸어도 꼬박 보름이 걸리는 천오백 리 길이었다 한다. 서울에서 보자면 그야말로 땅의 끝이었다. 때문에 이 지역은 제주로 귀양 가는 사람들이나 중죄인들이 눈물을 뿌리며 찾아드는 유배의 땅이기도 했다.

소외와 저항의 땅, 시인의 고향

땅끝이라는 변방에 자리잡고 있는 지리적인 위치 때문에 해남은 나름대로 독특한 문화와 풍토성을 갖게 되었다. 해남은 그 지리적인 위치 때문에 사화와 당쟁으로 인해 유배되어 오거나 벼슬을 버리고 은둔해 오는 경우, 또는 제주도나 인근 섬으로 유배되어 갈 때 그 일가들이 정착하여 뿌리를 내리는 경우가 종종 있었다. 이들이 정착하면서 해남은 기존의 토착 문화 위에 이주민들의 문화가 더해져 새로운 문화가 형성되었다.

유배되거나 은둔하는 이들은 왕권이나 권력층에 저항하다가 패배한, 즉 기존의 질서와 도덕에 반하는 새로운 패러다임을 꿈꾸던 사람들이 많았다. 자의든 타의든 중심에서 멀어지면서 이들은 '다른' 문화를 만들고자 하였고, 이러한 의식은 때로 중심을 이탈하고자 하는 강력한 위반과 저항의 문화를 만들어 냈다. '땅끝'이라는 말에 내포된 의미를 되새겨 본다면, 권력과 지배 질서를 뒤흔들고 교란하기에 땅끝은 그야말로 적합한 장소였다. 기실 땅끝은 땅의 시작이기도 하다. 서울에서 보자면 땅의 끝이지만 막상 땅끝에 서 보면 이 곳에서 비로소 땅이 시작된다는 것을 느낄 수 있다. 이 곳에서 바다는 멈추고, 이윽고 아가미가 없는 인간들이 발붙일 수 있는 공간이 허용되는 것이다. 땅의 시작이자 끝이기도 한 뫼비우스적인 해남의 지형은 이런 연유로 저항 의식을 가진 풍토성이 생겨나게 되었다. 그늘진 곳에서 피어난 빛나는 정신은 불의에 타협하지 않는 의기로움과 위기에 처했을 때 과감히 목숨까지 버리는 저항 의식으로 역사 속에서 나타났다.

이러한 풍토에서 시인들이 탄생하는 건 어쩌면 자연스러운 일일 수도 있다. 현실 정치를 비판하던 세력이나 그에 환멸을 느낀 은둔자들은 누구보다도 이상과 의를 추구했고, 이들의 정신은 이 지역에 곧은 시 정신을 탄생시켰다. 정치적으로 불우했던 이들은 때로 정치적으로 불우했기 때문에 문화적으로 풍요로워졌다. 가까운 강진에 다산초당이 있는 것만 보아도 짐작할 수 있는 일이다. 어쨌든 이러한 지역성은 세상과 불화했지만 자신의 길을 걸어갔던 예술가들을 길러내는 데 오히려 일정한 역할을 해냈다.

윤선도로부터 시작되는 시의 전통은 해남을 시인의 고장으로 만들었다. 고정희를 비롯하여 김남주, 황지우, 김준태가 모두 해남 태생이다. 치열한 시 정신으로 한국시사를 푸르게 빛냈던 시인들의 고향이 바로 이곳, 해남인 것이다.

특히 고정희와 김남주는 길 하나를 사이에 둔 고향지기다. 고정희의 고향은 삼송면 송정리이고 김남주의 고향은 삼송면 봉학리이다. 두 마을은 대흥사(대둔사)와는 불과 2.5킬로미터 거리에 자리잡고 있는지라 대둔산 최고봉인 두륜봉을 아주 가깝게 바라보고 있다. 고정희는 1948년 정부 수립 해에 태어났고, 김남주는 1945년 해방둥이다. 고정희가 1991년 지리산에서, 김남주가 1994년 서울에서 생을 마쳤을 때, 고정희의 나이 마흔넷, 김남주의 나이 마흔여덟이었다.

"나의 아버지와 고정희의 아버지는 아주 가까운 친구 사이였지. 그래서 한때는 서로 사돈을 삼자고 농담 아닌 진담, 진담 아닌 농담도 즐겁게 나누며 살았던 모양이야. 저 건너 고정희네 마을도 우리 마을처럼 대흥사 계곡에서 흘러내린 물로 농사를 짓고 있지."

살아생전 김남주 시인이 김준태 시인에게 했던 말이다.

1980년대 한국시를 대표하는 고정희와 김남주. 비슷한 시기에 같은 땅에서 태어나 암울한 현실에 맞서 싸우다가 요절한 이 빛나는 시인들의 시적 상상력과 시적 언어들은 대부분이 그들의 고향 해남의 논과 밭에서, 그리고 거기에 뿌리박고 사는 땅의 사람들의 삶 속에서 생산된 것들이다. 고향의 흙을 근원으로 태어난 시인들은 이 시대의 가장 어두운 곳에서 저항할 때조차 흙과 대지 위에 자신의 두 다리를 탄탄하게 세우고 있다.

칠월 백중날 고향집 떠올리며
그리운 해남으로 달려가는 길
어머니 무덤 아래 노을 보러 가는 길
태풍 셀마 앨릭스 버넌 원이 지난 길
홍수가 휩쓸고 수마가 할퀸 길
삼천리 땅 끝, 적막한 물보라
남쪽으로 남쪽으로 마음을 주다가
문득 두 손 모아 절하고 싶어라
호남평야 지나며 절하고 싶어라
벼포기 싱싱하게 흔들리는 거
논밭에 엎드린 아버지 힘줄 같아서
망초꽃 망연하게 피어 있는 거
고향 산천 서성이는 어머니 잔정 같아서
무등산 담백하게 솟아 있는 거
재두루미 경중경중 걸어가는 거
백양나무 눈부시게 반짝이는 거
오늘은 예삿일 같지 않아서
그림 같은 산과 들에 절하고 싶어라
무릎 꿇고 남도땅에 입맞추고 싶어라

　'땅의 사람들 14―남도행'

시인의 방

　삼송면 송정리 기역자 집 생가에는 시인의 방이 있다. 고정희가 마지막으로 살던 안산의 아파트에 있던 짐들을 옮겨와 꾸민 이 방에 들어서면 고정희의 숨결, 고정희의 땀 냄새, 고정희의 눈물이 느껴진다. 어둡고 서늘한, 광야 같기도 하고 동굴 같기도 한 시인의 방에는 「전환기의 동아시아 문학」, 「러시아 문학과 사상」, 「탈춤의 역사와 원리」, 「한국무속연구」, 「격동의 한국사회」, 「오늘 우리가 서 있는 자리」, 「여성들을 위한 신학」 같은 책들이 빼곡히 꽂혀 있다. 그녀의 손때가 묻은 낡고 오래 된 책들의 책장을 넘기다 보면 그녀가 살아생전 무엇을 고민하고 무엇을 지향했는지, 무엇을 꿈꾸었는지가 가늠된다.

　고정희가 가장 왕성하게 작품 활동을 한 1980년대는 광주의 시대였다. 모두가 "다치지 않으려고 몸을 사리고, 외롭지 않으려고 패를 짜며 달콤한 숙면에 길들고 있을 때 우리의 뒷등을 치던 손," 바로 오월 광주였다. 고정희는 고향이 치른 아픔과 고통에 대해 속수무책의 죄의식에 사로잡혔다. "붕대로 동여맨 오월"은 해마다 찾아오고 "스무살 꽃띠 청춘들은 서울의 시붕에 유서를 써 놓고 알몸에 신나를 끼얹어" 조국의 옥상에서 추락했다. "행복을 탐낸다는 것이 죄악처럼" 두려운 시절이었다고 시인은 기록하였다. 시인이 세상을 떠나던 1991년 봄에도 강경대, 김귀정이 시위 도중 경찰의 진압 과정에서 숨졌다. 그 봄에도 시인은 여전히 최루탄이 난무하는 거리에 서서 죽음을 목격하고 눈물과 비탄이 봄의 목을 조이는 것을 지켜보아야 했다. 그러느라 시인의 눈빛이 더욱 형형

해진 것일까. 조금 퀭한 듯한 사진 속 고정희의 눈을 들여다보노라면 서늘한 불꽃이 타오르는 듯하다. 시원한 입매와 커다란 눈, 우아하고도 결연한 광대뼈, 한번 보면 쉽게 잊히지 않을 얼굴이다. 남도 사람임에도 시인에게서는 초원을 휩쓸고 온 북방의 들바람 냄새가 난다.

책 외에도 방에는 여행길에서 모은 듯한 이국의 기념품들, 시인의 취향을 보여 주는 몇몇 가지 소품, 다정한 벗들과 함께한 사진들이 가지런히 정리되어 있고, 그 사이로 작은 나무 벽걸이가 있다.

고행.

청빈.

묵상.

아무 장식 없이 검박한 나무 벽걸이가 오래 눈길을 붙잡는다.

"내가 그와 가깝게 지내면서 항상 감탄을 금치 못하는 것은 그의 철저함과 함께 가는 그의 피나는 노력이다. 잘못되었다거나 부당하다고 생각되는 문제를 갖고 싸우는 모습은 거의 처절하기조차 했다. 그러한 그를 보면서 약간은 늘어지고 게으름을 피우고 싶은 유혹에 빠지곤 하는 나 자신을 돌이켜볼 수 있게 하기도 했다.

(중략)그는 매일 아침, 신새벽 해가 어슴푸레 떠오르기 시작할 때 시를 쓰곤 했다. 그가 가장 좋아하는 시간은 바로 안개로 뒤덮인 안산의 야산들이 해가 뜨면서 그 모습을 드러내기 시작하는 때였다. 일어나서 곧 책상을 정리하고 자신의 고해 성사를 하듯이 책상 앞에 정좌를 하고 써내려 가곤 했다."

여성학자 조옥라 교수의 말이다.

그는 매일 아침 신새벽 해가 어슴푸레 떠오르기 시작할 때 시를 쓰곤 했다.

그녀는 조금 먹고, 조금 자고, 많이 썼다고 한다. 그녀를 아는 사람들은 그녀가 극기와 현실 극복의 극단적인 긴장으로 하루하루를 살며 마치 글 쓰는 노동자처럼 써내려 갔다고 말한다. 고정희에게 시를 쓴다는 것은 "내가 믿는 것을 실현하는 장이며, 내가 보는 것을 밝히는 방이며, 내가 바라는 것을 일구는 땅"이었으므로 그녀는 시를 통해 발언하고 시를 통해 모색하고 시를 통해 아프고도 치욕스러운 현실을 이겨 나가려고 했다.

넓고 견결한 책상 위에는 그녀의 육필 원고가 놓여 있다. 짧은 시 한 편을 완성하느라 고치고 다듬고 지우고 다시 만들어 낸 문장들, 영혼을 언어로 보여 주기 위한 시인의 고민과 갈등, 목마름, 치열한 몰두와 집중이 아프게 꿈틀거린다.

그녀는 현실을 시에 반영하고, 시를 다시 현실화하고자 했다. 그것은 이상주의자의 꿈이요 시인의 길이었지만 현실은 늘 타협과 안주를 요구한다. 시를 쓰는 것은 시대와의 불화를 몸으로 겪어 내는 일인 동시에 가난을 몸으로 감수하는 일이기도 하다. "누추한 출판사 혹은 잡지사 기자로 전전하며" 되풀이되는 일과 속에서 그녀를 끊임없이 압박해 오는 것은 길들여지기를 강요하는 일상이었다. 경제적 자립을 위해서는 취직을 해야 했고, 창작 의욕은 안주를 거부했다. 그녀는 잡지사 기자로, 크리스챤 아카데미 출판부 책임간사로, 가정법률상담소의 출판 담당 부장으로, 여성신문의 주간으로, 평생을 직업을 가진 시인의 삶을 살았다. 그녀는 충분히 휴식하고 충분히 공부하고 충분히 쓸 수 있는 시간을 그리워했지만 그것은 불가능한 신천지였다. 시를 써서 밥을 먹고 사는 일은 예전에도 불가능했고 여전히 불가능하며 앞으로도 불가능할 것이기 때문이다.

그러나 그녀는 바쁘고 쫓기는 일상 속에서도 시인임을 포기하지 않았고 척박한 환경에서도 여전히 풍요로운 꿈의 대지를 창조해 낼 수 있기를 '감히' 열망했다. 그녀는 자신의 시가 뿌리와 날개를 가질 수 있기를, 그리하여 자신의 시적 유산이 모든 이의 기쁨이 될 수 있기를, 그 꿈이 가짜이지 않기를 바라면서 불면처럼 괴로워했다. 한 여성이 시인으로, 직장인으로 산다는 것이 어떤 것인지를 보여 주는 인상 깊은 글이 있다.

아침 여섯시면 거의 정확하게 나는 눈을 뜬다. 여느 땐 라흐마니노프의 피아노 협주곡 2번 1악장 혹은 바하의 평균율을 턴테이블에 올려놓고 7시 30분까지 잠자리에서 꾸물거린다. 연탄불 갈기, 청소, 출근 준비를 끝내면 8시 30분, 건국우유 한 잔으로 아침식사를 대신하고 직장으로 향한다. 수유리에서 용산까지 두 번을 갈아타지만 아침마다 남산 순환도로를 지날 땐 가슴이 시원하게 열린다. 직장(기독교신문사)에서 원고 집필로 보낸 8시간을 제외하곤 나는 거의 꼬박꼬박 집으로 돌아온다. 5시 30분 퇴근, 7시 도착이 거의 상례이다. 돌아오는 길에는 수유리에 살고 있는 나의 직속 상관과 토론할 때가 허다한데 우린 한 시간 남짓한 그 시간에 종교문화 현상에 대해 서로 많은 대화를 나눈다. 그리고 아주 가끔 초대도 받는다. 저녁 시간은 완전히 내 자신을 위해 쓰인다. 언제나 음악을 걸고 글을 쓰거나(시, 평론, 잡문) 공부하는 일로 보낸다. 처음엔 시간표대로 움직였다. 그 시간표에 의하면 수면 시간은 4시간. 취침 2시, 기상 6시였다. 그러나 언제부턴가 이 시간표는 엉망이 되어 버렸고 지금은 평균 한시 반에 취침하여 평균 6시간 동안 수면을 취한다.

그러나 아침마다 나는 직장 안 갖는 강석경을 얼마나 부러워하는지 모른다. 늦잠 한번 늘어지게 자 봤으면 하는 게 소원이 되어 버렸다.

그러면서도 토요일과 일요일이면 버릇 될까 봐 또 늘어지지 못한다. 일 주일 중 가장 행복한 시간은 토요일 오후와 일요일이다. 나는 주말만은 철저히 공부하는 데 바친다. 밀린 어학 공부(헬라어, 라틴어)와 회화, 그리고 언제 들어도 감미로운 바로크 음악과 관현악곡을 주로 듣는다.

음악에 도취되는 날이면 가끔 한두 장의 절실한 편지를 자주 쓴다. 길거나 투명한 아픔의 편지, 그러나 답장은 거의 받지 못했다.

솔직히 말하면 나는 거의 시간이 무료하다거나 혼자이기 때문에 견딜 수 없는 시간이란 있어 본 적이 없다. 오히려 나를 견딜 수 없게 만드는 것은 군중 속의 고독이며 군중 속의 심심함이다. 흔히 나를 잘 안다고 생각했던 사람 왈 "혼자이기 때문에 외로운 시간은 어떻게 보내세요?"라고 물어올 때면 빙그레 웃으면서도 구토증이 난다. 그런 시간이 없다면 졸렬한 대답 같고, 있다면 아부하는 거 같아서.

고정희가 단순히 뛰어난 여성 시인만이 아니라 자기 힘으로 자신의 '밥'과 '꿈'을 해결해 나갔던 선배로서 기억되기를 바란다고 '또하나의 문화' 동인이자 시인의 친구인 박혜란은 말한다. 부모의 지원 없이 독신 여성이 자신의 힘으로 자기만의 집을 마련하기까지, 민족 민중시의 바다에 여성시의 등대를 세우기까지 고정희는 "독자적인 외로움과 추위" 앞에서 처절해지기도 하지만 내면에서 무럭무럭 솟아나는 신명과 기대는 고통마저도 기꺼이 껴안는다. 고정희의 이런 낙관과 희망의 에너지는 인간에 대한 전폭적인 신뢰와 애정에서 비롯된다. 그리고 그 애정의 바닥에는 "마음이 어질기가 황하 같고 그 마음 넓기가 우주 전체 같고 그 기품 높기가 천상천하 같은" 어머니가 있다.

　　고향집 떠난 지 십수 년 흘러 어머니, 스무 번도 더 이삿짐을 꾸린 뒤가상하게도 이 땅에 제 집이 마련되었습니다 경기도 안산에 마련한 이집, 서른일곱의 나이에 가진 이 집, 열쇠를 가진 지 두 해가 넘도록 아직변변한 집들이 한번 못 하고 동당거려온 이 집에 어머니, 오늘은 크낙한고요와 청명이 찾아오고, 구석구석 청소를 끝낸 후 저 들판 마주하여 마음을 비워내니, 간절한 사람, 어머니가 이 집에 들어서는 꿈을 꿉니다어머니가 이 집을 돌아보는 꿈을 꿉니다
　　공부방 둘러보고 이부자리 만져보고 유리창 활짝 열어 햇빛 들여오시며 이제 네 걱정 안 해도 되겠구나……. 해거름녘 정물처럼 웃으시는 당신, 그 얼굴 그리워 몸서리칩니다 그 얼굴 보고 싶어 가슴 두근거립니다
　　왜 그닥 말씀하지 않으셨어요 불현듯 상경하신 지난 가을, 애야, 이승길 마지막 나들이다 네가 사는 문지방 넘어보고 싶구나 왜 단호하게 말씀하지 않으셨어요, 바쁘다 매정하게 돌아서는 저에게 그냥 탈진한 사람처럼 손 흔들며 그래 내년 봄에 다시 오마 해놓고선 정작 꽃삼월엔 아주 가시다니요 이게 살아 있는 날들의 아둔함인가 싶어 하염없는 눈물만 못이 되어 박힙니다
　　'집'

시인의 무덤

지금 그녀는 적송밭 솔밭에 누워 있다. 고향을 떠나 몇십 년을 흐르던 그녀는 다시 고향의 솔밭으로 돌아왔다.

오 하느님
죽음은 단숨에 맞이해야 하는데
이슬처럼 단숨에 사라져
푸른 강물에 섞였으면 하는데요
'독신자' 부분

이렇게 노래하던 자신의 시처럼 단숨에 죽음을 맞은 시인은 고향집 뒷산 아래 막막궁산 고요한 여백으로 자리했다.

생가를 나와 남자줏빛 달개비와 진홍빛 봉숭아, 노란 호박꽃이 덩굴덩굴 피어나는 들길을 십여 분 걸어가다 보면 시인의 무덤이 있다. 몇 그루 소나무가 병풍처럼 둘러 있고 시인을 닮은 동백나무 한 그루가 머쓱하니 서 있는 그녀의 또다른 집. 봉분 앞으로는 하늘을 담은 저수지가 넓게 펼쳐져 있고 저수지 너머로는 보리밭이 아득하다. 넌출거리는 보리밭 위로, 일렁이는 저수지의 수면 위로 마늘 향을 실은 진진초록, 진진초록 바람이 불어오는 유월이면 이 무덤 앞에 많은 여자들이 향을 피우고 술을 따르고 절을 한다. "모든 사라지는 것들은 뒤에 여백을 남긴다"고 했던 고정희의 시처럼 그녀의 무덤은 넓은 여백을 갖고 있다. 그 여백 속에서 고정희를 기억하고 고정희를 추측하는 여자들이 만나고 상상하고 연대한다.

고정희를 키우고 자라게 한 것이 남도의 자연이라면, 고정희를 사랑하고 고정희를 기억하고 고정희를 역사 속에 자리잡게 하는 건 '또하나의 문화' 동인들이다. 고정희가 지리산에서 죽은 이후 '또하나의 문화' 동인들은 '고정희상'을 만들고, '고정희 청소년문학상'을 제정하여 그녀의 뒤를 이을 소녀들을 발굴하고, 인터넷에 고정희의 집을 지었다. 그리고 해마다 거르지 않고 유월이면 해남을 찾아와 고정희의 무덤을 손질한다. 그녀들의 속 깊은 애정, 아름다운 연대가 고정희를 오늘, 우리 속에 생생하게 살아 있게 한다. 여자들의 우정, 여자들의 연대가 만들어내는 역사는 새로운 기억의 문화를 창조한다.

결혼도 하지 않고 자식도 없는 여자의 무덤, 쓸쓸하고 고독해야 할 무덤은 해마다 유월이면 축제의 장으로, 만남의 공간으로 열린다. 시인의 벗들은 기꺼이 추억을 풀어 놓고, 그녀의 시를 사랑하는 소녀들은 무덤 앞에서 낭랑한 목소리로 시를 낭송한다. 고정희를 한 번도 본 적 없는 미국 여자, 일본 여자, 프랑스 여자들이 무덤의 풀을 뽑고 술잔을 올리기도 한다. 해남의 여자들은 먼 곳에서 오는 여자들을 위해 기꺼이 음식과 공연을 준비한다. 때로는 흰나비 축제가, 때로는 씻김굿이, 때로는 강강술래가 무덤을 중심으로 벌어지는 동안 엄마를 따라온 아이들은 하늘 높이 연을 날린다. 한 여자의 무덤은 시간과 공간을 가로지르며 여러 여자를 만나게 하고 네트워크를 형성하게 하고 마음을 나눌 수 있게 한다. 고정희의 무덤은 때로는 위안을, 때로는 행복한 상상력을, 때로는 아름다운 연대를 가능하게 한다. '또하나의 문화'가 만들어 낸 또 하나의 문화다.

여자들의 우정, 여자들의 연대가 만들어 내는 역사는 새로운 기억의 문화를 창조한다.
넌출거리는 보리밭 위로 진진초록 바람이 불어오는 유월이면 이 무덤 앞에 많은 여자들이
향을 피우고 술을 따르고 절을 한다.

또 하나의 문화

　시인의 사명은 그 시대의 양심이며 정의로운 등불로서의 역할에 있다
고 믿었던 고정희는 억압이 있는 곳이면, 자유를 위해 투쟁하는 곳이면
어디라도 달려갔고, 질풍처럼 달려가는 길 위에서 '또하나의 문화'를 만
나게 된다.

　늦어서, 느껴서 죄송합니다
　안경알을 반짝이며 그가 들어섰을 때
　서울시 주민등록증을 가진 그에게서
　나는 딱 호랑이 냄새를 맡았다
　죽은 것과 썩은 것
　먹지 않는 호랑이
　단식의 고통으로 빛을 뿜는 호랑이,

　눈을 휘둥그레 떠보니
　그는 기산지절 별건곤 암호랑이였다
　호랑이의 새끼를 밴 호랑이였다
　온갖 오염 눈부신 서울에서
　온갖 잡새 지저귀는 반도에서
　공해 없는 털가죽과 흰
　발톱이라니,

붕새의 웅비라니……,
맹물 두 잔에 마른 번개가 쳤다
정. 전. 이. 라. 며
물잔 옆의 촛불이 너풀거렸다

학교로 다시 들어가야 합니다
들어오던 문으로 그가 다시 나갈 때
여느 때와 다름없이 그는
온순한 사람들의 등을 보였다
그가 앉았다 일어선 자리에서
오월의 초저녁 바람이 불었다
나는 심장에 플러그를 꽂았다

　'지상의 양식'

　아침부터 저녁까지 우는 여인들로 줄을 잇는 가정법률상담소에서 출판, 홍보 일을 맡고 있던 고정희는 우연한 연줄로 1984년 '또하나의 문화' 창립 동인으로 참가하게 된다. 고정희의 말에 의하면, 자신이 처음에 그 팀에 들어간 것은 "시인으로서가 아니라 민주 시민으로서의 역할이 무엇인가를 모색하기 위해서"였다. 그러나 그는 그 모임에서 '뜻밖에도' 고향에서밖에 만날 수 없는 신뢰의 가능성을 발견하고 마음을 쏟아붓게 되었다고 그의 친구 박혜란은 말한다. 사회학, 인류학, 여성학 등을 전공한 동인들과 더불어 새로운 대안 문화를 만들어 나간다는 데

의기투합한 고정희는 동인지를 만드는 데 그 때까지 쌓아 온 출판인으로서의 경험을 최대한 활용한다. 개인적으로는 그 동안 모아 둔 여성 문제 자료를 바탕으로 '여성사 새로 쓰기' 작업을 구체화하는 것도 이 만남을 통해서 결실을 거두게 된다.

언젠가 고정희는 광주에서 시대 의식을 얻었고, 수유리 한국신학대학 시절의 만남들을 통해 민중과 민족을 얻었고, 그 뒤 '또하나의 문화'를 만나 민중에 대한 구체성, 페미니스트적 구체성을 얻게 되었다고 말한 적이 있다. 고정희는 '또하나의 문화' 동인들과 본격적인 여성 해방 문학의 지평을 열어 간다. 그녀는 '여성의 경험'과 '여성의 역사성' 그리고 '여성과 사회가 맺는 관계 방식'을 특별한 문학적 가치로 강조하고 이론화한다. 또 그 이론을 바탕으로 고정희는 구체적인 작품을 생산해 냄으로써 여성 해방 시를 가시화하여 보여 준다. 고정희가 여성 해방에 대해 갖고 있는 믿음은 단호하며 명징하다.

신이 버림받은 시대
인간 승리 시대를 어떻게 보십니까?

오고 있는 역사는 언제나 개벽세상이고
와 있는 역사는 언제나 남자세상이었으니
이제 평등하지 않은 것은 종래 버림받겠지요.
'손이 여덟 개인 신의 아내와 나눈 대화—외경 읽기' 부분

고정희는 「저 무덤 위의 푸른 잔디」를 비롯해 여러 시에서 굿판의 형식과 굿판의 사설조 가락을 기본 리듬으로 시 쓰기를 모색한다. 고정희가 시에 굿 형식을 도입한 것은 그것이 지닌 구어체의 언어 방식을 통해 수많은 타자들이 자유롭게 대화할 수 있는 연행의 공간을 확보하기 위해서라고 할 수 있다. 물론 여기에는 고향 해남이 미친 영향도 무시할 수 없다. 해남과 진도는 바로 이웃하고 있는데, 진도는 씻김굿의 본향이다. 이 신명과 가락이 고정희의 몸 속을 떠돌다가 여성 해방 시로 발화한 것일 터이다.

고정희는 또한 전통적인 여성의 글쓰기 형식인 서간체를 도입해 앞서 살았던 여성들에 대해 다양한 재해석을 내보인다. 서간문은 남성 중심 사회에서 검열당하지 않고 여성이 서로 소통할 수 있는 여성적 젠더 공간, 여성 공간이 되어 주었다. 서간문에 대하여 고정희가 주목한 것도 바로 이러한 특성 때문일 것이다. 그녀는 서간문의 형식을 빌려 과거의 여성과 현대의 여성을 만나게 하고 여성의 수평적 연대의 관점을 제시한다. 서간체의 활용은 주변적 장르를 중심부로 끌어들이는 시도이기도 하다. 주변적 장르로 폄하되었던 여성들의 문학 행위를 중심부로 끌어들이면서 탄생한 '이야기 여성사'는 시의 내용과 형식이 한데 어우러지는 이상적인 모습으로 나타났다. 특히 황진이가 이옥봉에게 보낸 '여름편지'의 일절은 가히 이 시대의 왜곡된 가부장제 의식을 꼬집은 여성시의 최고봉이라 할 만하다.

사랑하는 이 자매

어제 이승에서 부쳐 온

황진이 연구라는 책을 받았습니다

후배 허영자가 내 시를 논하고

후학 장덕순과 김용숙 김가원이

송도삼절 황진이 운운…… 했어요

그 마음 씀씀이가 다숩고 곡진해서

고마울 뿐이라고 말해야 옳겠지만

한 가지 짚을 게 없지는 않더군요

내 시에 대한 애정은 과하지만

뜻은 다 헤아리지 못했구나 싶어요

아직도 조선의 남녀 문사 머릿속엔

우리가 그토록 지긋지긋해 하던

가부장제 허세가 은연중 남아 있어요

내가 서녀 출신이라 기녀가 되었다느니

혹은 나를 사모하다 죽은 총각 때문에 기녀가 되었다느니, 또

애수와 체념의 회청빛 여류시인 황진이라는 허명은

목구멍에 꿀떡 넘어가지 않아요

이 자매도 짐짓 아시다시피

아리따운 열여덟살 어머니 현금과

형용이 단아한 아버지 황진사가

개성 병부다리 아래서 물과 술로 인연 맺어

송도 황진이가 태어났다지만
스스로 머리얹고 기방에 적 둔 사연
출신성분 따위가 아니외다.

내 나이 여덟 살에 천자문 떼고
열 살에 열녀전 효부전 읽고
열세 살에 사서삼경 소학 대학 독파한 후
열여섯 살에 율과 부 짓기를 밥 먹듯 하며
거문고 타고 묵화 치다 홀연히 내다본 조선조 하늘
거기서 나는
조선여자들의 무섭고 암울한 운명의 멍에를 보았습니다
반상을 막론하고 여자들이란
팔자소관 작두날을 타고 있었어요
삼종지도 칠거지악이라는
무지막지한 남자집권 보안법 아래서
여자도 사람인데, 눈뜨는 순간
이건 노예 신세로다, 눈뜨는 순간
남녀우열 체제폭력 눈뜨는 순간
바로 그 순간에 가차없이
현모양처 재갈이 물리고
여필종부 부창부수 철퇴 내리치지 않았습니까
이런 세상 단칼에 요절낼 일이로되,

남자와 더불으나 예속되지 않는 삶
세상에 속하나 구속받지 않는 길
풍류적인 희롱으로 희롱으로
양반사회 체면치레 확 벗겨 내는 일
그 길이 바로 기방이었습니다
그곳에서 나는 실로
시적인 혁명을 꿈꾸다 꿈꾸다……
까마귀밥이 된들 어떠랴 했습니다

'황진이가 이옥봉에게'

고정희는 여성 문제를 시단의 핵심부로 올려놓은 대표적인 공로자다. 남성 중심의 시어에서 벗어나 문학의 중심주의를 해체하고 여성의 언어로, 여성의 경험과 역사로 시를 쓰고자 치밀하고 섬세하게 노력하였다. 고정희는 민중성과 여성성의 탐구가 주제적인 데 그치지 않고 문체의 변화를 동반해야 한다는 것을 일찍부터 자각하고 강조했다. 고정희는 여러 글에서 여성적인 문체성을 강조했는데 그가 마지막 지리산행을 떠나던 날 '또하나의 문화' 월례발표회에서 발표한 주제가 바로 '여성주의 리얼리즘과 문체 혁명'이었다. 이 발표를 마지막으로 고정희는 지리산으로 떠났다. 그리고 그녀가 사랑했던 안산의 집으로 다시 돌아오지 않았다.

적송밭 솔밭

시詩가 늘 이십대의 산물이라고 믿어 오던 나에게 고정희는 그것이 하나의 편견임을 깨우쳐 준 시인이다. 그녀의 시는 나이 들어갈수록 더욱 래디컬해지고 격렬하고 치열해졌다. "문학이란 한 시대의 가치관과 의식을 반영하고 있다는 점에서 그 시대의 운명과 고통에서 자유로울 수 없다. 어떠한 형태이든 문학은 그 시대의 휴머니즘에 기여하는 주관적 언론이며 동시에 창조적 자유 의지이다. 따라서 문학의 궁극적 기능은 '대답'을 주는 것이 아니라 그 시대 우상화의 토대를 흔들어 버리고 참다운 삶을 '질문'하는 데 있다." 고정희에게 문학은 이런 것이다. 그러니 언제나 치열하고 급진적일 수밖에 없다. 그녀는 스스로 정의한 문학의 길을 가장 정직하게 걸어간 시인이다.

'모든 사라지는 것들은 뒤에 여백을 남긴다'에서 고정희의 시적 지평은 아시아로, 제3세계로 확장된다. 그녀의 관심은 민족의 문제를 넘어 아시아적인 문제, 탈식민성에 주목한다. 고정희의 시는 물리적인 나이와는 반비례하며 점점 더 젊어졌다. 젊다는 것은 정의롭고 순결하지만 위험하고 외롭고 결핍감에 사로잡혀 있다는 말과도 일맥상통한다. 아시아에 대한 시편들은 더 직설적이고 더 솔직하며 더 명쾌하다. 고정희가 지금도 살아 있다면 그녀는 어떤 시를 쓰고 있을까.

해남, 이 적송밭 솔밭에서 새삼, 나 그녀가 그립다.

수유리,
그녀 마음의
고향

낮은 산자락 위의 봉분들, 논물에 비치는 산 그림자, 황토 언덕배기의 솔숲, 노오란 밀밭, 거기에 삼합과 토하젓, 깊고 시원한 땅 속에서 석삼 년은 오지게 익었을 것 같은 김치를 곁들인 전라도 밥상. 이런 것들이 고정희 몸의 고향이라면, 고정희 마음의 고향은 수유리라 할 수 있다.

　누구에게나 마음의 고향이 있는 법이다. 나고 자란 고향이야 떠나올 수 있지만 마음의 고향은 심중에 있는지라 몸이 가는 곳 어디에나 따라 다닌다. 고단한 인생길에서 때로 우주의 바깥으로 날아가려 할 때 나를 잡아당기는 중력, 그것은 바로 마음의 고향이다.

　고정희가 수유리 한신대에서 청춘의 한가운데를 보내던 시절은 "캠 퍼스의 정수리에 높다랗게 조기弔旗가 게양되고 검은 하늘에 몇 줄기 휙휙 마른번개가 꽂히"던 암울한 시대였다. 1970년대 유신 말기, 독재 가 그 말로로 치달으며 마지막 칼날을 세우던 그 시절, 그녀는 이 곳에 서 "잡초보다 무성한 '안락'에 대한 갈망, '행복'을 그리는 습관"을 버 렸다.

그리고 우리는 숨죽여 울었다
그럴 수만 있다면 자유롭고 싶었다
우리를 길들이는 고통에 대하여
속수무책인 싸움에 대하여
그리고 '사회정의'라는 닳아빠진 구호에 대해서도
그렇다고 맹목적인 해결주의, 또는
늙어빠진 보수주의에 대해서도
우리는 참으로 자유롭고 싶었지
오 우리는 자유하고 싶었지

그러나 우리에게 출구는 없었다
우리 자신만이 곧 출구임을 알았을 때
우리는 이제 길이 되기로 했다
그것은 수유리의 운명이었다
수유리는 이제 수유리가 아니었다
그것은 길이고 수난이었다 아니
그것은 꿈이고 순결이었다

　'잔을 비우고' 부분

　1970년대의 시대적 정치적 소용돌이 속에서 고정희는 당대 역사와 삶
에 대한 자기 응시를 하며, 역사 속에 진실이 어떻게 개입되는지를 인식
하게 되었다. 당연히 이것은 고정희의 시 세계에도 깊은 영향을 끼친다.

우리 자신만이 곧 출구임을 알았을 때
우리는 이제 길이 되기로 했다
그것은 수유리의 운명이었다

고정희는 자신의 시 속에 시대와 역사에 대한 비판의 칼날을 담고자 하였다. 본능이자 의지이자 동시에 강박 관념으로 작용하였던, 뜨거운 불길로 타올라 차갑고 어두운 세상의 온기와 구원의 빛이 되어야 한다는 시적 자아는 아마 이 시기에 완성된 것일 터이다.

한신에서 공부하는 4년 동안 나는 단 한번도 이 곳에 들어와 공부하게 된 결정을 회의해 보지 못했다. 문학과는 거리가 있는 환경과 분위기였지만 한국 신학대학이 생명처럼 계승해 내려온 학문적 엄격성과 자율은 나로 하여금 세상을 유일회적으로 보게 하는, 그리고 한 개인의 운명과 세계정신이 어떻게 연결되는가를 생각하게 하는 최초의 프리즘을 준 곳이었다. 특히 수유리의 맑고 아름다운 하늘과 명징한 바람소리, 황혼에 잠기는 숲과 전원적 적막감은 안락을 갈망하는 내 내부에 언제나 수도자의 삶을 찾도록 유도하는 쐐기였으며 문이었다.

고정희, '외곽을 걸어온 고독함으로'(「자유로운 여성: 젊은 여성의 창조적 삶을 위한 팡세 11」)

고정희가 다니던 한신대는 지금의 한신대 대학원이 자리한 곳이다. 한신대가 아직 수원으로 옮겨가기 전 고정희는 지금의 이 대학원 자리에서 4년 동안 늦깎이 대학 생활을 했다. 동네 사람들이 종종 배드민턴을 치곤 하는 작은 운동장을 지나 캠퍼스 안으로 들어서면 소박한 몇 개의 건물이 있고 나지막한 서편 언덕 위로 숲으로 연결되는 길이 있다. 북한산 계곡으로 연결되는 숲은 적막하고 깊다. 비탈의 나무들은 위태로운 경사 속에 뿌리를 내려 몸을 벋어나가고 계곡은 더 깊은 계곡으로 연결된다. 그녀는 "봄비에 젖어 눕는 수유리 숲에서 한 장의 한지로 젖어 누워 있"기도 하고 "삭발을 하고 유태 여자처럼 걷기"도 한다. 수유리의 해는 이 곳으로 지고, 시인은 아름답거나 비감했을 황혼 속에 드러나는 존재의 나신을 응시하며 걷고 또 걸었던 모양이다. 침묵 속에 숲 속으로 걸어가는 구도자의 모습이 눈에 잡힐 듯하다. 그녀는 이 곳에서 기도하고 묵상하고 고뇌하며 시대를 몸으로 품어안는다. 한신대를 졸업하고도 그녀는 한동안 수유리에 산다. 제대로 된 묘역을 갖추지 못했던 4·19탑 근처를 서성이기도 하고 숲 속의 수도원에서 동료들과 밤새워 기도를 하기도 한다. 그녀의 시에서 수유리라는 지명은 해남만큼이나 자주 등장한다. 그리스어와 히브리어를 배우고 신과 정령을 만나고 시대와 역사를 만난 곳. 지독하게 영혼을 혹사했던 곳.

창고 같은 강의실 옆 푸른 소나무 그늘에 앉아 보면 가장 빛나도 좋았을 시절에 왜 그토록 가혹했는지, 대기만 해도 피가 뚝뚝 흐를 정도로 벼려져 있던 어떤 시절이 떠올라 문득 가슴 시리다.

푸른 피가 뿌려지는 곳, 마음의 고향은 그 곳에 있다. 그리움에 허기지는 밤이면 뼛속으로 그림자 길게 눕는, 푸른 별이 뜨지 않아도 그 곳은 마음의 고향이다. 삶의 백 가지 가난과 고독에 등이 휠 때면 몸보다 먼저 마음이 달려가는 곳, 마음의 고향이여 시인의 영혼이여.